锁茜香

追月逐花 Zhui Yue Zhu Hua 著

天津出版传媒集团
百花文艺出版社

图书在版编目（CIP）数据

锁茜香 / 追月逐花著 .-- 天津：百花文艺出版社，2016.4

ISBN 978-7-5306-6851-1

Ⅰ . ①锁… Ⅱ . ①追… Ⅲ . ①长篇小说 - 中国 - 当代 Ⅳ . ① I247.5

中国版本图书馆 CIP 数据核字（2015）第 253709 号

责任编辑：郭　瑛

出版人：李勃洋
出版发行：百花文艺出版社
地址：天津市和平区西康路 35 号　邮编：300051
电话传真：+86-22-23332651（发行部）
+86-22-23332656（总编部）
+86-22-23332478（邮购部）
主页：http://www.baihuawenyi.com
印刷：北京东海印刷有限公司
开本：880 × 1230 毫米　1/32
字数：222 千字
印张：9.25
版次：2016 年 4 月第 1 版
印次：2016 年 4 月第 1 次印刷
定价：29.80 元

目录

目录

目录

目录

前言

杨真，国色天香，十五岁被选入中华宫廷，却十年没有见过皇帝一面，终因老皇驾崩而被遣散出宫，之后则随父远走中华邻国茜香国。旁人都以为她的一生韶华就此落幕，未曾想她却在邻国受到监国大臣信辉的青睐。

信辉是公主的儿子，执掌国家大权，被称为天下第一美男子，身边围绕着无数聪慧美貌而且家世显赫的女人，却唯独对杨真颇感兴趣，对她百般追求。而杨真却对他百般拒绝，因为她知道，位高权重的男人身边，才是真正的龙潭虎穴。围绕着信辉的那些女人和她们背后的人，都是虎狼。

信辉不是那种敦厚良善的公子哥儿，对自己想要的东西，从来不放手，而且会软硬兼施，施谋用计。杨真不得已和他斗智斗勇，更身不由己地被卷入各种有关他的纷争。想要危害她的，不仅是那些如狼似虎的女人，还有信辉的诸多政敌——这些朝堂上的妖怪可要比这些女人凶险残酷千倍万倍。而杨真，竟然还在无意之中知道了信辉一个绝不可被外人知道的秘密，他对她的爱情，变得更加微妙和危险……

第一章

被弃的嫔妃

一条海船披着浓浓的雾气，悄无声息地穿过黑沉沉的大海。上面坐的是中华上国的富商杨甲和他的家眷。杨甲今年六十多岁了，带着一妻一妾和四个女儿。大女儿和二女儿已经出嫁，所以此次迁居还带了她们的夫婿。他家里的其他人都没有什么特别，只是三女儿非同小可，杨甲的三女儿杨真十五岁的时候被选进宫里，获得了淑媛的品位，现在却出宫了。宫女只要年满二十五岁就可以出宫，也没有什么稀奇的。但杨真身为淑媛怎么也可以出宫呢？因为她没有受过皇帝的宠幸：她的品位是皇后封的，十年来，连皇帝的面都没见到，所以才能在老皇帝驾崩，新皇帝“施恩宫廷”的时候出宫。

这听起来的确是很倒霉和羞惭的事情。只有杨真自己知道走出那皇宫自己有多幸运。在那个钩心斗角满是阴谋的皇宫里要想得宠，家里就得既富且贵。而自己没有高贵的身份，能够全身而退，已是十分幸运。她的家人，尤其是她的父亲却为她的出宫而郁闷至极，在杨真回家后总感觉有人笑话他，便带了家眷和家财，前往中华邻国——茜香国，希望能在那里打出另外一片天地。

茜香国深受中华上国的影响，民俗和规制都和中华没有两样，而且物产颇丰，京都更是繁盛得很。中华已经有很多人迁居过去，那里已经宛如“小中华”。

茜香国现在虽有少年皇帝在位，但据传此人幼稚糊涂，真正掌权的是监国大臣信辉。这位监国大臣是茜香国一位公主的儿子，身份高贵，颇有手腕和才干。有人甚至认为，少年皇帝终将退位，信辉将取代皇帝成为一国之主。未去茜香国之前，杨甲就挖空心思打听，竟然找到了一个和信辉联系的渠道——在茜香国的贵族圈里，有一个宛如万金油一样的贵妇人西敏雪，和信辉的表姨算是朋友。这位西敏雪因为善说阿谀之词，是信辉的夫人华英夫人的座上客，而华英夫人的寿辰就在不久之后。到那个时候，他就可以以给华英夫人拜寿之名，让西敏雪带着自己的妻子女儿们去拜见华英，趁机让信辉见到自己的四女儿杨眉。杨眉今年刚满十六岁，长得粉雕玉琢，柳眉星目，也许可以让信辉一眼看中。这样他在茜香国成为权贵的日子就指日可待。

西敏雪收了杨甲的一盘金元宝后，立即笑得合不拢嘴，暗示自己一定会让他们“心满意足”。她亲自带着杨眉置办衣服首饰，又亲自教杨眉描眉画目。在华英寿宴那天，西敏雪带着杨甲全家女眷前去贺寿，她给信辉推荐女人，自然等于和华英为敌。所以不可以形迹太露，要带着杨甲全家的女眷。杨家的其他女人为了不抢杨眉的风头，都穿的比较朴素，也未加重饰。华英等于是全茜香国最高贵的女性，她的寿宴自然奢华之极，说不尽的山珍海味、玉液琼浆。在座的全是茜香国的贵人，以杨甲家眷的身份，只能坐在酒席的末尾。

信辉并没有出席这个宴会。西敏雪以为他至少会在席间露个脸，却一直没有等到他。杨眉开始紧张不安，下意识地乱挪乱动，环佩轻摇着发出细碎的声响，她脸上的妆已经开始褪色，用刨花油做好的头型也开始往下垮。如果再见不到信辉，她的精心打扮就完全没了意义。她的大姐和二姐也是一样的紧张不安，却不仅仅是因为关心她们四妹的前程。更多的是她们已经从各个渠道，搜罗来了很多信辉的消息。据说他喜欢女人，也被女人喜欢，见过他的人都说他是天下第一美男子。他对自己宠幸过的女人都照顾。哪怕只被他宠幸一次，被宠幸的女人和她的家人都会前程似锦。她们今生的遗憾，就是“命运不济”，有貌有才或有财势的男人一个都没遇到，只能默默等年龄到了，嫁给父亲的副手。她们一直为此感到憋屈。听到和信辉有关的事，她们自然不免想入非非，即便知道自己没可能入信辉的法眼，依然要幻想一下，更急着想看信辉的容貌。

杨甲的夫人表面上毫不着急，心里却早已宛如热锅上的蚂蚁，历来当妈的都比女儿更着急女儿的前程。只有杨真是真正平静和舒畅的。十年的宫廷生活早已让她看透一切，也不想管别人的闲事，只想享受自己的那份云淡风轻。杨真今天只是为了应景，才随便穿了件粉红色的衣服，头上随意地戴了几支发钗，也没有施脂粉。她也不打算和人搭话，但别人因为她特殊的经历，总对她特别感兴趣。她们对她自然是足够和善，但对她怎么“十年都没受过宠幸”，总有点猜疑的意思。当然了，她们并没有把它表现出来，但依旧可以让她察觉到。这无疑是很令人尴尬的，但杨真淡然处之，这比起她之前在宫里受到的讽刺、挖苦、绵里藏针甚至当面辱骂的话，根本就不算什么。

还好这个宴席上的女宾都各怀心事，无暇跟她啰唆太多，她们和杨家的女儿一样，都是想尽快见到信辉，并不是想得到他的宠幸，而是希望能看他一眼。对她们来说，能多看他一眼，都是挺值得庆贺的事情。但信辉迟迟不出现，不禁让她们十分沮丧和不安，忍不住怀疑信辉是不是不在府中，或者是在忙于政务。其实信辉就在府中，手上也没什么政务，他正悠然自得地逗弄自己喜欢的鹦鹉。华英早已遣人来请过他了。他也知道席上的人都想见到他。但他根本不想去见那些傻女人。

他的侍从王德又畏畏缩缩地来了。信辉知道他肯定又是华英遣来请他的，从鼻子里哼了一声，嘴边却挂着笑意。王德是他的亲信侍从，也是从小玩到大的玩伴。不过让他成为亲信的决定性因素是他不是那种只知道讨主子欢心的奴才，而是真心为主子着想，而且只为信辉一个人着想。他今天来，就不只是服从华英的命令，而是想尽可能地，调和华英和信辉的夫妻关系。

“你就不用啰嗦了，我不会去的。”信辉在听完他的各种冠冕堂皇的理由后一口回绝。

“唉，其实席上的也不全是傻女人。”王德不甘心，又从野路子上劝，“也有一些可爱的姑娘的……”

信辉撇了撇嘴，依旧一脸无动于衷的样子。他找女人只是兴之所至，并不是那种被女色牵着鼻子走的人。其实王德自己也知道这个办法行不通，便用上了另一个策略，“其实，今天还来了个从中华上国的宫廷出宫的前妃嫔……”

“什么？”信辉眉毛一挑，“就是说那种从来没有受过宠幸的妃子了？那得是多丑陋的女人？”

王德苦笑了一下，并没有回答。信辉冷笑了一声，收回了逗弄鹦鹉的手。他和中华上国有着特殊的渊源，因此对中华上国的某些人物特别讨厌。但就是因为讨厌，反而越想看看。

信辉的驾临让满堂女眷非常兴奋。杨眉等人尤其兴奋，但她们只能远远地看着，以她们的身份，几乎没有接近他的由头。这时候就需要西敏雪发挥作用了。只见她款款离席，带着杨家的女眷，走到信辉的面前“拜见长辈”。为了让自己更得华英的欢心，西敏雪虽然比华英大了二十多岁，竟然恬不知耻地拜华英为母。因此按照辈分，信辉是她的干爹，不管他愿不愿意接受。她的朋友自然是信辉的晚辈，她带着这些晚辈来拜见长辈，可以说是理所当然的事情。

杨眉就站在西敏雪的身旁，听信辉说“免礼”后立即抬起头。信辉只是随便往她脸上瞥了一眼，也没有把她的容貌往脑子里记，反而颇有兴趣地看向杨真。信辉朝她仔细看了一眼，顿时感到胸口被重重地撞了一下，心头冰凉一片，手心里却溢出了热汗，乃至于口干舌燥，头晕目眩。

眼前的这个女人，竟然是他生平未见的绝色！那她怎么会一直得不到“中华上国”的皇帝的宠幸？

当然了，理由可以有很多。估计是她受到排挤，没有机会见到皇上吧。信辉是在权力中心长大的人，这点事情当然一想就透。没受过宠幸当然好，否则就没他的份儿了。是的，信辉已经决定要把她占为己有。虽然已经打定这样的主意，他脸上却波澜不惊，甚至没有朝杨真多看一眼。

杨眉是乘兴而去，败兴而归。杨眉不仅没被信辉看中，连一眼也没被他多看。她气得一进门就号啕大哭，粉黛全被泪水冲了下来。她妈妈罗氏和大姐二姐全都围着她唉声叹气，杨甲也坐在她们身边捶胸顿足。只有杨真一脸淡然地看着窗外。

其实她不被信辉选中才是幸运呢。她虽然知道，但是不会说出来，因为说出来也没人信。

杨眉哭了个昏天黑地，第二天被妈妈和大姐二姐拉着出去散心了。只有杨真一个人坐在窗前做针线。就在这时，西敏雪悄悄地来了，她是打听到杨家其他人出去了才过来的。她一脸神秘的笑容，跑到杨真的房里，拿出一个盒子，说是信辉赏赐给她的礼物。

这个盒子是用紫檀木雕成，上面镶着碎玉和贝壳，里面赫然放着一个同心玉环，一翠一白，虽然套在一起，但白的纯白，绿的纯绿，竟然没有一丝杂质。

杨真立即明白了这是什么意思，脸马上红了，轻轻地把盒子推了回去，“这等贵重的赏赐……我不配收。”

“你真的不要？”西敏雪笑嘻嘻地看着她，又把盒子推了过去，“这可是无价之宝啊……不要不好意思……矜持过度的话，说不定会吃上后悔药哦。”她知道杨真一定已经看出信辉是要跟她相好，现在不答应，只是在装模作样，她实在想不出杨真有什么拒绝的理由。信辉那么的有权有势，又那么的英俊潇洒。杨真自己虽然美貌无比，韶华仍在，但毕竟已是二十五岁的高龄，还是个被从中华宫廷扫出来的丢弃物。信辉愿意和她相好，那真是天上掉下来的美事。

“我真的不配收。”杨真又把盒子推了回去，动作十分坚定，表情更像冰山一般坚冷。

“唉……”西敏雪笑着叹了口气，“我看你也明白了，难道非要我明说不成……信辉大人的赏赐，你要是不要，之后恐怕难以自处啊。”她看出杨真是真不愿意，茫然不知所以，也暂时没了说辞，只有拿信辉的权势出来压她。

杨真的眉毛微微一颤，表情却极是平静。“我相信既是赏赐，必是美意。以信辉大人的身份，绝不会强迫我这个平民之女接受他的赏赐的。”这句话说得不显山不露水，却十分的清楚明白。如果信辉对她真有爱慕之意，就不应该对她用强。一来这样有失风雅，像他这样优秀的男子强迫女人简直是耻辱，二来也不合身份，有时候身份越高受到的束缚也就越多。信辉身为监国大臣，如果强迫民女和他相好，实在是有失体统，甚至可以让国家蒙羞。信辉身为监国大臣，不能不考虑这些。

西敏雪哑口无言。信辉的确没打算在杨真拒绝后用强。不过可能只是他没想到杨真会拒绝。但无论如何，他终归没有交代。

杨真看了她一眼，在心底微笑了一下，进一步说：“再说，我虽然已经出宫，但按照惯例，也是不能再和男子相好。”虽然名义上说未受皇帝宠幸的女子可以再嫁，但人们怕惹上无妄之灾，基本没人敢娶。

杨真说这话本是为了表明自己矢志不移，西敏雪却错以为她是在说自己“身不由己”，赶紧说：“其实这件事情，你完全不用担心。这里毕竟是茜香国，中华的皇帝怎么着都不会到这里管这类事情。信辉大人又是这么的有权有势，你还怕什么呢？”

杨真没有说话，只是轻蔑地一笑。西敏雪这才意识到自己会错了意，又是尴尬又是沮丧，她本来就抹得艳红满颊，现在脸孔红涨，更搞得像猴子屁股一样。她索性不再装模作样，露出了市侩老妇的本来面目，“哎呦，我真是不明白你为什么不愿意，要是我再年轻个二十岁，别说信辉大人这样明示，就算他小指头勾一勾，我也自己夜里跑他府上去，我说杨小姐，如果您这是矜持，我还是求您别再这样了，您这样可是害了我老婆子啊。我办不成信辉大人交代的事，回去怎么和信辉大人交代啊？以后还怎么在茜香国立足啊？”

杨真微微一笑，温言宽慰她，“没有关系的。信辉大人想必也只是兴之所至，过不久就会忘记了。”

第二章
死灰槁木

西敏雪根本无法听进杨真的话，依旧满口怨言，还像身上有病有痛一样哼哼唧唧。对此杨真淡然以对，不急不躁地端坐着，微笑着看着她。西敏雪见耍赖也没用，只有灰溜溜地走了。为表礼貌，杨真一直把她送到门口。看着她的轿子走远，她脸上的神情慢慢地由淡然转向晦涩。如果让她的父母知道这事儿，肯定会不分青红皂白就让她贴上去吧。不过还好，西敏雪偷偷地来，证明信辉根本不想叫她的父母知道这件事，只想和她偷偷地来往。常言道，妻不如妾，妾不如妓，妓不如偷，他最多想让她做这个“偷”吧。

西敏雪回到信辉那里，一脸惶恐地把情况说了一遍。她是个聪明的奴才，知道事情办砸后最好不要做任何粉饰，否则更可能吃不了兜着走。信辉听了后没有任何反应，挥挥手叫她离开。西敏雪赶紧如漏网之鱼般溜走了。信辉走到床边，看着窗外的月亮，嘴边也勾起一抹弯月般的笑意。他对杨真拒绝他的事情一点都不在意，甚至还感到中意。轻易得到的女人一点意思都没有。矜持的女人总是更有魅力。而且从她应对西敏雪的话语来看，她应该很聪明，也很内敛，更知道进退。仅凭这些就让她鹤立鸡群，甚至还镀上了一层超凡脱俗的光辉。而这绝对只是她个性的一小部分，她身上一定还有很多发光的东西等着他去发掘。他的感觉极像拿到了一本神秘诱人的书，又像看到了一个在远处闪着光辉的宝石矿。这种感觉很是微妙，他已经很久没有这样的感觉了。

他所谓的宠妾早已派遣侍女前来，请他去她房里歇息了。但是他今天晚上没兴趣。虽然还不能亲近杨真，但现在他的脑子里已经满是她。虽然这种感觉很是饥渴，但也有种妙不可言的醺醺然的感觉，他很享受这感觉，不想被哪个傻女人破坏了。

清晨。雾气还没有散去，天色也没有褪尽青黛。一个女人裹着头巾，焦灼不安地站在监国大臣府的后门口。请信辉出来相见的条子已经送进去了，给送信人的礼钱她也给足了，但是就是不见信辉出来。她一面紧张不安地看着路人日益增多的巷口，一面恐惧焦灼地踮着脚尖往府里看，信辉大人是没起床吗？快点啊，快点啊，如果让华英发现就糟了。

门终于开了。为她送信的侍卫出来了，脸上木木的。“莫姑娘，快进来吧。”莫姑娘赶紧快步走进后门。

“你随我来。”侍卫带着她穿花园，过凉亭，越走越深。莫姑娘本以为他是带她去见信辉，满心振奋，之后却渐渐觉得不对，尤其是走到一片牡丹丛中的时候，她警惕地停住了脚步。因为她听说华英夫人非常喜欢中华上国来的牡丹，因为它是花中之后，便在自己的居所旁种满牡丹。“你这是带我到哪里去？”侍卫脸色一变，露出心虚的神色。她正要质问那个侍卫，却忽然感到眼前一黑。她被一个麻袋兜头罩住了，接着肋下被重重地打了两棒，棒子是用棉花包着的，只伤人内腑而不轻易留印儿。她眼冒金星晕了过去。莫姑娘醒来后发现自己被人用手按在地上，像只死狗一样，只能看到周围的人穿着绣花缎鞋的脚。最中间的一双脚踩在紫檀木的脚踏上，鞋上绣着用金丝镶边的牡丹，鞋头上镶着一对珍珠。

莫姑娘心头一凉，挣扎着把头抬起来，果然看到华英端坐在紫檀木椅上，带着令人冷到骨髓里的笑看着她。

“莫云，你天刚亮就潜入到我的府中，所为何事啊？”

莫云一哆嗦，不知道该说什么，惊恐地转动着眼珠。

华英轻蔑地一笑，忽然声色俱厉，“你不知道擅自潜入监国府是大罪吗？”

“不！”莫云没想到华英竟想给她栽莫须有的罪状，如果她再不开口，说不定就被她栽以小偷之名加以残害，赶紧为自己争辩，“我是来见信辉大人的……”说到这里莫云忽然怒了起来：我和你一样都是信辉大人的女人，凭什么你在天上，我在地下？想到这里不禁又想起了自己和信辉的情分，胆气也壮了起来。“我和信辉大人约好了。”

华英一怔，一张脸陡然涨得通红，冷笑着说，“一派胡言。信辉大人今天一早就去处理政务去了。如果和你有约，为什么不在府中等着你啊？”

莫云一哆嗦，但嘴上依然很硬，“但如果信辉大人知道我来，一定会留下来等我的。”

华英的脸涨得发紫，脸上那抹冷笑也难以维持，差一点便要面部痉挛，咬牙切齿，“恐怕信辉大人知道你的来意后，就算你等死在门口，也不会见你吧。你哥哥前日在闹事与人争执，用酒碗把人打死了。你来这里，是求信辉大人赦免你哥哥的，对吧？”

莫云噎住了，露出被人戳中软肋般的神情，惊慌和担心之意溢于言表。

华英脸上的紫意渐渐退却，鄙夷地一笑，“信辉大人嘛，虽然有很多毛病，但有一个优点，就是他从不贪赃枉法。前阵子我娘家的侄子犯了奸淫之罪，不依旧被他发配到边疆去了吗，你哥哥可是杀人之罪，信辉大人是无论如何都不会救他的。”

莫云剧烈颤抖了起来。她知道华英说的是实话，绝望和惊恐到了极点。绝望和惊恐是最容易引发怒气的东西，而华英那轻蔑的态度无疑是浇油之火。莫云感到一股难以言喻的怒气从心中窜起，陡然什么都不顾了。

“他对您娘家的侄子是无法眷顾。”她抬头冷笑着对华英说，“但是未必会不眷顾我的哥哥啊。”

华英一怔，脸又涨得发紫，“你说什么？”未等莫云答话，就三步并作两步冲到莫云面前，拽起她的头发，恨恨地盯着她的脸，恨不得把她咬碎，“你别以为信辉大人一时对你垂青，就会把你捧到天上去，我告诉你，你只是他一时兴起拿过来玩一玩，之后随意丢在一边的玩意儿，你以为你是什么东西，看清楚我才是他的正妻，才是他的贤内助，是他心里唯一有地位的女人！”

“是啊。”莫云盯着她的眼睛，笑得十分恶毒，“你是他心中唯一有地位的女人，你一直都在帮助他，生活和仕途上都是，他就像尊敬他的奶娘一样尊敬你，晚上从不去你的房里！”

“啪”的一声华英竭尽全力给了莫云一个耳光，又抓住她的头，狠狠地掼向地面。莫云的头磕在地面上，发出一声大响，头颈一软，晕了过去。

华英充耳不闻，拿起一个瓷瓶，高高举起，准备往莫云的头上砸。

侍女们都慌了，这显然不妥，但谁都不敢劝她。

“哼。”还好华英及时克制住了怒气，冷笑着放下瓷瓶。“我不能杀她，要杀她就脏了我的手。”转脸命令侍卫，“找个大缸，装满水，把她丢进去。淹死了之后再捞出来丢到河里……这样她就是‘自己失足掉进河里’的！”

侍卫们依言照办，过不了多久，京城外的河里就飘起了一具死不瞑目的女尸。

信辉也知道了这件事，回府后也有提起。面对此事华英很是冷静，只是佯装无意地说莫云应该只是失足落水，毕竟她哥哥出了那事儿，她精神恍惚，失足落水也是可能的。信辉果然对这件事没有多加过问。华英见信辉“果然把莫云看作过眼烟云”，心头暗喜。殊不知信辉现在已经移情于另一个女人，脑子几乎已经被她占满了。

信辉不想对杨真追得太紧，这样会让她心生骄矜。虽然已经作此打算，但他依然满脑子都是她，总是忍不住揣测，她现在在干什么。杨真此时正在家里，看着医生给杨眉开的药方——杨眉因为没有被信辉看中，竟然羞气交加地病倒了。其实大家都知道不是这么回事。杨眉小孩子家家，哪会有这么大的气性。她分明也是对信辉一见钟情，相思成疾了。大家都心知肚明，但谁也不会点破，只是请医生来为她诊疗。

这位医生的医术很是高明，给杨眉开了几帖消气去滞的药后还开了一帖特别的药：告诉杨家诸人没事多陪她下下棋，心病还需心药医治，弄不来心药就得让她转移注意力。下棋最是费心抓人的东西，杨眉又年小不知事，估计过不了多久，就会把这件事忘了。

杨甲立即上街买来了围棋，找谁来下却成了问题。杨甲一生痴迷赚钱，对琴棋书画这类“消磨时光”的东西嗤之以鼻，之前根本就不许它们出现在家里。杨真虽然在宫里的时候学过下棋，但不会阿谀奉承之道，赢就赢了，输就是输了，和杨眉下了一局后把她杀得片甲不留。杨眉脸上挂不住，再也不愿和她下棋了。杨甲没有办法，只好请自己的邻居，现在已经成了他的干妹妹的柏夫人的儿子来下棋。

柏夫人的儿子柏杨今年十七岁，清秀得就像个小白杨，正在家里攻读诗书，学习武艺，准备日后考科举，对琴棋书画也颇有研究。杨甲便请他来陪杨眉下棋。本来大家小姐与男子对弈有些不妥，但杨甲是个商人，想不到那些顾忌。以为叫个老成的老妈子陪着就可以了。柏杨一开始和杨眉相谈甚欢。柏杨毕竟年少，和同样年少的杨眉很是聊得来。然而过了不久，他就发现杨眉又骄纵又刻薄，没了和她聊天的兴致，便闭上嘴只管下棋。然而这样毕竟极为枯燥，柏杨便开始下意识地偷看四周，结果正好看到杨真坐在荷塘那边的小亭里做针线，目光立即移不开了。

杨真倒不是刻意坐在那里吸引他的目光的，杨甲虽然有万贯家财，但生活极为节省，买下的房子不算轩敞。亭台楼阁之间虽然有花草、池塘等物阻隔，但实际上都紧挨着。柏杨第一眼看到杨真心头就是一震，觉得她极是不俗，但仔细看她，发现她面若敷粉，眉目如画，青春芳华丝毫不逊于杨眉，更别有一番高雅、大气和成熟的气质，顿时感到心头如醉，简直像喝了一杯香醇的佳酿一样，心头无处不妥帖，无处不舒畅，却也心痒难熬。

他一早就知道杨家有位从中华上国的皇宫里出宫的妃子，一直想看看这位沐浴过中华上国的宫廷气的妃子是什么样，今日得见，果然名不虚传。他迫切地想走近她看一看，如果能再跟她说句话，那简直是无上的幸运。但是他是读书之人，男女之防的道理是懂的，知道绝不可这样贸然前去，这可怎么办？

他试探着问杨眉杨真的事情，结果杨眉没说几句就提到了杨真下棋时把她杀得片甲不留的事情，眉眼之间显得颇为不服气。柏杨没想到杨真棋艺竟也十分高超，心头欢喜的同时也有了主意：他对杨眉说，不如让他去跟杨真下一盘棋，给她出口气。杨眉立即拍手叫好，拉着柏杨去了杨真那里。

为了给杨真留下好印象，柏杨本已准备了很多华美的说辞，没想到刚一和杨真面对面便羞得抬不起头，这倒正好让他看到了杨真正在绣的是一幅彩蝶戏牡丹。那刺绣技法极为高超，蝶和牡丹都似乎马上就会迎风而舞，不由得让他更是耳红心热。杨真听说柏杨要和她切磋棋艺后倒也爽快，立即摆开棋盘和他对弈。开局不久柏杨便感到杨真棋艺不俗，但她好似并不急于杀伐，每走一步都给对方留有情面，不由得对她心生敬佩。杨眉一开始在一旁观看，后来见他们迟迟不能分出胜负，便烦了，自己拿着团扇到花园里扑蝶去了。

柏杨这才敢跟杨真答话，他也不敢对杨真多说什么，只是从她绣的牡丹说起，进而谈到牡丹的习性，再谈到其他花卉，这个话题并不算如何有趣，但柏杨只是听到杨真的声音便感到十分幸福。她的声音如银铃，如黄莺，如春风出谷，又如金钗碰玉环，再配上她优雅大方的语气，简直比任何音乐都要动听。

棋局终于终了，杨真赢了柏杨一子。柏杨趁机对杨真的棋艺大加吹捧，并相约下次对弈。杨真没有拒绝。柏杨开心之极，感觉身体飘飘然，几乎要踏风而舞。而杨眉还在花园里追赶蝴蝶，那个老妈子还在专心致志地吃着瓜子，一直没有发现他这小小少年的小小把戏。

隔天便是庙会。和中华一样，庙会是非节非庆时最热闹的时候，而这次还有天竺国的马戏团来表演。杨甲全家的女眷都是爱玩之人，大大小小全都去了。杨氏和大女儿杨敏、二女儿杨霞、四女儿杨眉全都打扮得花枝招展，带着的丫头婆子也全是浓妆艳抹，一大群人走在街上，就像一片花花绿绿的云。杨真依旧是随便穿着一件淡绿色的衫子，头上只斜插了一根珠钗，走在他们中间，显得另类，但也显得脱俗。

天竺马戏团搭起了戏台，一群天竺女人正在唱歌跳舞，她们皮肤黝黑，身材曼妙，头上戴着金片搭缀而成的头饰，脸上蒙着嫣红的纱巾。上身只用红纱裹胸，下身穿着红纱长裙，脖子和手腕上全部戴着金光闪闪的首饰，肚脐里更嵌着亮光闪闪的宝石。从她们的歌声里听不出什么词儿，但是那声音十分婉转动听；她们跳起舞来也宛如一条条魅惑的蛇在扭动。眼周不知是用什么墨黛画出的眼线，极深极粗，衬得她们的眼睛都如深潭里的星星，顾盼之间，勾魂摄魄。

杨甲的女儿们从没有见过这种舞蹈，全都一个劲儿地往前走。杨真却觉得这种舞蹈隐隐有乱人心魄的浮荡之感，轻蔑地一笑后便挤出人群，走到茶摊边去吃茶。

杨真要了一碗酸梅汤，喝了一口后觉得酸，便又要了一碗枣茶，双手捧着慢慢地喝。就在这时，她忽然看到树下阴影里有一个人，喝入的一口枣茶便再也咽不下去了。这个人她见过。她记得他在华英夫人的寿宴上，束着银丝织成的腰带，腰间挂着碧玉佩，神气地出来进去。据说他是信辉的亲近随从。

此人正是王德。他毕恭毕敬地走过来，低声对杨真说了几句话。杨真一听脸就白了，接着变得绯红，低着头随着王德走进了一旁的小巷，虽然极不情愿，但是不敢违背。小巷的尽头是一片青翠的竹林。一辆看起来素雅，其实颇为考究的小车，掩映在一丛青竹后，车门上的竹帘半开。车里坐的就是信辉。他觉得城里的女人都会出来看庙会，早已派人在杨真家门口查探消息。得到她们的行踪后他便坐着小车前来，准备等她落单时堵她。

王德请杨真上车，特别强调是信辉大人“请”她去车上一叙。杨真一动都没有动，低声但坚定地说：“卑贱之人不敢和大人同车。”

第三章
相思劫

信辉在车里听见她的话，眉头一挑微笑起来。她竟然敢当面反抗他，还反抗得如此得体，真的是颇有意思的女人。仔细看看，她站的位置似乎是任何人走过巷口都能一眼看到的地方，并且是巷口的灯光可以被照到的地方。相信以他的身份，即使在空寂无人的地方，也不能强行将她拉入车内，更别说是随时可以被人发现的地方了。她不仅敢于反抗他，而且是颇有心计地反抗。

信辉的笑容中泛起一丝戏谑和怒意。她把他看成墨守成规，会被身份僵住的人就大错特错了。不过他现在不想显得过于迫切。这样不仅没面子，还会给她惯出骄娇之气。但是他可不会就此离开，这样倒像他真被她算计住了一样。

“你不必拘礼。”他掀开帘子，似笑非笑地看着她，“说起来，你曾在中华上国的宫廷中为妃，身份可是高贵得紧，我还怕我这个蛮夷小国的监国不配和你同乘一车呢。”最后一句他说得很夸张，因为已经不是谦虚。他在暗示杨真不愿上车相谈是因为高傲。以她的身份敢嫌弃他，绝对是大不敬。他可以就此治她的罪。

要是一般的女人，绝对不敢担这个罪名，杨真却依旧很冷静。她低着头，恭敬但坚定地说：“我早已出宫，已是一般民妇。大人不介意我身份低微，但我必须谨守本分，民妇身份低微，万万不敢和大人同车。”

“哦。”信辉眉头微蹙，有点想怒，但最后还是笑了笑。这女人还真是有趣，依旧很沉稳，回应得也依然得体；她一直低着头，这倒也是该有的礼数；不和他目光交汇，使他也没法用目光攻势。一般女人只要被他凝视一小会儿就会乖乖就范。感觉她就像一个在远处沐浴着月光游动的金鱼，难以触及，滑不溜手，但是令人神往。

“哼。”信辉冷笑了一声。“你果然如西敏雪说的那样，拒人于千里之外啊。”

“民妇只是在恪守本分。”杨真依旧不敢抬头，“民妇韶华已过，容貌丑陋，性情愚鲁，人又木讷，实在不配。”

“哼。”信辉打断她，大声冷笑后道：“你不用这么自谦，什么韶华已过，容貌丑陋，你哪一个都套不上。你如此妄自菲薄，都让我怀疑你是不是故意和我做对，引起我的注意了。”说到这里他依然笑着，也不像发怒，却隐隐显露了威慑之势，让王德都感到了压力，紧张地偷看杨真。

杨真也微微有些慌，但是没有乱，只是静默了一会儿。静默过后她镇定地说：“民妇已经宛如死灰槁木，实在不敢耽误别人的时间。”

“死灰槁木？”信辉哈的一声笑了出来，“为什么？”

杨真没有答话。因为她知道自己不需要回答。

“我明白了 ”信辉代她答了，“以前总有人说中华的宫廷里如何如何，我都不相信，现在我相信了。”其实他早就知道，也早就相信。“竟然能让人心如死灰，真是厉害。不过，死灰里往往会长出新草，槁木里也会长出嫩芽。越是说自己心死的人，往往越不甘心。”

杨真一直很沉静，听到这个却心头一顿，感到一股乱纹从心底泛起，接着不可抑制地扩散，赶紧稳住心神，全神贯注地准备应付信辉的下一次攻击。

没想到信辉没有再说什么，只是轻蔑地一笑，然后放下帘子。王德知道信辉这是“走人”的意思，赶紧向杨真道别，然后驾车离开。杨真依然低着头站着，等信辉的车消失在竹林深处后才转身离开，没想到刚一挪步就踩到了一株乱草，还险些被绊倒。

杨真扶住墙稳住身体，就那样静静地站在那里。她忽然恨恨地用指甲刮下了一片青苔。是的，死灰槁木。她现在就要求自己做死灰槁木。这么多年的历练告诉她，就只有做死灰槁木才安全。别人以为她在宫里过于自甘淡泊，才会一无所成。她却认为自己其实是胜了，而且胜得光辉灿烂，因为她保住了性命，平平安安地出了宫。

人人都说要力争上游，但总有你无论怎么争都出不了头的时候，更有一出头就被砍头的时候。惹不起就要躲，还要躲得及。和她一起进宫的那些女人，明明无法和势力已成的宫妃抗衡，却硬要试一试，结果一试就丢了性命。有些人则自作聪明，以为自己可以佯装无欲无求，以为别人看不出她“韬光养晦”，结果也像蚂蚁一样死在皇后和贵妃们的手里。只有她知道后退，而且后退得得体，所以才能平平安安地出宫。她不仅对于那些已经死于宫中的人来说是胜者，对于那些受过宠幸，却被送进尼姑庵的人也是胜者！可惜没有人知道。

杨真忽然警醒，接着苦涩地笑了。自己在干什么啊？不是早就打定主意不管别人的想法了吗？众人皆醉我独醒才是值得炫耀的地方。这十年她不可以忘记，但是不能一直为此愤愤不平。如果如此的话，她等于还在宫中，一直都没出来。死灰槁木，只是她暂时的状态而已，因为她还不了解外面的世界。不管是新草还是嫩芽，该长出来就长，长不出来就拉倒。不管怎样，她不会为别人而长！

杨真忽然察觉到自己心中的怒气，感到十分的惭愧和懊恼。她走回茶摊坐下，这次她要的是酸梅汤，用从井底深处打上来的冷水冰过，非常的凉，慢慢喝完后她心头就定了。真是丢人啊，她讪笑着对自己说。她竟然因为信辉的话而心乱了一阵。虽然严格来说不是因为他，但依然感到有些懊恼。她不该被任何事、任何人扰动心情。这是她在宫中的十年里，学到的最宝贵的东西。

杨真喝完酸梅汤后，舞女们的表演也结束了。接下来上场的是一群缠着红色包头，穿着开胸马甲和灯笼肥裤的人，表演喷火和抛掷飞刀。杨真觉得这个挺新鲜，便走过去看了。等她走远了，柏杨才从树下的阴影里溜出来，看着杨真的背影惊疑不定。

他也料到杨家的女眷今天会来逛庙会，便抱着“能不期而遇”的浪漫幻想跑了过来，果然在舞台之旁发现了她们。他看到杨真在那里喝茶，便买了个糖人准备给她当茶点，走向她的时候却看见她和一个陌生人走进巷子里。他赶紧跟在他们身后，藏在巷口偷看他们的动静。因为离得远，他听不见杨真在说什么，但隐约可以揣测出杨真对车里的人有抵触情绪，在拒绝他什么。在杨真出巷后他立即偷偷走入巷中查看，结果在竹林边上捡到一个银子打造的花饰。那花饰打造得十分精美，花瓣的纹路都清清楚楚，而且不知用了什么手法，竟能让它在日光映照下发出彩虹般的光芒。

他刚捡到它的时候觉得颇为眼熟，仔细一想却如遭五雷轰顶：因为权贵喜欢附庸风雅，精通琴棋书画的人都比较容易融入上流圈子。他就因棋艺接触过一位专给皇亲国戚制造生活用品的匠人，虽然说是匠人，但出身也较为高贵，只是喜欢手工劳动才当了匠人。正因为他身份高贵，做东西只是怡情，所以他手制的东西格外稀有昂贵，不是身份至贵之人都用不起。在他手制的东西中最为得意的，就是一辆车。这辆车乍一看来没有什么扎眼的设计，细节却无处不奢华精美。内敛的奢华是最有高贵态度和风雅气质的。信辉很喜欢它，买去自己使用。匠人也感到脸上有光，时刻跟人提起。他最喜欢强调的，就是这辆车的车轮上都有自己亲手打造的银花，一被光照就可以发出彩虹般的光芒！

柏杨把花饰藏进口袋里，只觉得脑中一团混乱。现在看着杨真的背影消失在人群里，更感到脑中乱到麻木，杨真竟然和信辉大人有勾扯？那会是怎样的呢？

这件事一直让他闷闷不乐，想要找杨真问个清楚，却一直不敢。以至于他和杨真下棋的时候都愁眉不展，精神涣散。

杨真发现了他的异常，轻声问他，“你有什么事，让你这样忧心？下棋都不能专注？”

“我……没有……”柏杨慌忙遮掩，却想到自己天天辗转难眠就是因为她，索性不再遮掩，“您怎么看出来的？”

“因为你的眉心发皱啊，颜色也很暗。”杨真似笑非笑地说，“一般睡不好觉都会这样。在宫里的时候，好多姐妹早上起来眉头都是发皱的。”她嘴边忽然泛起一丝不可名状的笑容，“当然，我自己经常也这样。”

“哦。”柏杨的心怦怦地跳了起来。其实他和其他人一样，也想问清楚杨真在宫中为何未受宠幸，现在似乎有了由头，但仔细想了想后还是不敢直接问，“为什么宫里的娘娘们……都会这样呢？”

杨真没有做声。

柏杨知道自己还是问得突兀了，不由得惶恐不已，赶紧换个话题，“其实我最近心里烦乱，总是睡不着，正好想请教有没有宁定心神的方法。”

杨真又露出一丝不可名状的笑容，忽然轻轻地把装着棋子的石钵推到了地上。

柏杨以为杨真发脾气了，顿时吓得头颈僵硬。

“把这些棋子捡起来。”杨真淡淡地说。

柏杨不敢不从，赶紧蹲下去捡棋子。却听到身后杨真“呵”的一声笑了起来。“你把这些棋子都捡起来，就会心如止水了。”

柏杨惊诧地回过头来，发现杨真一脸温和的笑意，目光似乎在看他，却也似乎在看千万里之外的地方。“这是宫里的一个老宫女教我的。她说，如果晚上心烦意乱，就把棋子丢在地上，然后一个一个地捡。等你把棋子都捡起来了，往往夜也深了，心也定了，就也能睡着了。如果依然睡不着，再把棋子丢在地上，再捡。就算一直睡不着，也一直有事做，不会感到太煎熬。”

柏杨想着那凄苦的情境，不寒而栗之余，却也心头一喜，他可以借着问这位老宫女的情况来问她的情况，这样容易开口，也可以省去很多尴尬。“这位宫女姐姐真是睿智，她如此打发晚上的时光，是不是一直没受过中华皇帝的宠幸？”

“她已经不是‘姐姐’了。”杨真苦涩地一笑，“她十六岁入宫，今年已经六十岁了。本也可以在二十五岁时出宫，却因为得罪了一位嫔妃，被罚终生留宫。”说着目光迷离起来，低声吟诵起一首诗，“上阳人，上阳人，红颜暗老白发新。绿衣监使守宫门，一闭上阳多少春。玄宗末岁初选人，入时十六今六十。同时采择百余人，零落年深残此身。忆昔吞悲别亲族，扶入车中不教哭。皆云入内便承恩，脸似芙蓉胸似玉。未容君王得见面，已被杨妃遥侧目。妒令潜配上阳宫，一生遂向空房宿……”吟到这里忽然顿住，半晌后才喃喃地说，她的语气依旧淡然，里面却墨染白绢般透出凄怨，“这是中华的白居易《上阳白发人》的诗句。中华皇帝的宫中嫔妃宫女少则数千，多则上万，皇帝却只有一个人，能见到皇帝的女人已经是少之又少，能得到皇帝宠幸的更是犹如凤毛麟角，纵然你国色天香，见不到皇帝也是枉然。即便你见不到皇帝，也过不到清闲的日子，女人之间本来就喜欢钩心斗角，又都是成天见不到皇上，又闲又怨，你要是长相丑陋，别人会联合起来糟践你，你要是品貌出众，别人又会一起嫉恨你。而上面那些得宠的嫔妃，都无日无夜地担心自己失宠，时时刻刻注意剪除可能对自己有威胁的宫女，如果你不会藏拙，不会自保，说不定连命都保不了。”

杨真的表情转为凝重，长长地叹了一口气，本想继续说自己在宫里的情状，话出口时却变成了，“你先回去吧，我有点不舒服……”

柏杨惊疑不已，也非常不放心，但是不敢不从。杨真看着他离去，轻轻地抓住亭柱上的藤蔓，往事正如冰水中的气泡一样一点点地涌上心头。

当初，她和两个姐妹，都有几分姿色，一起被皇后选中，封为淑媛，准备向皇帝引荐。当时有位宸妃，极受恩宠，几乎要盖过皇后。皇后怕她夺走自己的后位，才把自己和其他两个姐妹选出来，想通过她们分宸妃的宠。那两个姐妹雀跃不已，以为有皇后撑腰，飞黄腾达指日可待，她却感到凶险，故意装病，卧床不起。幸好她当时机灵，否则不知道会是什么下场。那两位姐妹，都顺利得到了皇帝的恩宠，但一个被宸妃下毒害死，死的时候七孔流血，死不瞑目。皇帝却根本没有在意，依旧爱他的宸妃。另一个姐妹比较机灵，没有被宸妃害死，却因为骄傲外露而死于皇后之手。

这两个姐妹和杨真一样，在朝中都没有有权有势的家人做后盾。可即便有后援，也未必可以一直平安，但至少不会死得像只蚂蚁。那位宸妃，最后也败于皇后手下，被冠以罪名，锁在空屋里活活饿死。她的家族也因此获罪，几乎被皇后和她的家族一网打尽。后来皇帝驾崩，皇后升为皇太后。其实按照祖制，受过宠幸而无子嗣的嫔妃既可以上尼庵，也可以留于慈瑞阁居住。但是太后硬是把她们全部送往尼庵，并且特意削减她们的奉养，就是想让她们受罪。那些有子嗣的嫔妃，则被禁锢在慈瑞阁里，虽然奉养不减，但也只有等死一途，更别说她们要天天战战兢兢地围在皇太后身边侍候。皇太后想打就打，想骂就骂，即使没有冒犯，也会因皇太后‘回忆往事’而遭到无妄之灾。而杨真，则因为从没有受过宠幸，才能顺顺利利出宫，还得了丰厚的赏赐。在杨真出宫不久，就听说皇太后因为疾病昏厥，醒来后就腿脚麻木，宛如废人，只能在床上度日。估计是因为一生劳心过甚，气恼过度。说起来，她当初是凭借身份高贵入的宫，是太皇太后钦点的皇后，却一直不受先皇喜爱，天天独宿空房，和守活寡差不了多少。看着别的宫妃备受先皇宠幸，那种嫉恨愤懑，肯定犹如噬心之蛇，让她每日每夜不得安宁。如果光是嫉恨愤懑，倒还罢了。最糟糕的是她因为不受宠幸，自然就没有子嗣。没有子嗣，皇后的位置就岌岌可危。为了雪恨，也为了保护自己的后位，她一生竭尽心力谋算他人，和诸多宫妃甚至和先皇斗智斗勇，身心早已被伤透。虽然她最后收养了一位早逝宫妃的儿子，立为太子，并扶植他成为皇帝，大获全胜，却在先皇驾崩后因病成为废人。也许她早就要病倒了，却因为形势逼人而不敢倒下，只要先皇一日不崩，形势就可能逆转。所以她在先皇驾崩后才敢真正松口气，没想到这口气一松就崩溃病倒。虽然保住了性命，但每日只能在床上靠吃各种苦药续命，也是生不如死。不过即便这样，她只要还能动嘴，就依旧可以折腾那些太妃太嫔出气。其实仔细看下来，宫里的女人，最终没有人赢。

杨真一动不动地站在亭边，绿藤已经被她拧出了汁液，顺着她的手心往下淌。虽然她一直提醒自己是胜了，应该及早把宫里的遭遇忘掉，但是那十年里重重叠叠的凄苦、凶险、气恼……全都像猩红的血滴一样朝她飞来，让她心头揪紧，全身冰凉，更像被冻住一样动弹不得。

几日后，杨真被邀请参加礼部员外郎孙大人夫人的寿宴，因为她怎么说都是在中华上国的宫廷里住过的前宫妃，身份特殊，又在上次华英夫人的寿宴上给了诸多贵妇人们非常好的印象，所以她们一有聚会就喜欢请她前去。一并去的自然还有“万金油”西敏雪，据说她从中华的商队那里买来了珍稀补品猴头菇，准备在今天献给孙氏。

第四章

桃花陷阱

因为上次的事情，杨真一直不动声色地和西敏雪保持距离。然而令她大为诧异和紧张的是，寿宴进行到一半的时候信辉忽然驾临。她害怕信辉会再有什么举动，一时紧张得全身紧绷。虽然男女客是分开列席，但所坐的厅堂都是紧靠着的。她们这些女眷，也要一起去拜见信辉。信辉却并没有朝她多看一眼，看他的神情，竟像从来都不认识她一样。大概他是没兴趣再纠缠她了吧。说来也不奇怪，以他的身份，竟然被她拒绝了两次，一定觉得很失身份。杨真松了口气，却也有些惘然，大概是之前紧张过度的原因，乍一松下来，有些不大适应。

宴会进行到中段的时候，孙氏回到内室更衣，说是更衣，其实是酒喝猛了冲了脑子，以及和旁人说了太多的话，伤了气，需要休息。没办法，这些一世享福的人，总是这么弱不禁风。

杨真不由得又想起了自己在宫里时的日子，那时候皇后为了显示后宫和睦，同时也为了方便窥探各位妃嫔的状况，总喜欢把所有有品位的宫妃聚集起来“欢庆”，或赏花，或吃茶，或观舞，或聚宴。为了显示自己的威势，皇后往往不喜欢让宫妃们“过于舒服”，品位高的宫妃可以坐着，但不时要回应皇后或严厉或绵里藏针的问话。而品位低的宫妃，就像她那样的，往往只能站着。不能说闲话，不能乱动，也不能随意吃喝，还要强颜欢笑。她记得有一次皇后赏花的时候“诗兴大发”，逼着宫妃们一轮一轮地作诗，一直拖到了晚上。她就像个笑嘻嘻的人偶一样站着，回去时脖子都是硬的。不过她还算是幸运的。有位荣嫔，因为作诗不合皇后心意，为了避祸，“自愿受罚”，在御花园里跪了一夜，不仅跪得膝盖淤肿，还被蚊子叮了一脸的红疙瘩……

西敏雪冷不丁凑了过来。杨真不想理她，便也假装没看见她，夹了一筷青笋放进口里。西敏雪知道她看见她了，凑近她鬼鬼地一笑，“你看见有几位大家闺秀也悄悄离席了吗？”

“嗯？”经西敏雪这么一提醒，杨真还真想起有几个。

“我跟你说啊。”西敏雪又朝她凑近了些，笑的更诡异，“那是被孙夫人叫去后堂，重新理妆去了。孙夫人挑选她们，是为了向信辉大人推荐，让信辉大人挑选一个，你懂的。”

杨真知道她是什么意思，什么都没有说，又夹了一片菜放进嘴里，本来是想夹青笋，却不慎夹了片青椒。西敏雪笑得眯起了眼睛，目光就像钩子一样钩向她。她从来不认为杨真是真的想拒绝信辉。现在“她的机会被别人抢去了”，她非常想看看杨真会不会吃醋，会不会后悔。在她看来，杨真肯定是醋意熏天，肠子肯定也悔青了。

杨真也知道她在想什么，只是轻蔑地一笑，低下头继续吃菜。这次她夹的是一个虾米，夹得准准的。

西敏雪迷惑起来，但依然觉得杨真心里是后悔的，冷笑一声去了。又过了一会儿，杨真起身去找更衣之所，有身份的人都嫌直接说“解手”或者“方便”不雅，都用“更衣”来指代方便。所谓的更衣之所，自然就是厕所。厕所一般都在花园的角落，而大户人家的花园，布局一般都十分精巧和繁复。杨真不敢贸然自寻，如果迷路了，失了体面事小，去了不该去的地方事大，便想找个丫鬟替她引路。就在这时，过来了一个梳着一对小辫儿，辫稍各缀一颗嫣红玛瑙的小丫头，杨真便请她为她引路。

杨真的担心果然不错。后花园的布局果然复杂，道路也是七扭八歪，看来花园的建造者很喜欢“山穷水尽疑无路，柳暗花明又一村”这两句诗。她要是自己乱闯肯定迷路。她在掩映在花枝后的厕所里解决了问题。她出来后小丫头依然在，她便请她带她回去。

小丫头又带着她往回拐，杨真却隐隐觉得自己走的路和来时有些不一样。她正要问小丫头是怎么回事，却发现她不见了。杨真感到迷惑，也隐隐地紧张起来，赶紧找来路。其实找不到来路也不要紧，这个花园的大小总是有限，她只要按着一个方向走，一定可以走出去。她走了一会儿，果然看到一间雅舍。她便走进去，想看看能不能遇上什么丫头婆子，领她出去。

这间雅舍并没有关门，门口挂了一道紫竹帘子。杨真以为可以进去，径直一掀帘子，之后却猛然发觉不好：刚一进门她就闻到了一股极为甘冽的衣香，这是身份极为高贵的人才能使用的。她下意识地朝屋里看了一眼，果然看见信辉坐在堂中的软塌上，左手拥着一个女人。

杨真赶紧扭头就走，却被信辉叫住了。

“你一定是迷路了吧。既然如此，就进来歇歇好了。”

杨真没有办法，只好低着头走进来站着。信辉得意地看着她。那个小丫头，就是他安插在席间，专门负责把杨真引过来的。接下来，他则要演一出好戏给杨真看。

杨真本以为有人进来了，他就会放开怀里的女人，没想到他依然拥着她，并且抱得更紧了。杨真忍不住偷偷朝那个女人瞥了一眼，发现那个女人是著名的冉玉小姐，她听说过她的名声。据说她虽然待字闺中，但十分的风骚放浪，有很多达官贵人都是她的情人。

冉玉小姐今天头发梳得很精致，穿着一身嫣红的衣衫，胸口的衣衫半开半掩，露出玉一样的脖子和一小块胸脯，脸上的妆更是画得像醉了酒似的，看起来媚态横生。她本来对信辉为什么要把杨真叫进来也感到很疑惑，但很快就感到他们之间一定有什么尴尬情状。到底是如何她不清楚，但是直觉她和杨真之间一定是类似于“情敌”的关系。女人的嫉妒和凌虐对手的冲动总是说来就来的。冉玉立即格外风骚起来，软软地倚靠在信辉的身上，用脸颊和嘴唇在他的脖子和脸颊上轻轻磨蹭。再加上带着各种暗示的温言软语，已经有种白昼宣淫的感觉。

信辉从眼角看了看怀中人，又带着一副似笑非笑的神情看向杨真。其实这是他挑逗杨真的一种方式。他不信杨真真的宛如死灰槁木。任何正常的女人看到男女情爱都会有所反应，特别是杨真这种“一直清白”的女人。她一定会羞赧、难堪或是愤怒。其实不管是哪一样，都是她心底的渴望被撩动的反应。反应越是剧烈，就证明她心里越乱。只要她心乱了，他就可能抓住机会攻破她的防线，到时候把冉玉赶出去就是了，让她望风也是不错。

他左手把冉玉抱紧了，轻轻抚摸她的脸颊作为回应，一面不动声色、得意扬扬地看着杨真，等待她的反应。她依然低着头，脸上似乎一片平静。但信辉肯定这是暂时的，觉得她的脸上马上就会浮起红晕，眼里也会露出水晕般的光芒，这就是她的心被撩乱的表示。然而他失算了。杨真一动不动地站在那里，脸色一直如常，宛如老僧入定，不管他和冉玉做什么，都一副什么都没看到的样子。信辉更是诧异和受挫，也感到胃口大倒，接着又感到很是恼火和羞惭。以他的身份和条件，用这种方式已经很丢面子了。失败了更丢面子。这股怒火直窜而起，他忽然有种“给她点颜色看看”的想法。

“你出去吧。”信辉把冉玉放开，冷冷地说。

冉玉不知道为何信辉会忽然变得这么冷淡，很是茫然不解，却看到信辉的表情不像在开玩笑，只好出去了。她为人极是机灵，已经猜到信辉想干什么，出去的时候顺手把门关上了。

杨真一哆嗦。信辉见她终于有了反应，便又来了兴致，“给她颜色看看”的念头也暂缓。他走到杨真的面前，低头看她的眼睛。

杨真的眼帘低低地垂着，长长的睫毛就像两片垂帘。

“把头抬起来。”信辉的语气中满含笑意，但也用了命令的语气。

杨真把头抬了起来。信辉本以为她已经惊慌不已，没想到她依然淡定，双眼也木木地看不出情绪。

信辉又感到失望和受挫，之前的怒火重新涌起，冷笑着说：“你还真是沉得住气啊。你不怕我对你做什么吗？”

“不怕。”杨真面无表情地看着他，“您会自重的。”

自重？信辉的眉头一跳，恼怒地笑了。用他的身份挟制他，还真是个好策略啊。要是一般人，恐怕真不好意思动她了。他忽然感到欲火要被怒气引爆，一时只想捏住她的脸蛋，狠狠地亲吻她，然后把她扔到床上，撕掉她的衣衫，狠狠地蹂躏她。

这种想法是他前所未有的，因此他在实施之前迟疑了一下。也幸亏他迟疑了一下，让他发现冉玉正藏在窗外的花树后朝他们偷看。信辉一凛，接着轻蔑地笑了。他那些“荒唐”的念头已经如退潮般退了。男人可能完全瞧不起一个女人，也可能完全不在意一个女人，但绝对不愿意在她面前丢脸。在他看来，真正成功的男人就应该高高在上，等着女人自己来献殷勤。如果自己“死乞白赖”地对杨真用强，那才是丢脸丢得彻底。他对冉玉其实是非常蔑视的，因此绝对不可能在她面前丢这个脸。“你还真特别。”信辉冷笑一声开门走了出去，并没有朝杨真多看一眼。其实他是装的，他在用眼角瞥着她，观察她的情绪反应。结果他看到杨真仍是面无表情，不由得又受挫了一次，因此更加恼怒，拂袖而去。

估摸信辉走远后杨真的表情才开始活络。她小心翼翼地走出门，冷不丁对上了两道蛇一般的目光。冉玉正躲在花树后，恨恨地朝她瞪视，她对她是如此的仇恨，以至于眼中像要喷出火焰，指甲也几乎要抠到树皮里去了。对此杨真只是轻蔑地朝她瞄了一眼，然后飘然而去。从她的神情来看，似乎根本没把冉玉当成“人”一类的生物，这就是蔑视到了极点。冉玉更加生气，牙齿咬得咯咯直响，一时间只想扑过去狠狠地抓烂杨真的脸，但她不敢轻举妄动。她知道杨真在信辉心中有着特殊的地位，如果她贸然冲过去，天知道自己会是什么下场。

杨真按着自己之前来的路，很快就走出了花园。她回到席间继续吃酒，就像什么事都没发生一样，但是喝酒夹菜的时候手却微微有些发抖。回家之后她便深居简出，以避免不必要的麻烦，每天就坐在亭子里绣花，倒也算惬意。不知为何，柏杨渐渐不来陪杨眉下棋了。杨真乍一下不知是怎么回事，但看到杨眉经常莫名其妙地乱使小性儿，渐渐地便明白了。杨眉果然是小孩子心性儿，恐怕又看上柏杨了。

柏杨不来也是为了不惹麻烦，他是知道了杨眉是要被送去取悦信辉？还是因为他心里已经另有其人呢？想到这里她不禁对柏杨心里的人产生了好奇。然而还没等她好奇之心彻底展开，答案就来了，而且让她颇为措手不及。

一天下午，傍晚的云彩像被夕阳染得一样漂亮，杨真就在亭子里绣天上的云朵。就在这时，粗使丫鬟扇坠儿一脸诡秘地走了过来，递给杨真一个缎子做的小袋儿，上面用五色丝绳系着口儿。杨真打开缎袋，立即闻到一股甘洌的香气，里面赫然是一卷香草纸，上面用绛红的丝带系着。杨真打开纸卷，只扫了一眼，就飞快地把纸卷合上了，甚至还有把纸卷匆忙藏起来的冲动。

是柏杨的信。约她今天晚上，到龙眼湖边相见。没想到他看中的人是她。看来有点麻烦啊。

杨真并没有去。柏杨会不见到她就不走吗？未必。在她看来，柏杨依旧是小孩儿家，难有什么坚定的意志。再说她见今晚上浓云遮月，应该有大雨，她在宫里闲极无聊，各种知识都学了一点。就算柏杨有那么点意志，遇到大雨，肯定也会回来了。

然而事情不像她想得那样。这天晚上暴雨倾盆，整整下了一夜，第二天就听到邻家门口大呼小叫。原来柏杨一夜未归，今天早上被人发现倒在龙眼湖边，衣服湿透，已经烧得人事不省。杨真听到后颇受震动，也颇有些为难。

柏杨一病不起，据说烧得很严重，一时清醒，一时糊涂。大家问他到底为什么要在下大雨的夜里到湖边去，他咬紧牙关什么都不说。杨真听到之后只是叹息，便找到了扇坠儿，给了她一根银钗，叫她偷偷跑到柏杨家去，把自己从宫里带来的冷香散放进柏杨的药罐里。冷香散是她从宫里带来的珍品之一，对风寒之类的疾病有奇效。她叫扇坠儿谨慎办事，不可被人撞破，办完事之后就溜回来，之后也要守口如瓶。她在宫里历练过，各种指点自然到位，恐吓也自然有用。

柏杨吃了冷香散之后很快就痊愈了，之后又来找杨眉下棋。杨眉凑巧出去了，他便坐着等。杨真以为他已经对她没了念想，安下了心，却也有些惘然，便坐到亭子里绣花。她今天绣的是鲤鱼戏青荷，一只俏生生的小鲤鱼从碧波里探出头来，朝天空看。她正绣得出神，忽然从眼角瞥见一个人影。

是柏杨。她吃了一惊，慢慢地把绣花绷子放了下来。

柏杨一言不发地走了过来，眼睛水汪汪的似乎有话要说。

“杨眉出去玩了，应该很快就可以回来。”杨真知道自己应该引导话题。

“我知道。”柏杨苦笑了一下，“所以我才过来。”

杨真轻轻地垂了垂眼帘。她明白了，柏杨是专程来找她的。他一点都没有想明白。她拿起绣花绷子，转头便走。因为她知道现在说什么都没有太大用处。

“其实，我只是想面对面地问问你，你和信辉大人，到底有什么渊源？”柏杨也很机灵。知道现在不能和杨真谈感情问题，就只有谈能谈的问题。

杨真果然站住了，长长地叹了一口气，“没什么渊源。”

“那……是信辉大人……要和你相好吗？”一提到这个问题柏杨就紧张得不可自制，以至于无法找到更文雅的说法。

杨真微微一怔，犹豫了片刻后才说：“是。”

“那……你……怎么想呢？”虽然知道杨真肯定是拒绝了，但柏杨心里还是非常惶恐。

“我拒绝了啊。”杨真苦涩地笑了笑。

亲耳听到这话后柏杨心里的石头才真正落地，接着便要欢呼雀跃，却依然有点无法相信，“那可真……不过……为什么呢？”

杨真的眉头微微一跳，冷笑着说：“难道很奇怪吗？”

柏杨尴尬起来，想了半天才想到合适的词，“是奇怪，不过也不奇怪，普通的女人自然不愿放弃这个机会，如果放在她们身上，当然是奇怪。但是对于你这种超凡脱俗的人来说，一点都不奇怪。”

“超凡脱俗吗？”杨真晦涩地笑了笑，未置可否，这可不仅仅是用“脱俗”就可解释的，有很多很多的原因。柏杨偷看着她，感到心和脸都烫得难以言喻：原来真有倾国倾城同时又视权势和财富如粪土的佳人。这位佳人又是他的心上人，这是怎样的机缘？

因为激动过度，柏杨倒不知道该如何延续话题了。两人这样相对无言地站着，不仅气氛尴尬，而且杨真之后也可能会走，杨真其实已经有了要走的苗头。柏杨一急，一直在心口萦绕的话冲口而出，“我知道是你给了我神药，我才能痊愈……赐药之德，没齿难忘！”虽然话终出口，但因为紧张过度，想要说情话，却说得不伦不类。

杨真微微一怔，“你怎么知道的？”

柏杨的脸红了，因为他又想起了自己发现药里有蹊跷时的激动忸怩的心情，“之前很多药都不见好，但是吃了那一服药就见好了，我就觉得有蹊跷。仔细回忆喝药的时候，好像有股冷冷的香味，我听说过中华上国有一种宫廷御药，应该就是这种滋味，而细想能得到这种药的人，似乎就只有你了。”

杨真悻悻地笑了笑，心情十分复杂，没想到柏杨还挺聪明。

“喝了那服药之后，我的病没到一天就大好了，我便时时刻刻记着你的恩德”。柏杨觉得自己只差一点就可以说出自己“为她夜夜不成眠”，但不知为何怎么都说不出。

“你不用感念我的恩德。”杨真冷冷一笑，“毕竟当初是我害得你得了病。而且这服药虽然治好了你的风寒，却让你得了另一种病。”

柏杨知道她说的是相思病，心里忽然激动到了极致，接着便什么都不顾了，“那就请你好人做到底，也了了我的心病吧。”说着双膝一屈，跪倒在地，“我不敢再瞒你，其实为了你，我天天夜不成眠，我的眼里已经没有其他女人，如果你可怜我，不想让我孤老一生，就请下嫁于我！”

见他如此情状，杨真却依然淡定，轻轻地叹了一口气，“我已经不能再嫁了。”

“为什么？”柏杨感到膝下的地面在崩裂，感觉自己马上就要坠入万丈深渊。

“我是出宫之妃嫔啊。”

“出宫之妃嫔可以再嫁啊！”

“但是依然无人敢娶，害怕惹上无妄之灾。”

“在中华上国是这样的吗？可是这里是茜香国，应该没有关系的。”

“现在也不行啊。”杨真凄然一笑。“有信辉大人在那里看着啊。”

柏杨立即省悟她是说现在信辉觊觎她，任何和她有勾扯的人肯定会遭到信辉的嫉恨，在茜香国难以立足。他顿时感到一股热血冲到头顶，冲口就说：“我不怕！”

“但是我不能连累你，注定是悲剧的事情，为什么还要去做呢？”杨真的神色凄凄，但也淡淡的。可见她已下定了决心，而且不可动摇。柏杨顿时感到满头的热血都变成了岩浆，几乎要把他整个人都烧融，不仅仅是因为愤怒，更多的是羞耻。都怪他太没用，如果他也是有权有势的人，至少不会连点反抗的余地都没有！

第五章

大祸

杨真轻轻地叹了口气，转身而去。柏杨在原地待了一会儿，然后也走了。杨真其实没有远离，而是站在不远处的花丛后朝他窥探，见他终于走了，又叹了口气。也许有点可惜吧。也许她也有点冷血无情。她拒绝他，其实大部分不是因为信辉，主要是她自己的原因，只能这样。在宫里她学会的不仅是见机行事，还有顺其自然，她现在的心门还是锁着的。在险恶的环境里，跟人钩心斗角久了，心门就不会轻易打开了。当然了，拒绝信辉不仅仅是因为心门无法开启的原因，还有很多很多的原因，其中一条几乎可以说是她毕生的惨痛经验。

柏杨走后日子又归于平静。杨真便在家里绣绣花，偶尔上街买点衣料和首饰。其实她从宫里带出了一些高级的首饰和衣服，也有些高级衣料，本来完全不必再买，但她买这些东西并不只是为了穿戴。这对她来说是和社会交流的一个途径，也是从生活中汲取零星快乐的渠道。这天她听说城南新开了一家丝绸店，有卖中华来的丝绸，便过去看看。一般丝绸店也会附带帮人加工衣物。杨真到那里的时候，正好看到一位“贵客”坐在绛珠帘后，颐指气使地“教”老板如何如何为她做衣服。杨真对此人并没有如何在意，只是朝她瞥了一眼就去翻看那些衣料。

悄无声息间，一个女人靠了过来。杨真警醒而又不失礼数地让开，斜眼一瞥，发现她是冉玉。杨真对冉玉可以说非常的厌恶，但看到她时还是淡淡地一笑。冉玉却高傲地侧目看向别方。杨真轻蔑地一笑，即便如此，她的笑容在别人看来，还是温暖可亲的。里面的刺，只有冉玉能看得见。

冉玉其实一直从眼角偷看着她，看到杨真如此，顿时恼怒地笑了，故意把袖口伸向杨真，“杨真‘姐姐’，你觉得这衣香好不好闻啊？”

“很好闻。”杨真觉得这香味似曾相识。

“你别告诉我你想不起来吧。”冉玉盯着她的眼睛，眼中流出滚烫的毒汁般的高傲和恶毒，“这是信辉大人的衣香哦。他赏了很多给我，他现在已经把我当成他的身边人了，你再也没有机会了哦。”

杨真的心头微微一动，但脸上的表情丝毫未动，只是轻蔑地笑了一声，转身仪态款款地走了出去，刚走出门就听到了后面有跳脚的声音，看来冉玉真是怒到了极致。她笑得更加轻蔑，快步而去。被她拒绝了就投入这等荡女怀抱，信辉也不过如此嘛，当然了，还有其他可能，不过她认为自己不需要为此揣测。

再过不久，又是灯会，这算是京城比较盛大的活动，达官贵人都会订下豪华的楼阁，端坐在里面观灯。至于豪富人家的人，也会有专门的聚集场所，比如说商会的领头人会租下某座大茶楼，让商会成员极其家眷在那里观灯。至于平民百姓，就只能挤在街道里了。

不过杨甲家是例外。杨甲家的男丁在杨甲参加的商会租下的茶楼里观灯，杨甲的女眷却可以在官家女眷所在的高级楼阁上观灯，这都是托了杨真的福。因为杨真形象美丽，气质高雅，又有从中华上国宫廷里带出来的高贵感觉，使得那些达官贵人的女眷都喜欢和她结交。她们邀请杨真去她们所在的豪华楼阁观灯，她的姐妹和母亲自然也可以同行。然而她刚登上楼阁，就感到有两道目光针一般刺了过来。她心头一紧，赶紧朝目光飞来的地方看去，竟然看到信辉坐在对面。

糟了，她在心底苦笑起来，竟然忘了达官贵人都是聚在一起的。信辉所在的楼阁，就在她的对面，人也几乎就在她的对面。不过她虽然感到不适，但没有慌乱。这是在大庭广众之下，她又坐在诸多官太太之间，信辉还能当众对她干什么吗？

信辉从她刚刚登上楼阁就盯着她看了。没办法，一看到她目光就移不开了。她还是那么高雅和迷人，就像一朵会走路的兰花，这兰花却有牡丹的娇艳。历来女人，要么是有高雅的气质没有美貌，要么就是有美貌有气质却不风骚迷人。而杨真却三者兼有，当然了，她的风骚可不是那种带有风尘气的、会让人流于下作的那种气质或行为，而是一种迷人的、让人想入非非的特质。这样有趣的女人他自然不会放过，其实他接近冉玉也是在对杨真用计。那天他其实没有急着离开，只是站在花树间看这两个女人之间会如何收场，结果让他发现杨真对冉玉非常轻视。他便立即想到了一个邪恶的计策。有时候，女人看到自己鄙视的女人获得了比较好的对象，也会因女人间的龃龉而生出嫉妒之心，会想把对方的男人抢回来，至少也会对这个男人产生兴趣。他接近冉玉就是这个目的。等到发展到一定阶段后，他会命人向杨真泄露消息的，没想到冉玉早早地和杨真不期而遇了，因为冉玉当天被杨真气得够呛，之后恨恨地对他身边的丫鬟说起了此事。说者无心，听者有意，丫鬟听说了这事后，赶紧跟信辉禀报。信辉知道杨真“心里已经有了数”，今天便饶有兴味地看看杨真会有什么表现。然而令他失望和迷惑的是，杨真依旧很淡然，一脸平静地愉悦地观看各种花灯。也不会特意避开他的目光，偶尔也会和他目光相对，但依然淡然得可恶。那种目光极微妙，似乎在看他，又似乎不在看他，让他既挫败，又猜测万千，心痒难熬。不过信辉毕竟不是愚蠢和易被挑动的小伙子，心里只是波动了一会儿就平静下来，继续饶有兴味地欣赏他的猎物。他今天是输给她了。输了就输了呗，就是因此才觉得她更加有趣。真的，他越来越对她向往了。

灯会可不是只有灯可看的，一个烟花冲天而起，在天空散成一朵金菊，金灿灿的菊瓣似乎有无数片。大家全都惊喜地看向金菊，脸都被花火照亮了。杨真也出神地朝天空看，如玉的脸孔被金光镀上了一层魅惑的金边，散发着氤氲的金光。信辉心头一动，忽然有了个邪恶的想法，如果能学话本里那种没节操的恶霸，把杨真抢回家就好了。说起来等会儿灯会散的时候肯定会乱糟糟的，那个时候就是抢人的好时机。但这显然不可以。那样不仅不成体统，也等于在杨真面前满盘皆输，但是遐想一下总是可以的。其实，在他和华英夫妻关系最糟的时候，他曾经想过如果华英变得不可理喻，他该如何暂时逃离她的魔爪。于是他就在城西买下了一座大宅院，修葺得和王府一样豪华，打算如果有什么问题，就到那里去暂住。如果他真要把杨真抢走的话，就把她带到那个宅院，关上门慢慢玩……这个想法是够邪恶了。信辉忍不住在心里偷笑了一下，

他在不动声色地欣赏杨真，杨真也在看他的好戏。她看到冉玉不知是怎么撒娇耍痴，竟然能在信辉所在的楼阁上观灯，不过也只能列席在末尾。这已是很大的恩典了，但冉玉却不知足，硬要到信辉身边坐。信辉没有理她，她便妖妖娆娆地在信辉身边晃。信辉依然没有理她，华英夫人却大感不满，亲自把她赶到了末位。冉玉不愿吃这个亏，故意在那里唉声叹气装可怜，华英夫人听到了，再次发怒，要把冉玉赶出楼去。冉玉自然不干，当时就哭得梨花带雨，要信辉为她主持公道。信辉不胜其烦，脸一拉叫她们“自便”。信

辉发怒时很有威势，华英和冉玉都不敢再做声。之后华英就坐在那里生闷气，十分碍眼，人在生气的时候会产生一种气场，让身边的人很不舒服。身居高位的人一般都感觉敏锐，信辉一定感到了华英的怒气，虽然假装没有感觉，但心里一定很不爽。冉玉则一脸苦相地坐在席末，自己觉得没趣，悄悄地离开了。杨真悄无声息地看着这场好戏，看向信辉的目光多了几分冰冷，也多了几分嘲弄：有妻有妾，还有情人，家务事还如此之乱，竟然还想拥有其他女人，不觉得烦吗？

再盛大的集会也有散的时候，而且散的时候都是一片混乱。灯会到下半夜才散，众人不管贵贱，全像顺着退潮离开的鱼虾蟹一样，乱哄哄地归家。不知道有多少贵妇掉了香囊，丢了首饰，不知道有多少人被偷了钱包，更不知道有多少无知少女被无赖少年骗去毁了一生。在这片嬉闹都归于寂静后，很快便迎来了早晨。一个昨日没份儿观灯的老妇一脸不满地打开院门扫地，看到不远处有一团白晃晃、一端又有些黑糊糊的东西。她不知道那是什么东西，小心翼翼地走到跟前，低头仔细一看，顿时吓得跌坐在地上。躺在地上的，竟然是一具裸体女尸，雪白的身体已经僵硬，肌肤也开始发青，一头黑发也散了，半月形地散在地上。尸体身上连根布丝儿都没有，也没有任何饰物。

老妇坐在地上抖了半天才想起来去报官。主管京城治安的京兆尹命仵作勘验尸体，并发布认尸启示。在有人认尸之前，他忽然心血来潮，想去看看这个女尸的情况，结果一看就惊得差点尖叫。

这个女尸他认识。她就是京城出名的交际花，信辉大人的情人冉玉！

京兆尹主管京城的治安，理论上来说任何杀人案他都有责任。看到被杀的人竟然是冉玉，他被吓得呆了半晌，如果信辉大人怪罪下来，这可不是玩儿的。冉玉可不像莫云一样是“弃物”，据说正得宠呢，信辉大人一定会非常生气。就算信辉大人不会怪罪，之后也一定会督促他尽早破案，他如果不能在信辉大人满意的时间范围内破案，恐怕也得吃不了兜着走。想到这里他顿时感到压力山大，赶紧拿来仵作的记录，仔细验看，希望能立即找出破案的线索。

可惜这只是他的美好愿望。杀死冉玉的人很精明，没有留下一丝线索，这和她衣物被剥光也有关系。从案卷上只能看到她的死因和尸体状况：她是被掐死的，肚子上有一块淤痕。这就证明凶手是把她推倒在地，用膝盖抵住她的肚子，再用力掐她的脖子，把她掐死。凶手剥光了她的衣服，却没有对她施暴，可能是因为求财，昨天她为了陪信辉大人观灯，穿上了她最值钱的行头，衣服上也嵌有珍珠宝石。也可能是还没来得及对她施暴就被人吓走了。当然也可能是故布疑阵，总而言之有很多种可能。

办案就怕有很多种可能。京兆尹立即把冉玉家里人都叫来，叫她们把最近发生的所有事都说出来；然后贴出布告，给出赏银，叫所有人提供线索，然后再根据线索抓人。这不抓不要紧，一抓就抓了一批。因为线索实在太过繁杂，而京兆尹又明言宁愿错抓一千，不可放过一个，结果把任何有一点可疑的人全抓来了。

令人骇异的是，杨甲竟然也被抓了。因为冉玉的丫鬟说，之前她去杨甲所在的商会的店里买脂粉，跟店里的伙计闲聊，竟然意外得知杨甲对冉玉很是垂涎，有一段时间还天天涎着脸说他要是能一亲芳泽，就死而无憾。而街边一个卖面条的人则说，他依稀有看到杨甲走进过冉玉尸体被发现的巷子。这两下一凑，虽然没有直接证据，杨甲也“光荣”地被抓了。

罗氏知道这件事后一方面气得半死，只想冲到牢房里，狠狠打这个老不羞几个巴掌，一方面又吓了半死，他们夫妻一直想走官商勾结的道路，知道得罪大官是什么下场，没想到还没把女儿成功送给信辉，就出了这档子事，真是人在家中坐，祸从天上来。她好不容易才稳住了心神，拿钱贿赂了看守，带着饭菜进去探望杨甲，既是给他补充营养，让他不至于倒下，也是探听口风。

面对妻子的询问和指责，杨甲发誓说自己没有杀冉玉。说自己那“一亲芳泽就死而无憾”的说法也是在和别人调侃时说出的玩笑话，只是图个嘴快活。而他自己也没想到竟然被人穿凿附会，当成了嫌疑犯。他那天只是为了找茅厕，暂时离开了妻女，根本没注意自己去了哪个方向，解决了问题之后就回来了，根本连冉玉的影子都没见到。没想到被人看在眼里，还和之前的话对上了，竟让他成了嫌疑犯。说到这里夫妻两人又是捶胸又是顿足，想了半天也只有“尽快打点”一条路。

杨真在一旁静静地听着，听到他们说这话时只想苦笑，但是没有笑出来。现在他们就算能搬来一个银山，恐怕京兆尹也不敢收。这次的“苦主”可是信辉啊。在茜香国，人人恐怕都“宁愿惹皇帝，不愿惹信辉”。而且，更要命的是，她不知道京兆尹抓杨甲是他自己病急乱投医，还是信辉的意思。当然了，她不是怀疑信辉是为了逼她献身而专门设陷阱杀死冉玉。目前看来没有证据，也不大可能。如果抓杨甲是信辉的意思，那么他有可能只是趁机……想到这里她忽然恍然大悟般地笑了，暗暗骂自己是笨蛋。其实就算抓杨甲不是信辉的意思，只要他有心逼她，看到杨甲在嫌犯的名单上的时候一定会趁机利用他。

但信辉想不想借此逼她呢？这似乎是个很难确定的事情。要是按照一般人的做法，如果信辉想逼她献身，肯定会派人来暗示她。但这只是一般人的做法。信辉可不是一般人。也许他就等着她心领神会，自己来找他献身呢。这种方法并不失体面，也算保险。在经历过之前那么几段尴尬事后，只要是智力正常的女人，一定会心领神会。杨真这样想着，忽然又暗骂自己笨蛋。其实就目前来看，不管信辉想不想逼她，她都只有向信辉献身这一条路，如果信辉不想逼她，顶多就是把案子全权交给京兆尹处理。而京兆尹是否会秉公办理，却是个很大的问题。枉法可不仅仅由贪赃引起。京兆尹能及时找到罪犯还好办，如果他不能及时找到罪犯，很可能就会迫于压力，在诸多嫌疑犯中胡乱找一个人顶罪。目前被抓的嫌疑犯中，除了杨甲之外，不是官宦子弟，就是和诸多贵族沾亲带故。杨甲的身份可以说是最低的。京兆尹为了找人顶罪，十有八九会选上杨甲。就现在的情况来看，京兆尹及时找到罪犯，几乎是不可能的事情。她要想让杨甲避免这种命运，非得求信辉帮忙不可。

杨真感到一股火辣辣的味道涌上心头，忽然勃然大怒。这就是她不愿意跟有权有势的男人发生勾扯的原因。在这种男人面前，你没有尊严，也没有自主，只能像罐子里的蛐蛐一样供他挑选，被他赏玩，再被他囚禁，稍不合他的意就会被抛弃，很多时候甚至连他心里想什么都无法窥知……罗氏和杨甲商议了半天也没商议出个所以然，只能郁郁地走了，一边走一边蔫蔫地抹眼泪。她唯一能做的，就是把身上的钱，连带自己的钗环全都给了狱卒，请他们一定要善待杨甲。

杨真也是默声不语，却一点都不蔫。虽然现在形势很糟，她依然要想办法让自己和家人全身而退。现在看来，唯一的办法，就是尽快找到真正的凶手，再使伏法。当然了，她不是侦探，但是她在宫里历练了多年，善于估摸形势，谋算他人。冉玉绝不是简单地死于盗贼之手，只要能看清冉玉死亡背后的种种勾扯，她就能找到真正的凶手。只要能善于利用这些勾扯，她也能很快促使凶手伏法。

第六章
谋算

正在思忖着，杨真忽然看到一个丫鬟模样的人在附近探头探脑。杨真觉得她有些眼熟，略一回忆，立即想起她是冉玉的丫鬟。当天在绸缎庄看到过。

她主子已经死了啊。她不在家里帮着治丧，到这里来干什么？难道有什么内幕吗？

杨真故意掉了队，罗氏晕晕乎乎地，也没有发现。她朝那个丫鬟走了过去。本来她能清楚地看到丫鬟的动向，结果中途被几个玩耍的孩子冲撞了一下，再回过神后发现丫鬟已经不见了。杨真暗叫倒霉，依然朝丫鬟原先站立的方向走去，她是站在一个巷口附近的柳树下，因此很可能是退进巷子里去了。巷子里堆了很多杂物。杨真试探着走进去，忽然感到一股异样的气息袭来。她本能地朝旁边一让，觉得冲出危险范围后才往后一看。在宫里待了十年，她对危险的感应十分灵敏。那个丫鬟正拿着簪子对准她，一脸的狠劲，却也满含惊慌。

“你干什么？”杨真冷笑着问。

丫鬟没有回答，脸上表情更加凶狠和惊慌，攥着簪子的手也在剧烈地颤抖，似乎马上就要戳过来。

杨真微微有些惊慌，却装得若无其事，“妹妹，别冲动。巷子外面就是人群。我离你也不近。我随时可以大叫，这样就算你能现在戳死我，你也逃不了。再说你也未必能戳中我。即便戳中我了，也未必能一下就戳死我。”以前在宫里的时候，她经常面对刀光剑影，被人用锋利的簪子对着的时候也有。

丫鬟更加犹豫，忽然盯着她的眼睛低吼起来，“是你杀了冉玉小姐，对不对？是你叫你父亲杀了冉玉小姐对不对？”她的眼里几乎要喷出火来，声音颤得厉害，愤怒和惊慌同时达到了极限。

“哦？”杨真的心头微微一动。这丫鬟是怀疑她是凶手，要为主报仇？看起来还挺像的。这么说杀死冉玉的人不是她了，杨真开始怀疑是她和冉玉有矛盾，杀了她后乱指凶手扰乱视线的呢。不过也有可能在演戏。哈哈，还是暂时做出相信她的样子吧。

“我没有杀她。”杨真盯着她的眼睛，一脸淡然。

“但是最有可能杀她的人就是你！女人对情敌，什么事做不出来啊？你父亲现在也被抓了，你还有什么话说？”

“我从来没把她当作情敌。”杨真轻蔑地一笑，“我从来没打算做信辉大人的女人。”

“什么？”丫鬟根本无法相信她的话，“你撒谎没打草稿吧？”

杨真又是轻蔑地一笑，看来这个丫鬟也是糊涂人。没办法，无论到何时，都是糊涂人比较多。“跟有权有势的男人在一起其实很辛苦。你跟在冉玉小姐身边，相信也知道一点。”

丫鬟一怔，眼中的敌对和质疑瞬间淡了，接着便露出了“心有戚戚焉”的神情。

杨真微微有些意外，这丫鬟倒比冉玉品性高洁不少。要是冉玉之类的人，即使被信辉之流玩弄得很惨，都会执迷不悟吧。想到此，她温和地一笑，继续解释，“再说，就算我要杀冉玉，也不会派我父亲去。我父亲已经六十多岁了，怎么还能杀人呢？而且如果查到他，很快也会抓到我。我是不会这么笨的。”

丫鬟渐渐被她说服，握着簪子的手也不再那么紧张，但是依然没有放下，“你是说你父亲是被冤抓的？”

“的确是这么回事。”杨真看着她的眼睛，已经气定神闲，“我正要想办法为我父亲洗清冤屈呢。”说着探头朝巷子外面看了看。

丫鬟立即觉得是有人发现她们了，赶紧把簪子插回发髻里。杨真在心底狡黠地一笑，表情却更加温和可亲，“你要为主报仇，就要找出真正的凶手。我要为我父亲洗清冤屈，也要找到真正的凶手。既然如此，我们何不合作？”没等她回应又补上了一句，“你叫什么名字？”

“我叫秋霜。”秋霜立即报上了自己的名字。这代表她愿意合作，其实就算她心里还在犹豫，报上名字后也会反过来给自己一个“合作关系已经成立”的心理暗示。这就是杨真不给她反应时间，紧接着问她名字的原因。在宫里过了这么多年，窥探人心的窍门她还是懂得不少的。

杨真立即带秋霜去了一家茶楼，点了个包间，她得找个僻静的地方跟秋霜说话，秋霜一坐下来就开始说冉玉对她的恩德。原来秋霜是被丢在育婴堂的弃婴，从小就不受管事的喜欢。她十岁那年，育婴堂的钱粮紧张，管事的竟然动了坏心思，要把她卖给妓院当清倌人。当时她死死地赖在地上不愿跟妓院的人走，被拖出门的时候还死死地抓着门框。就在这时，冉玉和奶妈路过。冉玉当时也只有十三岁，却坚定地见义勇为，拿出十两银子把秋霜赎了回来，放在身边服侍她。当然了，冉玉不是什么圣母仙女，她喜欢使小性子，有时候做的事情也下作，但秋霜念着她的恩德，一直尽心尽力地服侍她。冉玉知道秋霜是真心对她好，对她的感情也超越一般主仆。因此冉玉这次死得这么惨，秋霜是一定要为她报仇的。

秋霜没有文化，这些东西陈述得很琐碎。这是建立信任的一个非常重要的步骤。如果她显示出不耐烦，或是走神，刚刚建立好的同盟关系就可能出现裂痕。秋霜终于说完了，盯着窗外发了会儿呆，杨真知道她是回忆以往的点点滴滴外加平复情绪，也没有打扰她。

“算了。”秋霜重重地叹了口气，用力握紧杯子，“以前的事，想也没用了，我本来可以对小姐更好的，可是我不懂事，算了算了，只要能找出杀死小姐的凶手，让他为小姐抵命，我就算尽了为人婢仆的责任了。”

杨真微微一笑，她知道现在可以进入正题了，但语气依旧轻缓，“你认为是谁杀了你家小姐呢？”

“就是不清楚啊。”秋霜重重地揉了揉头。秋霜之后说的关于冉玉的话让杨真哭笑不得。这个冉玉，真是个不折不扣的麻烦女王，跟谁都很难相处，无论到哪里都会得罪一大票人，想杀她的人不知道有多少。但听起来最想杀她的人，应该是那些丈夫和她有染的贵妇，即便范围缩小到这个程度，嫌疑犯的人数依然有一大把，需要好好分析。

不过杨真没有去分析。之前已经说过，她不是侦探，也没打算当侦探。而且有时候真相根本不重要，重要的只有局势。

“其实……也许这些人我们都不用考虑。”她沉着嗓子说，“因为感觉这些人都没有胆子对正在信辉大人面前得宠的冉玉小姐下手。我就怕……凶手是华英夫人！”

秋霜的脸立即白了，很是害怕，但不意外，估计她一早也怀疑凶手是华英夫人。之前与其说怀疑杨真是凶手，倒不如说希望杨真是凶手。因为比起华英来，杨真怎么都好对付一点。

杨真思忖着，把她们共同的担忧娓娓道来，“如果华英夫人是凶手，那京兆尹肯定不敢将她捉拿归案，顶多把案情呈报给信辉大人，让他自己定夺。”

“那不就成了信辉大人的家事了吗？”秋霜急了，“信辉大人会不会秉公办理呢？”

杨真垂了垂眼帘，深深地叹了一口气，“不可能秉公办理。”

“可是，信辉大人和华英夫人的感情不好啊，而且他身为监国大臣，如果不秉公执法的话……”

“这跟夫妻关系无关。”杨真把声音和气息含在喉底，慢慢地往外吐，“人们一般都认为夫妻一体，华英夫人犯了罪，在人们看来等同于信辉大人犯罪。再加上这又是夫人和情人争风吃醋导致的血案，说出去非常不好听。正是因为信辉大人身任监国，所以格外要维护自己的人望。因此如果凶手是华英夫人，信辉大人绝对会帮助她脱罪，并且……”

“并且什么？”秋霜紧紧握着茶杯，手指因为用力而发白。

杨真顿了一顿，声音更是低沉，“就会胡乱找个替罪羊，杀死了事，目前在所有嫌疑犯中，我父亲身份最为低微，如果他这样做我父亲最危险。”

“什么！”秋霜放开茶杯，猛地拍向桌子，“这不就一点办法都没有了吗？我家小姐难道就注定要冤死了？”

杨真静静地看着她。对秋霜来说，如果华英是凶手，她的确是没办法了。不过对她杨真来说还不是。如果华英夫人真是凶手，她就得在信辉找替罪羊之前放出华英夫人就是凶手的消息。当然了，在这种情况下，信辉有可能会为了证实华英夫人的清白而暂时不找替罪羊，也可能会着急找替罪羊为华英夫人洗白，这样的话她父亲就危险了。这个时候，就需要一个人去向信辉晓之以理，告诉他不得急找替罪羊，这种方式不仅不义，还可能弄巧成拙，从而促使他放弃这个想法。这个人显然不能是她，目前来看也不能是秋霜。她必须另找一人。当然了，现在还不需要考虑这个，因为事情还没到那一步。不过就算能让信辉放弃找替罪羊的想法，也只是暂时的，这案子一天不结，华英夫人就会被人议论一天。这时候又要有一个人，告诉他正确的替罪羊的人选，这个人必须罪大恶极，死有余辜。这样百姓就会被对这个人的仇恨和看到他伏法的快慰而淹没，从而忘记追究冉玉的真正死因。毕竟冉玉不是什么人人喜爱的圣女。这个人现在还没有，但是过几天应该会有，被称为本国神捕的燕如飞正在追捕一个犯案累累的悍匪。据说此人奸淫掳掠，无恶不作。如果燕如飞抓到了悍匪，信辉再通过某些手段把罪名加在悍匪身上，民众应该可以接受。如果老天帮她，让这全套计策实施得顺利，她就可以救出他的父亲。不过，这套计策风险极大，正如之前所说的，必须在老天帮她的情况下才可以成功。因此只有在华英就是凶手的情况下她才可以冒险发动这个计划。现在她也和秋霜一样，希望华英不是真正的凶手。

“不过。”她轻轻叹了口气，声音依然低沉，语气却轻松了许多，“虽然现在看起来华英夫人最像是凶手，但仔细想想未必是，也许这就是凶手的目的。”

“怎么讲？”秋霜本来已经愤懑到绝望，听她这么一说又觉得有了希望。

“你想啊。大家都觉得最恨冉玉小姐的是华英夫人，而当时大家又都看到了华英夫人和冉玉小姐发生了争执。而之后冉玉小姐被杀害，大家肯定都会怀疑华英夫人。如果华英夫人是凶手，如果她有点脑子的话，一定会避免这种状况的发生。”

秋霜信服地点了点头，之后却又狐疑起来，“如果华英夫人没这么聪明呢？再说，凶手已经把小姐搞得像遭遇奸杀和劫杀了。她会不会以为这样就可以掩护自己了呢？”

杨真一呆，微微苦笑。是啊，也许华英没这么聪明。看来现在的确是“万事皆有可能”。

“她的智商我暂时还不了解，只是想说，这也表明，华英夫人可能不是凶手。也许真正的凶手就是觉得大家会怀疑华英夫人，所以才会特意在那个时候犯案，嫁祸给华英夫人。”

“嫁祸给华英夫人？”秋霜乍一下不敢相信，“那不是吃了熊心豹子胆了吗？如果被查出来了，不是死无葬身之地了吗？那人怎么敢啊？”

“这种计策看起来很险，但其实也安全。”杨真揣测着京兆尹之流的想法，露出嘲讽的冷笑，“那些官员们，只要觉出凶手可能是华英夫人，肯定会全面放弃调查，然后胡乱结掉此案。这样真正的凶手就永远不会被发现，很聪明，非常聪明啊。”

“可是京兆尹大人不也抓了一些替罪羊吗！就是说那个人非常注意隐蔽自己，知道自己一开始不会被发现？”在杨真的影响下，秋霜的思维也开始活络了。

“是。”杨真抿紧嘴唇，呼吸又开始变得沉重。虽然她不愿意当侦探，也觉得自己不应该当侦探，却发现自己终归还得当一下侦探。

“你们小姐还和什么人有纠纷？告诉我吧。”

信辉处理完了一天的政务，忽然觉得自己也许该关注一下冉玉的案子，毕竟他和冉玉也算是有一段情，便找京兆尹调出了案卷。看着京兆尹列出的乱七八糟的嫌疑犯名单，他不时皱眉和摇头：看起来都不靠谱。而当他看到案卷上的最后一个名字时，却是眼前一亮。

哦。杨甲。这不是杨真的父亲吗？这下可有趣了。

那边秋霜如流水般跟杨真说了很多人和事，但杨真没觉得哪个有用，应该说是她还没发现哪个有用，只有把它们都记下来，回去再慢慢梳理。她叫秋霜自己回家，也别告诉别人他们见过面，以防有别有用心的人知道了，再生事端。然后她自己也小心翼翼地回家，一路不时回头，谨防有人跟踪。

杨真家里自然是一片愁云惨雾。杨真苦笑了一下，径直回房去睡。不是她冷血，不知道安慰家人，而是她现在没有时间多愁善感。她必须休息好了，才能知道下一步如何走。

因为心里有事的关系，她即便想要闷头大睡，也睡不长久。睡到清晨忽然醒了，心里乱乱的再也睡不着。此时大多数人还没起，整个世界都很安静。她便慢慢地走到天井里，想借清晨清寒的空气醒一醒头脑。

第七章
要挟

咦？天上怎么飘着一个风筝？此时不是放风筝的时节啊。又有谁在这个时候放风筝？她感到很蹊跷，仔细看，发现风筝上连着的线来自东墙外，便小心翼翼地走到东墙边。她怕东墙外有歹人，没有走得太近，只是走到和东墙还隔一座假山和小池的阁楼上，朝那边望。

哦，是柏杨啊。他正焦急不安地拽着风筝等着她呢。原来放风筝是为了吸引她注意啊。这方法还真是独特啊。

要是平时，她肯定以为柏杨是在耍花招求爱，只会皱眉一笑然后走开，但此时却觉得他肯定有别的事情。她走到东墙边，轻声唤他，“你有什么事吗？”

“是的！是的！”柏杨颇有些激动，“我知道你父亲被冤抓了，不过别担心！我找到个人可以帮你！他一定可以帮你！”

冤抓？听到这个词后杨真的眉头稍稍抽搐了一下。他这是因为觉得“心爱的人身边无罪犯”呢，还是知道什么内情呢？

“你可以见见他吗？”那边他还在着急地问。

“好吧。”杨真只是“暂且”答应他，却忽然看到人影一晃：一个身影竟如燕子般飞了进来，轻轻地落到她的面前。杨真吃了一惊，发现这是个个子瘦高的年轻男人，他穿着捕快的服饰，面孔却如女人般秀丽，只有那一对刀裁般的剑眉颇有英气。

杨真已经知道他是谁了。这大概就是传说中的名捕，燕如飞。

燕如飞朝她微微一笑。他大概是习惯女性为他的魅力所倾倒了，这份笑意里骄矜十足。杨真却丝毫没对他的魅力有感应，只是像大姐姐嗔怪小弟弟一样微笑：你这样太孩子气了哦。燕如飞立即不好意思起来，对她也尊敬了许多。

其实就燕如飞的相貌来说，已经是第一流的美男子了。杨真之所以觉得他的相貌没什么大不了，是因为她见过更好的，比如信辉，而且还在追求她。不管她想不想要，只要被美男追，见识和心气就会高起来，女人都是如此。

既然燕如飞已经进来了，不让柏杨进来就有点说不过去。杨真便打开侧门，让柏杨进来。

“燕大哥分析了此次的案情，觉得里面很有玄机。他想问一些事情，我们找个地方坐下来慢慢谈。”柏杨觉得杨真一定会带他们去她的香闺细谈此事，不由激动得掌心冒汗。虽然只是去谈公事，但想到能去杨真的香闺看看，还是激动得不能自已。

杨真微笑着点头，然后带他们朝屋中走去。柏杨觉得她不像是带他们去她的闺房，正在犹疑，忽然听到杨真大声招呼家中的人，“娘！大姐夫！柏公子带燕大人来帮我们了！”

柏杨猝不及防，一时间尴尬异常。杨真朝他偷瞥了一眼，在心底微笑了一下。既然是正事，就不要遮掩，否则说不定会有不必要的麻烦。

罗氏感激地为他们收拾好一个偏厅，送上了最好的茶和果子，怕他们饿，又命厨下烧了一盆鸡肉端上来。燕如飞随便吃了枚果子，就跟杨真谈起了案情。他没搞任何的繁文缛节，也不说任何废话，直接进入正题，倒是颇有个性，也让杨真很安心。这种人是干正事的人，而且可以干大事。

“你父亲是被冤抓的，这一点我已经可以确定了。那个指证你父亲的摊贩，在指证你父亲后就不知所踪了。我觉得他可能是受人指使，诬陷你父亲。然后为了避免被揭穿，拿了钱逃走了。”因为觉得杨真不同寻常，他一边说一边不动声色地观察杨真的反应，想看看她会有何见解。

“他应该是受人收买才指证我父亲的。”杨真思忖着说，“不过，我觉得他之后消失，并不仅仅是因为做了假证供。事实上他指证得十分模糊，即便之后被证实他说的不是实情，他也可以用看错了来搪塞。不逃走的话也可以。我倒觉得，他可能还看见了什么。也许他看见了真正的凶手，而且……”说到这里她的嗓音下沉，“而且说不定他不是逃走，而是被处理掉了。”在宫斗之中，凡是看到秘密的人，都是会被灭口的，之后灭他口的人都会以他“失踪”作为搪塞。以此反推，莫名失踪的人可能都是因为看到了什么秘密而被灭口的。当然了，这里不是宫廷。但杨真就是觉得这次她遇到的应该和她之前朝夕对付的人是一类人。

燕如飞一凛，慢慢地点了点头并悄悄地仔细看了杨真几眼。这种可能他也想到过，但也是想了一会儿才想到的，不像杨真这样张口就来。“是的。”不知不觉中，在杨真面前说话，他变得格外小心。“其实我也想到了这一点。而且我觉得，那个幕后黑手一定不是叫那个摊贩随便诬陷一个人。诬陷你父亲也许是有特别的原因。也许他和你父亲有仇，或许可以通过诬陷你父亲达到特别的目的，你能不能想想，什么人符合这样的条件呢？”

杨真一惊，忽然感到一丝凉意爬上心头。如此推理的话，她父亲真有可能不是被随便冤抓的。叫人诬陷他的人和他有仇？似乎有点不大可能。他来这里还没多久，势力也没有扩展开来，还来不及惹到上层人物。难道是因为他诬陷杨甲可以获利？

杨真忽然感到心头像被冰针刺了一下，接着一层冷汗沁出后背。也许，杨甲被诬陷和她有关。这是那个人走的第二步隐棋。目的依然是让京兆尹胡乱结案，放弃调查。那个人一开始是想让京兆尹误以为是华英夫人下的手，让他不敢再追查，胡乱了解此案。但之后肯定想到如果华英夫人凑巧有确凿的证据证明自己与之无涉，那他这个计策就落空了。既然如此，他就要为自己的计策再加一层保险。这个人肯定知道信辉在追求她，所以才设计把她的父亲也诬陷进来，这样就会让信辉和京兆尹在是否秉公执法上纠结，而渐渐地忽略，甚至淡忘调查……如果是这种情况，她的父亲应该还算安全……

嗯？杨真忽然想到了一件事，顿时又是惊慌又是恼怒，生起自己的气。杨真啊杨真，你什么时候变得这么天真和驽钝了。那人把你父亲诬陷进去，固然是想让信辉和京兆尹放弃调查，但最主要的目的恐怕是让信辉以为是她为了争风吃醋才让自己的父亲杀了冉玉，她说她父亲已经没能力杀冉玉，只是说给秋霜听而已。她父亲虽然已经六十多岁了，但是因为很早就暴富，没受过苦，又练过些强身健体的功夫，杀死个女人还是不在话下的。如果那人能让信辉这样想，就可以一举毁掉她和冉玉两个。她会怎样她现在来不及考虑，但她父亲已经危在旦夕：现在那人要保证这个阴谋得逞，就必须将她父亲灭口，再弄个畏罪自杀的假象！

“我要去看下我父亲……”杨真来不及对柏杨和燕如飞说明，就抓了个金元宝冲向监狱。她把金元宝塞给狱卒的头儿，又给了其他狱卒一些银子，本意是求他们告知她父亲的现况并对其多加照顾，结果却得到了一个令她发懵的消息：昨天夜里上面来人，已经把杨甲带走了！她问“上面人”是谁，狱卒却茫然地说“不知道”，那些人拿着京兆尹的令符，他们不敢不从。

杨真感到背后一股冷风吹来，接着全身都僵硬了。一定不是京兆尹要找杨甲。他根本不用如此神神秘秘。这种遮遮掩掩的做法只能证明提走杨甲的人是另有所图……另有所图，还能使唤京兆尹，除了信辉还能有谁？

杨真顿时感到全身都凉透了，接着心里剧烈翻腾起来：信辉这是想以她父亲为人质，逼她就范吗？

杨真满腹心事地回到了家。柏杨还在等她，燕如飞却已经不在了。柏杨告诉她，他已经把她和信辉之间的隐情告诉燕如飞了。燕如飞立即推出凶手是想毁掉她们两个，并且以此得利的人，觉得凶手应该是也想得到信辉宠幸的女人，或者是这位女人的亲属。他立即排出了几个可疑的人物，起身调查她们的事情去了。

听了柏杨的话后杨真秀眉微蹙。宫中的生活还给她留下了一个不是太好的心理习惯，就是不喜欢轻易和人分享知道的所有事。不过燕如飞是必然会知道这些事的，因为柏杨知道她和信辉之间的尴尬事。而且如果燕如飞能尽快查出凶手，也大大有利于局势的改变，说不定会有用，所以对此她应该表示高兴和接受。

不过，即便他找到了凶手，也只是"说不定有用"啊。想到这里杨真在心里重重地叹了口气。现在信辉已经发现了杨甲，并且打算利用他了。说不定就算燕如飞找到了真正的凶手，信辉也会暂时不承认，继续揪着杨甲借题发挥。她现在最怕的就是信辉会通过折磨杨甲来逼她就范，那她就真的没有办法了。

当然，以她对信辉的了解，他应该不会做这种事。不是因为觉得他有风度，而是因为他十分自负。不过她知道自己肯定不是完全了解信辉，也可能一开始就看错了，一想到这里她心里就像有千万把刀子在搅，但也只有强迫自己冷静下来。现在绝对不可以乱，如果乱了，就真的一切都完了。

柏杨看着她忐忑不安、满心愁闷的样子，很是关切，却几次欲言又止。杨真知道他现在也一定心事满腹，但现在没空搭理他，只有先向他道谢，然后礼貌地请他回去休息。柏杨只好回去，走的时候还不时回头。

杨真走回房间，坐在窗前足足苦思了半个时辰。按照理性的推断，信辉也许是在故意吓她，让她误以为他要把杨甲关起来折磨，为了救父自己去找他献身。这样事后他可以说他只是把杨甲弄去问问话，只是她自己胡思乱想，既不失身份，也不失脸面。不过这也只是推断而已。她在宫里还学到一件事，那就是人心是不可测的。她不可以把所有的希望都放在信辉的自负上。为今之计，她只有尽快找到能制衡信辉的人，把杨甲救出来。

就在这时，又有人来找她了。她狐疑地出门看，一看清人她就心头一紧。这不是那个当初受信辉指使，骗她去他和冉玉所在房间的小丫鬟吗？原来她是信辉府上的人。这次来，肯定是为信辉传话了。

小丫鬟带着一种不可名状的神情，请她去僻静地方单独说话。杨真只好和她走进小巷。

“请你看看这个。”小丫鬟从怀里掏出一张纸条，上面赫然是两个字“救我”。

杨真窒息了片刻。

“这是杨甲伯伯叫我给你的。”小丫鬟低低地说。

杨真仔细看了看那个纸条，发现它的确是杨甲的笔迹，顿时牙齿咬得都要冒出火来。

一天前。杨甲正在牢中假寐，忽然冲进来几个锦衣华服的人，把他从地上拉了起来。杨甲惊恐万状，本能地使出了防身的功夫，却发觉那些人的手像铁钳，自己落入他们的手中只有服服帖帖的份儿。那些人把他制服后就拿出一副精细的铁镣，把他拷了起来，然后用个袋子套住他的头，把他拉出去推上一辆车。杨甲以为这是要抓他去秘密处决，不由得惊恐绝望到了极点，同时又愤怒无比，忍不住把天上的神仙菩萨全部骂了一遍：自己明明什么都没干，竟然要被当成凶手处死，还这么快？

杨甲糊里糊涂地被拉到了一个地方，又糊里糊涂地被推进了一个屋子。那些人打开他的镣铐，拉去他头上的布袋，扬长而去。杨甲惊恐不安地打量着四周，发现这是一个石头砌的房子，门是铁门，窗户上也装着铁栏杆，不由得更加害怕：难道这里是信辉府上的私牢？信辉是要亲自拷问他？

杨甲在中华的时候和官家有交情，自然知道官家拷问犯人的法子。此时不由自主地把那些法子都想了一遍：抽皮鞭、烙烙铁、老虎凳、灌辣椒水……越想越是害怕，恨不得立即去死。愿意审讯他就代表他还有活的机会，也许撑过酷刑就有机会，这只是没经过历练的年轻人的想法。杨甲知道这些当官的其实都是想当然地断案，认定一个人，就会一直严刑拷打到他承认为止。如果犯人死不承认，就会被折磨到死。冤杀？他们不怕的。尤其像信辉这样的大官，捻死他绝对跟捻死一个蚂蚁一样。想到这里他欲哭无泪，忍不住又将所有的神仙都骂了一遍：我到底做了什么坏事，死也不让我好死啊？

“咔！”铁门忽然开了，进来几个拿着布包的大汉，最后一个人还拿着一个大木桶。杨甲以为他们这就要对他用刑，那个大木桶就是将他倒吊浸水用的，顿时吓得魂飞魄散。

那些大汉面无表情地看着他，放下手中的布包，打开，竟然是铺盖和衣服，看起来很干净，料子还不错。他们先把铺盖放到石室中的铁床上，小心翼翼地铺好，然后把木桶摆好。其中两人用小桶拎进热水来，一桶一桶地把木桶灌满，然后在桶的边缘铺上毛巾。这些毛巾也是一尘不染的。

杨甲这才省悟他们是要他洗澡，不会是叫他洗刷干净、换件衣服再去死吧？但经过刚才对酷刑的设想，他觉得能够好死就已经不错了，便痛痛快快地洗了个澡，穿上他们给他拿来的衣服。然而等他换好衣服后他们并没有拖他出去受刑，而是把脏水倒掉，木桶搬走，然后搬进来一个桌子，放上两荤两素四碗菜，还有一大碗鹿肉汤，相当高级，接着竟然还拿出一壶酒。

杨甲这下彻底懵了：看来信辉既不是要刑讯逼供，也不是要杀他。那把他弄到府里来干什么？他试探着问那些大汉，他们却木头人般一言不发。杨甲没有办法，只好低头吃菜，以后还不知道怎么办，多吃一顿是一顿。结果吃得肚子溜圆。

第八章

空城计

那些大汉收拾好碗筷就出去了，之后再也没人出现。杨甲愈加奇怪，坐着不敢睡。坐到最后实在受不了了，便在床上眯了一觉，竟然平安睡到了天亮。第二天依然是好饭好菜，生活起居有大汉伺候，平平安安的什么事都没有。杨甲越发糊涂，不停地问大汉这到底是这么回事，但他们就是不说话。糊涂也会引发惊慌的。就在他忐忑不安快到极点的时候，终于来了一个肯跟他说话的人。第一次听到她的声音的时候，杨甲的感觉不亚于听到了佛语梵音。

“伯伯，在这里还住得惯吗？”

“住得惯！住得惯！”杨甲赶紧寻找声音的来源，发现是从铁门外传来的，“请问姐姐是何人？”

其实这个声音听起来非常稚嫩，声音的主人顶多十三四岁，但杨甲过分焦急和慌张，竟然把她叫姐姐。

“伯伯，你怎么可以叫我姐姐呢？真是折煞我了。”

“对，对，我错了，我这么老了，还叫你姐姐，不把你叫老了吗？你要是不嫌弃，我就叫你妹子了。”

“叫妹子也折煞我啊。伯伯，你就叫我玉钗吧。”

“哦，好的，玉钗姑娘，请问信辉大人找我来，是为了什么啊？”

“伯伯，你不用担心，信辉大人找你来，只是想问你一些事情。只是这几天忙，没空见你。你就耐心等几天就好了。”

杨甲的心稍微放了放，感到玉钗有走的意思，赶紧说话拖住她，不管怎么说，事情没了心里总是没有底，多知道些信息总是好的。“玉钗姑娘，求你行行好，陪我老头子多说点话，这几天没人说话，我老头子都要憋得发疯了。当然了，如果姐姐还有事办，我老头子也不敢耽误姐姐的时间。”一着急又叫人姐姐了。

“哦，好的。”玉钗答应得倒爽快，“那我可不可以问一问杨真姐姐的事情？”

“杨真？”杨甲本意是套玉钗的话，没想到她先套起他的话来。因为怕得罪她，不敢不答，“好啊……不过真没想到，玉钗姑娘你是王府的人，竟然也知道小女。”

“您不要过谦，杨真姐姐在京城里很有名的，曾在中华上国当过宫妃的人，全京城的贵妇都觉得她了不起呢！”

一提到这件事，杨甲就被戳中了痛处，也不由自主地打开了话匣子，“什么宫妃啊，只是虚名而已，其实我家这丫头忒笨了。”

哼。信辉在心里冷笑了一下。什么你家丫头笨，我看她忒聪明了，对杨甲也更加蔑视，越发觉得自己不跟他照面是对的。其实，从玉钗跟杨甲答话开始，他就在隔壁偷听，这个石室经过特别改造，石砖之间看起来砌得十分严实，其实中间留有难以被发现的孔窍，非常利于声音传导。他想知道杨真的事情，所以派玉钗来，假装和杨甲闲扯，这样打听来的消息最准确。

杨甲便把杨真入宫后，一直“胆量不足”“过于保守”，直到出宫还没能受到宠幸的事情说了，一边说一边唉声叹气，不停地说“我家丫头忒笨”。信辉在一边听着，却觉得杨真聪明极了。历来人们都觉得在那种绝境中还想尽方法争上游的人是聪明人，即使他们最后功败垂成，也觉得他们只是运气不好，依然觉得他们充满了智慧。其实这是错误的。知道进退的人才是聪明人，尤其是这种人生的大进退。杨真在知道自己毫无希望争上游的时候果断守拙，最后才能全身而退，可以说是拥有人生的大智慧。那些在绝境中还要力争上游，最后失去性命的人不是运气不好，而是一开始他们的命运其实已经注定了，自己看不清而已。听着杨甲絮絮叨叨地说杨真笨，信辉简直想大声斥责他：谁说你女儿笨，笨蛋的人是你；我真想不通像你这样的笨蛋怎么养的出这样聪明的女儿。

当然，杨真这样做不仅仅是因为聪明。信辉已经感觉到，杨真不愿意竭力争宠，恐怕还因为她有几分淡看权贵的傲气。如此说来她不仅聪明，而且十分高贵。

想到这里时信辉很开心，之后却忽然感到有些不安。高贵、聪明固然是迷人的特质，但是有这两种特质的人往往会很冷酷。他不知道杨真是否是这样的人，但目前看来有点像。

杨甲忽然停住了。这让急于知道更多消息的信辉猝不及防，心里竟然忐忑起来。

“唉……”过了许久杨甲才一声长叹，“其实我不该这样说真真的，我也知道，真真不笨，一点都不笨，是我傻，我家又不是什么权贵之家，在朝中也没有人。真真根本没有机会上位，闭着眼去争，只能落个死无葬身之地的下场，其实这些我都知道，只是心里不忿。”

信辉无声地冷笑了一下：这才算有点脑子。

“其实真真，是最懂事、最孝顺的一个。”杨甲终于开始讲杨真生活中的点滴，信辉不由得竖起了耳朵。“她八岁的时候，我家还没有发达。但是生意场上的人，总要让全家都穿得光鲜亮丽，否则人家瞧不起你，甚至怀疑你家根本没钱，不愿和你家做生意。我就勉为其难地拿出钱来，买来最上等的绸缎，给家里每个人做了一套衣服，特别叮嘱他们有聚会、有节庆的时候再穿。但是我家里那群傻娘们，嘴上答应着，平时却总是忍不住偷偷穿，毕竟之前没穿过这么好的衣服。很快她们就把那些衣服穿旧，有的甚至都穿烂了。只有杨真，明白我的心，把那些衣服好好地存着，平时就老老实实地穿棉布衣服，到大场合才把绸缎衣服拿出来穿，还小心不把它弄脏刮破，真孝顺，真懂事，比她娘都强，一想起来我这心啊……”

信辉暗暗微笑。他挥挥手叫玉钗过来，俯身在她耳边耳语了几句。玉钗立即跑去对杨甲说自己稍微离开一会儿，然后便拿着纸和笔砚回来，请杨甲为她写一封信。

“写信？”杨甲颇有些诧异。

“是啊。”玉钗故作悲悯，“我有个姐妹，小时候身体不好，后来吃了名医给的药，满身的病才得以痊愈。然后才能到监国府做侍女。她以为自己以后彻底没事了，来监国府当用人时就没有带药。没想到这几天天气变化异常，她旧疾复发，躺在床上起不来，想写信回家，却不识字，我识的字也不多……”

杨甲立即意识到玉钗是要他帮忙写信，抢着说：“我来帮那位姐姐写就是了！老朽不才，字还是认识几个的。”

“好的。”玉钗鬼鬼地一笑，“那就有劳伯伯了……不过，伯伯，我那位姐妹比我还小，你叫她姐姐也是会折杀她的哦。”

玉钗立即把纸砚等物从门洞里递了进去，并跟他说那位姐妹的父母眼睛不好，拜托他把字写大些，之间的间距也大些。杨甲当然照办。杨甲写好后，玉钗千恩万谢，说是要把信拿去寄走，其实是把信拿给了信辉。信辉拿着信看了看，狡黠而又得意地一笑，找到信中“拿药救我”这四个字，把“救我”这两个字单独剪了下来，再叫玉钗把它送给杨真。

这就是他的计策，有点促狭。他想让杨真误以为杨甲正在遭受严刑拷打，主动来求他。她早已知道他想干什么，既然来求他，肯定会让他得偿所愿，当然了，他用这个计，目的不仅仅是这个。只听杨甲陈述，他是无法确定杨真的人品的。看她愿不愿意为了救父而献身，才能真正考验她的人品。不过这样想来如果他的计谋得逞，委实有点卑劣。他不禁有点动摇，觉得自己是不是该等杨真到来就把杨甲交给她，先不慌对她做什么，说不定这样还能给她留下良好的印象，让她对他转变态度。

不。这个想法还没展开就被信辉扔开了。他要的可不是“说不定”的结果。杨真这家伙油盐不进，你对她好，她未必领情。而且滑得像泥鳅一样，这次放过她，以后不知道什么时候才能抓到她。女人嘛，不管之前受到多么恶劣的对待，只要之后被好好疼惜，都会消气的。他先把她弄到手，之后再慢慢哄她开心就是了。

玉钗很快就回来了，告诉信辉“事情办妥”。信辉就叫她在门口候着，如果杨真来了，就把她带到他的别院去。他可不想让华英发现他在搞什么阴谋，他一点也不怕她，只是怕她搅乱兴致。

他本以为杨真不出今晚就会来，没想到等到第二天傍晚都没见杨真的影子。他开始焦躁不安，甚至开始愤怒和恐惧。杨真大概是不会来了。因为他给她的讯息是“杨甲正在接受严刑拷打”，如果她想救他，绝对会第一时间赶来，即使会犹豫，也不会超过一个时辰。严刑拷打可不是玩的，慢一慢都可能有生命危险。杨真到现在都不出现，证明她是已经弃父亲于不顾了。她的做法从礼法上讲没有错误，但从情理上讲实在太冷酷。信辉不愿接受这个事实，所以才会愤怒和恐惧，他对杨真本来只想“渔色”，此时却开始注意她的心。他没想到杨真会来这一手，一时间还有点手足无措。

就在这时，玉钗一脸怪异、畏畏缩缩地走了进来，递上一封信。信辉知道是杨真给他的信，顿时心中一宽，接着大为欣喜：大概是约他出去相会吧。她还是就范了。当然了，最重要的是，她不是冷血无情的女人。

信辉满心喜悦地打开信纸，刚看了一眼就呆若木鸡，之后更是气得青筋暴露。

这竟然是封致谢信？杨真竟然感谢他“为了保证司法公正，把杨甲单独接出保护，以免他遭遇刑讯逼供！”

信辉捏着信纸，呆呆地半晌作声不得。杨真竟然看破了他的计策？怎么看破的？是玉钗露出了破绽？不可能。玉钗从小就机灵无比，帮他办事从没有出过纰漏，那杨真是怎么看破的？难道她有读心术？

杨真当然没有读心术。她得到的信息非常有限，她就是从这非常有限的信息里看出了破绽。信辉给她的那个纸条，从正面看，没有什么问题。但是如果把纸张侧过来，就可以看到些许被墨水浸润而生成的黑丝。这证明这些字的旁边本来还有字，这个纸条是从另外一张字条上剪下来的。换言之，这根本不是杨甲的求救信。杨甲写的是其他东西，是信辉断章取义剪下了这两个字。由此可以推断杨甲不仅没有被严刑拷问，甚至都不知道信辉抓他的目的。发现这一点后她就放下了心，故意让信辉等一段时间，再给他送一封“感谢信”，告诉他“我已经看破了你的诡计”。

她这可不是为了示威。她是怕，如果一直高深莫测地让信辉等，他等急了，说不定会真对杨甲下毒手，人在糊涂的时候最容易冲动。而如果让他自己慢慢品出自己计谋失败，恼羞成怒之下，也可能对杨甲下毒手。她给信辉送去感谢信，是为了给他下套，她知道信辉非常自负，被捧了之后肯定不会再好意思对杨甲做什么。而且被如此“有礼貌”地拆穿之后十有八九会就坡下驴，把杨甲再送回大牢。那里虽然苦点，但总比在信辉府邸里强，那里可是随时可能变生肘腋。

信辉呆想了半天，也没想出杨真是从哪里看出了破绽，不过也没有如何在意，他这个计策只是随便一施，杨真看破了，也不算是太了不起的事情，并不能让他有多大的危机感，只是对自己又失败了感到恼怒。不过恼怒之余，他对杨真更感兴趣了。他没有急着放杨甲走，而是让玉钗继续套杨甲的话，得知杨真的生活习惯，喜欢吃什么、穿什么、戴什么之后才把杨甲送回大牢。他现在打算投其所好，慢慢地讨好杨真。他之前的态度太蛮横了，要稍微改一下。不仅仅是因为发现硬的完全不管用，而是因为经过这件事，他对杨真多了点了解，也多了点尊重。

杨真得知杨甲重回大牢后才稍稍放了点心，之后便感到很振奋。燕如飞已经查到了一个靠谱的嫌疑犯，诬陷杨甲的摊贩家住留香巷，楼上住着一个卖花翠的刘婆子。这个刘婆子编的一手好花翠，因此很得京中贵妇的喜爱，和国子监祭酒的妹妹玉翠夫人来往尤其密切。至于这个玉翠夫人，在京城的名声也不甚好。她出身高贵，年轻貌美，前半生是无可诟病的，问题就出在她的后半生上。她十六岁时就嫁给了哥哥的同窗，婚后琴瑟和谐，鹣鲽情深，只可惜一年后丈夫就短命而亡。她非常愤懑，找算命先生为自己算命，结果算出了她“命极硬，必须再克二夫，才可无碍”的结果。玉翠夫人对此很泄气，就此不想再嫁。反正她手里钱财极多，不需再嫁以谋生，干脆广招情人，当起了风流寡妇，目前还没有消息能证明她对信辉也有觊觎，但是以信辉的品性、身份和容貌，对这种女人来说可谓超级磁石。所以燕如飞觉得她嫌疑极大。也许玉翠夫人就是通过刘婆子找到了小贩，让他诬陷杨甲。

杨真对此只是默默点头，未置可否。燕如飞只是跟她通报了消息，并没有叫她参与调查。杨真却坚持叫燕如飞带她去看看那位刘婆子。燕如飞原本不大情愿，但也好奇这位心思敏锐的美女能看出什么，便答应了。柏杨对此很有醋意，杨真却根本没空搭理他，更没有空跟他解释。她必须得跟燕如飞一起啊，她又不会武功，自己调查出了纰漏怎么办？

第九章
针鼻的孔，斗大的缝

刘婆子不在。燕如飞便撬开了门锁，捕快一般都会这个。刘婆子家里所有东西都如常摆放，只有没编好的花翠散落在桌子上。燕如飞便打算在这里等刘婆子回来，并打算趁机找点线索。杨真却觉得有点不对，这里有种独特的气味啊，而且似曾相识。她仔细一想顿时心头一凉：这个味道，她在信辉府的时候闻见过。如果她没记错的话，当时华英端坐在紫檀木椅子上，旁边的赤金香炉里香烟缭绕，甚至有些熏人的味道就是这个气味儿。以华英夫人的身份，肯定不会亲自来的。那么能在这里留下香味的，只可能是她身边的人，而且是贴身近侍。刘婆子的东西之所以散乱地摆在桌上，是因为华英夫人的人忽然出现，把她带走了吗？

“不用再等她了。”她沉着嗓子对燕如飞说，“她是被华英夫人的人带走了！”

“什么？”燕如飞一惊，他还不知道杨真如何得出这个结论，一时间也不好问，“华英夫人也发觉那人是想要诬陷她，干扰调查吗？好吧，华英夫人既然介入，就会成为推动调查的力量，对我们很有利！”

杨真没有回答。一般情况下对她会有利。但就怕是另一种情况：如果凶手知道她和信辉之间的尴尬情形，是想通过既诬陷她，又诬陷华英的方式干扰调查的话，肯定会对刘婆子说起。如果华英夫人通过审讯刘婆子，知道信辉在疯狂追求她的话，说不定会先想办法灭了她。她虽然没听说过华英夫人的恶名，但是身居高位的女人，没有一个不心狠手辣，这也是她在宫中学到的宝贵经验。既然如此，她就得先想办法应对这种情况，或者赶在华英问出所有事情之前，把刘婆子弄出来，再由燕如飞审讯！

“燕大人，您是不是真正想维护司法公正？”

她忽然冒出这一句，让燕如飞丈二和尚摸不着头脑。“当然想，小姐何出此言？”

杨真没有回答，只是继续往下说，“华英夫人抓住了刘婆子，固然可能审出真相，洗刷自己的不白之冤，但最后被处死的，一定不只是凶手。”

“什么？”燕如飞乍一下无法理解。

杨真依然没有正面回答，“华英夫人不是法官。她拿到真相后，只会利用它为自己牟利。信辉大人秉性风流，华英夫人一定有很多情敌。这次难得情敌设局诬陷她，她难保不会借题发挥，命令刘婆子诬陷一群女人，最大范围地铲除异己。这样凶手固然会受到惩处，但也肯定会有很多人蒙冤受屈。”

燕如飞前后一想，觉得不错，顿时悚然心惊，“那怎么办？”

杨真轻轻咬了咬嘴唇，目光变得十分深邃，甚至可以说是深不可测，“办法是有，但就怕到时候来不及了……”

在华英夫人所住的花君院的偏厅里，已经摆好了针对女人的各式刑具。刘婆子被五花大绑，匍匐在堂下，惊恐不安地看着华英夫人。

华英夫人一脸的冷笑，居高临下地看着刘婆子，下颌一扬就准备说话。身旁一个五十多岁的嬷嬷赶紧朝她凑了凑，低声说：“夫人，这次可不要太冲动，慢慢地问，就算问出来了，也不要急着要她的命。”

华英夫人撇了撇嘴，一副不愿听从长辈的劝告，却觉得自己不得不从的孩子样，这是她的奶娘岚嬷嬷，一直是她的军师。上次她杀莫云的时候，岚嬷嬷不在身边，因此受了岚嬷嬷不少埋怨。她对此很不爽，想摆脱岚嬷嬷自己干，却又觉得自己还不能出师，只能如此别别扭扭。

“刘婆子。”岚嬷嬷见华英没有开口，就知道她把审讯权交给她了，便冷笑着开始审问刘婆子，“你知道华英夫人叫你来是为了什么吧？”

“奴才知道。”刘婆子的一双眼睛滴溜乱转。“奴才绝对知无不言，言无不尽。”

“你倒乖觉。”岚嬷嬷舒心地一笑，目光却更加犀利，“但就怕是假乖觉。”

“奴才当然是真老实。”刘婆子的眼珠转得更快了。

“那好，我问你。”岚嬷嬷盯着她的眼睛，“冉玉是谁杀的？你参与了吧？”

刘婆子吓得身体一震，“这从何说起？奴才怎么会杀害冉玉小姐呢？”

“还敢狡赖？”岚嬷嬷厉声大喝，“和你经常来往的卖面条的刘三，说自己看到了商人杨甲跟着冉玉走进了那条巷子，华英夫人正想把刘三找来仔细问话，他却不见了。细问你们的邻居，你们的邻居却说那天刘三根本没去摆摊，又说在刘三消失前，看到他走进你的屋子，之后拿着一包银子出来，就再也不见了。是你叫刘三做伪证，诬陷杨甲的吧？”

“哎呦，嬷嬷……”刘婆子的额头上沁出细汗，“我老婆子和杨甲素不相识，更是无冤无仇，干嘛要诬陷他啊？”

“这不奇怪。你找人诬陷杨甲并不是因为和他有什么冤仇，而是为了保护你主子，说！你主子是谁？是他叫人杀了冉玉，是不是！”

刘婆子惊慌万状，却依旧不愿说实话。岚嬷嬷立即叫人拿起夹棍，狠狠地夹了刘婆子几下。刘婆子这下撑不住了，在地上磕头如捣蒜，“奴婢什么都说，奴婢什么都说……我找人诬陷杨甲是为了给我主子脱罪，但也不是随便找个替罪羊，其中另有隐情。”

隐情？岚嬷嬷一凛，正打算细问，信辉却忽然驾临，外面守卫的侍卫奴婢竟然都没出声。岚嬷嬷和一众奴婢侍卫赶紧向信辉行礼，华英也有点不知所措。信辉朝他们扫了一眼，轻蔑地笑笑，叫侍卫把刘婆子架走，旁若无人地扬长而去。

华英满脸羞惭地看着他离去，一句话都没敢说，擅用私刑的事情被信辉发现了，还能说什么啊？

这就是杨真的计策。她叫燕如飞立即去禀报信辉所有的发现，并请信辉亲自审问刘婆子，当然了，不让燕如飞提起她，都说是他自己发现的。当敌人们的利益相抵触的时候，其中一个往往会成为救命菩萨。信辉和华英产生抵触的原因就是他们对杨真的不同态度。华英审出刘婆子诬陷杨真的隐情后一定会想办法除掉杨真。信辉审出隐情后却只会一笑置之。

信辉把刘婆子带到自己的书房，既没有动刑，也没有恐吓，只是好言劝说她招供。在一般情况下，这种方式无疑是最没用的，此时却比华英的严刑拷问都有用，刘婆子吓得浑身发抖，跪在地上就把实情说了。原来幕后黑手真的是玉翠夫人。她不仅叫刘婆子买通刘三，把调查的目光引向杨甲，还叫她过一段时间，趁卖花翠的机会，对京城里的贵妇们暗示，凶手可能是华英夫人。至于玉翠夫人这样做的理由，刘婆子却苦着脸说不知道。

王德觉得她没有说实话，建议信辉对她用刑。信辉却没有这样做。他觉得刘婆子是真不知道。因为如果凶手是他，也不会把所有的图谋都告诉刘婆子。现在应该尽快找到玉翠夫人，严刑拷问她才是正事。王德立即带人去抓玉翠夫人，却发现玉翠夫人已经服毒身亡，她的身体已经全硬。这让信辉很是诧异，亲自去看玉翠夫人的尸体，并仔细检视她的房间。玉翠夫人的房间看起来很正常，既不过分整齐，也不乱，就是住着人的屋子该有的样子。估计在刘婆子被抓不久她就服毒自尽了。

然而就是因为这样信辉才觉得奇怪。因为这不像服毒自尽的人的房间。一般来说，服毒自尽的人，要么会精神崩溃，陷入狂乱状态，把房间和自己都弄得很乱，但玉翠夫人的尸体却穿戴得整整齐齐，也戴着首饰，就是家常模样；要么会异常冷静，认真地为自己的人生画句点。他们往往会把房子收拾得非常整齐，也会穿上盛装，从容去死。玉翠哪一样都不符合。她这个样子，倒像是前一秒还在照常过日子，后一秒就服毒自尽了一样。

信辉皱着眉头笑了。对，玉翠夫人就是这样死的。不正常？不，就是应该如此。因为她不是自己服毒的，她是被人灭了口！

信辉长眉一挑，环视了一圈，眼中陡然精光大盛。老实说，一开始他也以为这是女人争风吃醋闹出的无聊事，现在却不这么认为了。玉翠夫人被灭口得太及时了。真正的幕后黑手一定派人监视着小巷。但问题是既然他们时刻监视着小巷，为什么不能阻止刘婆子被华英的人带走？答案就是他们是故意让刘婆子被抓走，说出他们想让她说的话。而且不是说给华英听，而是说给他听。然后将玉翠夫人灭口，牵引他按着这条路继续调查下去，如果只是争风吃醋，是引不出这么大阵仗的。这背后一定有着巨大的阴谋！

只要发生了凶杀案，燕如飞就必然会知道，他可是捕快，更何况玉翠夫人还是他监视的对象。他赶紧赶到现场，询问了相关的人员。结果没人看到任何可疑的人物。他怀疑所有的线索已经被信辉取走了，但仍想拼力找点蛛丝马迹，更加细心地搜索，结果发现一个乞丐正在角落里酣睡。他心头一动，走到乞丐所在的角度，发现那正好能看见玉翠夫人的大门，便叫醒乞丐，问他看见了什么。

乞丐一开始不愿意说，接了他一块银子后立即知无不言言无不尽。他说，在玉翠夫人死的当天，并没有看到什么可疑的人。但是在之前，曾经看到几个穿着华丽的人来过这里。其中一个人还在巷子拐角的树下驻足了片刻。说到这里他顿了一顿，说这几个人的声音有点奇怪，不像是正常男人，有点像戏里的花旦。燕如飞把这个疑点记下，又去看树下，结果发现了一对极浅的足印。他感到有些不解，又实验性地征求杨真的意见，没想到杨真一听到这些脸色就白了，几乎是用命令的语气说："你赶快回去，闭门谢客或是查些别的什么，不要再查这个案子了！"

"什么？"燕如飞丈二和尚摸不着头脑，"为什么？你不想真相大白了吗？"

"真相已经大白了，只要等着就可以了！"

宫中。御书房内。茜香国的少年天子正呆呆地坐在龙椅上，清瘦的身体根本撑不起那宽大的龙袍，脸也变成了土色。信辉正站在他的面前，婉言禀告，甚至可以说是安慰，"皇上，不用担心，那些乱臣贼子已经被臣一网打尽，绝不会再危害皇上和皇后了。"

皇帝低低地应了一声，脸色依旧难看，因为他刚才目睹了一次血腥变乱。当然了，对于平常人家的孩子来说，看到死人害怕很正常。但是他是皇帝，看到死人害怕，就似乎有点太胆怯了。

刚才信辉赶进宫中，及时阻止了一场后宫政变，不过不是针对皇帝，而是针对皇后。

茜香国的皇帝今年只有十五岁，而他的皇后却有二十岁。皇后是信辉族里的妹妹，全靠他的扶植才登上皇后的位子。皇后的位子历来是后宫女人觊觎的对象。而这位皇后的敌人却不止是后宫的女人，很多功勋老臣对信辉独揽大权感到不安，想要削弱他的势力，要削弱他的势力，首先得从后宫开始，否则他就永远有一把刀插在权力的最中心。于是，刑部的尚书孙丹和他的女儿孙贵妃就行动了。因为皇后每天都要服食补药，所以孙贵妃就买通煎药的御医，每天一点一点地在药罐里放毒。这种毒无色无味，每天放的分量极少，只在放到第十二天的时候会让皇后有明显的症状，这种症状类似于哮喘。等到有明显的症状时就可以停止下药，接着皇后就会药石罔效，重病而死。他们做的神不知鬼不觉，又有刑部尚书在外面负责干扰信辉的视线，本以为会万无一失，没想到还是被信辉发现了。

当然了，发现这件事的人不止是信辉，还有杨真。在燕如飞跟她描述完杀死玉翠夫人的人的奇怪之处后，她几乎立即省悟过来。声音像花旦，那就是太监，脚印极浅，证明他武功极高。因此来灭玉翠夫人口的，定是宫里的大内高手。既然大内高手出来灭玉翠夫人的口，这件事肯定和宫廷斗争有关。既然和宫廷斗争有关，又是针对信辉，那肯定和信辉扶植的皇后有关。由此她就推出宫中应该有人也在对皇后不利，所以立即要燕如飞停止调查，藏到家里去。宫里的事，历来不是外人可以沾染的，沾上就会惹上无妄之灾，不死也会脱成皮。而且她知道，只要信辉发现这是宫廷斗争，一定会利落地结束它。就算真相不能大白于天下，那些被冤抓的人也不会有事了。

她是从乞丐的话中推出这些事的，信辉当初却没有注意那个乞丐。他不需要那个乞丐的证言。他发现玉翠夫人之死中的疑点后就已经明了了。那些诬陷别人和制造谣言的人，已经不像是在帮真正的凶手脱罪了。如果他们是那个目的，就应该尽快给办案的人一个合理的结论，而不是继续扩大麻烦。尤其是过段时间再造出凶手是华英夫人的谣言，更像是在刻意扰乱他的视线，就是为了给他制造麻烦。既然在给他制造麻烦，就是要吸引他的视线。既然要吸引他的视线，肯定就是为了不让他注意某些事。现在他最要紧的事情无非是管理朝政和维护皇后的地位。既然朝中无事，那肯定是皇后那边出了问题！

他发现这一点后立即赶往皇宫，结果发现皇后脸色有点苍白，他立即找来御医给皇后把脉，同时令人彻查皇后的饮食起居。果然发现皇后的脉象微弱，但在皇后的衣服被褥、茶水、饭食以及熏香中并没有查出毒物。信辉觉得不对，问太监什么东西还没有被查到，太监说皇后每日服食的补药还没被查过，宫女想了一会儿后说皇后每天都会服食一种补药，今天已经喝过了，连药碗和药罐都洗过了。信辉立即命人去找药渣，把药渣加水，重新熬过，结果在药渣中发现了微量的毒素。信辉立即封锁消息，然后若无其事地带人到御药房抓住了下毒的御医。这御医很是乖觉，知道说也是死，不说也是死，说了还能死得痛快点，并且能保全自己的家眷，便跪在地上一五一十地全都说了。信辉立即带人去抓孙贵妃，一路也是封锁消息。到了地方才知道孙贵妃正在御书房陪皇帝练书法。糟了，信辉心里紧张了起来。如果他贸然去抓她，她说不定会狗急跳墙，挟持皇上。还好他一直封锁消息，此时就装作拜见的样子，去御书房见机行事，趁她不备时拿下她。

第十章

妒妇

信辉就佯作无事地去了。进了御书房后却发现只有皇帝一个人。他心中一宽，并没有放松警惕。正想探问孙贵妃去了哪里，忽然听到了“咔嗒”一声脆响。这一声很轻，但是让信辉立即警觉起来。这是女子环佩相撞的声音。孙贵妃一定还在御书房里。他立即抖擞精神，细看四周，结果发现碧纱屏后似乎有个人影，顿时醒悟：孙贵妃一定在碧纱屏后！

孙贵妃藏起来，是因为发现了他的图谋吗？应该不是。嫔妃不可以直接见大臣。而且他一直告诫皇帝做学问的时候要专心，皇帝一定是怕被他发现他和孙贵妃在一起，脸上挂不住，才让孙贵妃藏起来的。

想到这里他稍微放了点心，更加装作无事，微笑着对皇帝说：“皇上，读书读了一上午，一定很累了吧。”

皇帝含混着答应。信辉瞄着那个人影，表情更加若无其事。“臣刚才经过御花园，看到一片铁树竟然全部开花，极是美丽吉祥。特恭请皇上移驾御花园，欣赏美景。”

皇帝又含混地应了一声，却没有站起的意思。信辉还要再劝说，却听见屏风后面环佩又是一响。他的心立即揪了起来，虽然不明就里，但他感觉到孙贵妃看出了些许端倪，开始怀疑了。既然如此，事不宜迟，他微笑着慢慢接近皇帝，准备趁他和孙贵妃不备忽然将他拉起来。但他还是迟了一步。他刚起步孙贵妃就闪电般从屏风后闪了过来，用一把刀抵住了皇帝的脖子。

“你敢弑君谋逆吗？”信辉赶紧大喝。

“我不会弑君谋逆！会弑君谋逆的人是你！”孙贵妃恨恨地盯着他，眼中几乎要冒出火来。她转而对皇帝说，“皇上，请恕臣妾无礼，臣妾这样做完全是出于一片忠心啊！”

“一片忠心？”信辉大声冷笑，“一片忠心却拿刀子逼着皇上？试问古往今来，有这种忠心法的吗？”

孙贵妃没有理他，继续对皇帝说，“皇帝，信辉位极人臣，独揽朝政，以至于朝野上下只知道有信辉而不知道有皇上。如此下去他必有不臣之心，谋逆作乱啊！”不管是在哪里，臣下只要有了谋逆的条件，就可以被当作逆贼。

皇帝呆呆地看着她，眼珠犹豫着转了一转。

信辉害怕皇帝会受到不良影响，赶紧大声冷笑，“真是可笑，我何时有过不臣之心？又何时有过谋逆之行？你自称忠良，却在这里挟持皇上，被你称为谋逆之臣的我，却在这里护驾。你如此颠倒黑白，简直能让全天下的人笑歪了嘴巴！”他最后一句话表面上是斥责孙贵妃，其实也是说给皇帝听的，告诉他不要糊里糊涂，颠倒黑白。这句话果然大是有用，皇帝那犹疑的表情顿时消失了。孙贵妃顿时大为紧张愤懑。

信辉瞄着他们，不动声色地从戒指上捏下一块宝石，想用它作暗器打下孙贵妃的刀子。没想到孙贵妃虽然紧张愤懑，但依然十分警惕，目不转睛地盯着信辉。因为皇帝不信她的话，她又是绝望，又是愤怒，看起来很容易冲动。只要信辉稍有异动，说不定她就会有过激的行为。

信辉的心揪成了一团，暗叫不好。按理说孙贵妃只全神贯注防他一人，其他侍卫就可以出手，但是问题是现在那些见风使舵的家伙没一个敢出手。如果发射暗器，无法一下制住孙贵妃，孙贵妃一时冲动伤了皇帝，他们是死罪。如果失手没有打中孙贵妃，打中了皇上，更是死罪。而且在这种利害关系的重压下，他们如果出手，十有八九会失手。于是他们全都按兵不动，只等着信辉出手。

这种状况真的是很棘手。但越是遇到这种情况，信辉反而越能冷静。他眼珠一转，对着孙贵妃冷冷一笑，“孙贵妃，你可知刺杀皇上，该当何罪？”

“吓我没用的，我告诉你，我知道我已经是死罪了，即使没有伤到皇上一根头发，我已经做好了必死的准备！”孙贵妃冷笑着说。当然了，如果皇帝听她的“忠言”，她也许不必死。但现在看来，这个已经没有希望了。

“你是已经是死罪了。”信辉冷笑着盯着她的眼睛，“按照本朝律例，行刺皇上，至少是五马分尸，满门抄斩。你爹身为朝廷大员，却纵容女儿行刺皇上，罪大恶极，绝对会被判剐刑。而你家的男丁，包括你那八岁的小弟，都会和你一样被五马分尸。至于你家的女眷，都会被枭首示众。就算能有几个年幼的能逃脱死罪，估计也会充作军妓，或是卖入娼门！”孙贵妃不怕死，他已经看出来了。但是孙贵妃事父至孝，而且对家人很是眷顾，这是朝野皆知的事情。因此就算她不怕死，她也不会不管自己家人的命运，当然了，他可不是想要劝降孙贵妃，而是想要扰乱她的心智。

孙贵妃的心智果然受到了侵扰，目光开始散乱，握刀的手也开始微微颤抖。信辉当机立断，用宝石打向孙贵妃的手。他的手劲非同小可，又瞄准了重要的筋腱，孙贵妃的刀子立即脱手，手也被打得不能再动弹。信辉闪电般冲上前去，把孙贵妃拎起来摔了出去，然后护住了皇帝。那些侍卫这时才冲上，七手八脚地把孙贵妃擒获。

皇帝这才有了些许活气。刚才因为惊吓过度，他整个宛如木雕泥塑，往信辉怀里一倒，信辉这才发现皇帝因为惊恐，背心的龙袍有一大块都汗湿了。他觉得很好笑，也很想叹息，但都没有表现出来。

抓住孙贵妃后他立即带人去缉拿孙丹，孙丹却冲进了密室，把自己关了起来。信辉命人砸开密室，结果发现孙丹已经服毒自尽。旁边蜷缩着一个瑟瑟发抖的亲信，他本来要和孙丹一起死的，最后却没有胆子真去死。

孙丹死后一切自然水落石出。孙丹果然就是这一系列案件的幕后黑手，目的也就是为了扰乱信辉的视线。信辉极精明，如果以普通的手段给他制造麻烦，恐怕都会引起他的警觉。所以他就另辟蹊径，从女人上面着手，招来的帮手也大多是女人。女人的世界和男人的圈子是完全不同的。这样不易被信辉发觉、就算信辉发觉，恐怕也难以察觉他们的意图。没想到最终还是人算不如天算，功亏一篑。

虽然险些被孙丹算计，但信辉并没有对他的家人赶尽杀绝。同为主犯的孙贵妃他只叫她服毒自尽，对孙家人也只是流放而已，并没有加以酷刑，更没有杀他们的头。

本来这件事已经可以告一段落，信辉却知道了一件事，让他大为不解，又感到事情背后可能还有玄机：据那个没胆量陪死的亲信说，孙丹在临死的时候大骂燕如飞。至于为什么骂他，孙丹却没有说，只是骂他而已。

信辉觉得很奇怪，立即命人调查燕如飞，燕如飞虽然也在粉碎他的阴谋上起过作用，但孙丹应该不知道他的所为，就算知道了，也没到临死前还要大骂他的程度。结果发现他查案时的状态有异，按理说捕快都该查案，但是他付出了更多关注和努力。而且在玉翠夫人被灭口之后，他忽然不再过问有关这个案子的任何事，就像特意避开一样。他觉得此事很值得玩味，便命人细查燕如飞。

华英那边，也在呆呆地琢磨。不过琢磨的内容和信辉完全不同。她琢磨的，是刘婆子的那句话。她说诬陷杨甲是另有玄机。那会是什么样的玄机呢？她本能地觉得和女人有关。想进一步打探消息，却打探不到分毫，因为信辉和她有隔膜。信辉是坚持男主外女主内的人，朝政上的事情根本不想叫她沾边。她没有办法，只好翻来覆去地想和杨甲有关的事情，她对杨甲这个人也感到很熟悉，但就是想不起来任何事情。

“哎哟，夫人，你还记不记得，”倒是岚嬷嬷先想起来了，“那天你摆寿宴，西敏雪好像带一家女眷，来拜见长辈来着，那家的户主就姓杨！”

华英一激灵，赶紧找来负责办理寿宴的侍女，果然在宾客名册上发现了杨甲的名字。她心头悚然，赶紧命人去找西敏雪，却惊诧地得知西敏雪的住所已经被信辉派人监视。原来信辉觉得，孙丹是无法轻易得知他在追求杨真的，给他透漏消息的人离他的生活必然很近，仔细想一想，只有西敏雪可能干这事儿，所以便命人监视西敏雪的动向。华英的人认识负责监视的人，就没敢上前，怕他们看见她向信辉禀报，信辉又要责备华英胡乱管事。

华英没有办法，就只有翻来覆去地想那天的事情。忽然想起当初那群女人是簇拥着一个花枝招展的小姑娘，当初她只觉得这个小姑娘有些碍眼，并没有细想其他，现在却想起她是一副期待表现的忐忑神情。向谁表现？当然是对信辉表现了，哎哟！那刘婆子的意思该不是孙丹是要诬陷信辉喜欢的女人，以转移他的视线？信辉喜欢那个小姑娘？

华英想到这点后宛如高楼失足，接着怒得浑身发颤，小小的一个商家之女，也敢觊觎她的夫君？她恨不得立即带着府上的兵丁杀到杨家，把那个小丫头搜出来打死。岚嬷嬷好劝歹劝，才说服她，先去试探一下，看看那小姑娘到底是不是信辉的新宠，免得杀错了人。

这天杨真的家里迎来了一个不速之客。秋霜拿着包袱，径直跑来投奔杨真，她说冉玉家其他人都和冉玉不睦，她待在那里也没什么意思。想想认识的人当中就杨真人比较好，又和她投脾气，所以就来投奔她了。杨真听到她的“谬赞”时哭笑不得，她当初是觉得以后可以利用秋霜才和她建立同盟，严格来说一点都不算好人。不过她还是打算收留秋霜。因为她是个可用之才。没办法，宫里的生活导致她有了结党的习惯，已经改不掉了。再说现在的生活又开始变得凶险，没有人帮是不行的，不过找个人帮只是她的第一层念头，还有很多层念头她藏在心底，对外也是不便说的。

杨甲对秋霜并不欢迎。不仅仅因为她是冉玉的侍女，他现在本能地想避开和冉玉有关的所有事，还不大乐意家里再多一张口吃饭。杨真早知道他会如此，便故意恐吓他，说冉玉之案牵连甚广，按照她在宫里的经验，这个案子的调查肯定还没有完全结束。既然如此涉案之人依然有风险，依然有可能惹上无妄之灾。要免灾最好不动声色地自证清白。对杨甲来说，最好的方法就是收留苦主的丫鬟，证明自己对此事丝毫无涉。杨甲早已被吓破了胆子，一听这话自然应允。杨真便给秋霜安排了住处，是厨房旁边的空屋；还给了她几件衣服几件簪环，有几样还是她从中华京城带来的高级货。

表面上看来，杨真不动声色地避开了一场大祸，可以好好地休息了，但她的紧张感依然没有褪去，虽然案子“已了”，她和信辉的事情可还没了。再说这种牵连甚广的案子历来绵延甚久，难说她和她的家人会不会再惹上无妄之灾。所以她每天沿着宅院内墙走动，查听情况，有时也登上楼阁，看看外面街道上的情况。

她的担心果然不是多余的，就在第三天上，她发现了点情况。

有个女人，每天都来她家附近驻足张望。虽然每天都是不同的装束，但能看出就是同一人，第一天她穿得像个农妇，第二天她穿得像个贵妇，第三天她穿得像个道姑，但都会在柳树下的茶摊上买杯茶喝。每次都是面对杨甲的府邸喝茶，由于正好向阳，因此杨真可以看到她有用凤仙花染成的鲜红的指甲，才判定她们都是一个人。她站的地方很微妙，不管杨甲的人从哪个门出来，这里都是必经之路。杨真敏锐地感到她的家可能被监视了，正要更仔细地看，忽然看到秋霜正慌慌张张地往家里走。她的身影和那个女人所在的地方正好可以连成一条直线。

第十一章

连环计

杨真的眉毛顿时不可抑制地跳了几跳，眼中是惊诧，唇边却是愤怒地微笑。今天那个女人来得早了点，她来的时候，她已经在那里了。所以她不知道秋霜是不是和那女人说过话，但从她归来的方向看倒是挺像的。

其实，她还没有真正信任秋霜。至于她的投奔，她也在心底暗暗怀疑她是不是另有所图。原因很简单，信辉追求她的消息一点都没有走漏，知道信辉喜欢她的人必定是信辉身边的人，而且人数有限。目前她所知的，就只有西敏雪和冉玉，以及秋霜，她可曾是冉玉的心腹。虽然她自称对冉玉忠心耿耿，但内鬼都是如此自称，难说她有没有和孙丹勾结，帮助他实施计划；投奔杨家也可能是另有所图。所以她把秋霜安排到厨房旁边的房间，君子远庖厨，大户人家主子们住的房舍都会离厨房很远。把秋霜安插到那里，是为了防止变生肘腋。而且厨房旁挤了很多仆役，无形中就多了很多监视的眼睛。当然了，她也曾希望是自己多虑，但现在看来她却考虑得还不够。

秋霜下午出去了。杨真便悄悄走到秋霜的房间里搜查。历来背负特殊使命的人，房间里都会有特殊的东西。当然了，她得为自己的行为找个借口，以防被秋霜发现和被外人撞破。她带了一个瓷瓶，里面放上她从花园里采来的花，如果被人撞破，她就说自己是给秋霜送花来了。

她把花瓶放在桌上，便开始轻手轻脚地翻秋霜的东西。不管碰过什么，都轻巧地将它放回原处。然而还没等她翻到什么，就听到屋外传来了脚步声。杨真立即不慌不忙地直起腰来，转身逗弄花瓣，然后自然地和来人目光相对。

果然是秋霜。

杨真微微一笑，“我看这花园里的花开得不错，就剪了几枝给你送来了。”

秋霜没有说话，只是盯着她看，一脸紧张，鼻孔都在抽搐。

怎么？杨真心里暗暗揪紧：没有遮掩过去吗？她下意识地朝后退了一步，以防她忽然对她不利。

“小姐！”秋霜忽然开口，语气也是异常紧张，“今天，我在咱家外面看到一个道姑，这个女人我不认识，但是她的戒指我认识！”

“戒指？”杨真一愣，乍一下摸不着头脑，但也隐隐感到秋霜应该不是去和道姑接头。

“是啊！”秋霜继续说，“她手上的戒指，是华英夫人过生日的时候赐给亲近下人的礼物，有特殊的花纹。”说到这里忽然露出愤懑的神情，“之前因为冉玉小姐的关系，我和华英夫人的奶娘岚嬷嬷有过龃龉，结果被她掌掴，她是反手打的，劲儿特大，把戒指的花纹也印到了我的脸上，那个花纹嵌到肉里，过了好久才消，因此这种戒指的花纹等于是印到我的脑子里了，我怕看错，还特定绕到她身旁仔细看，确定就是那类戒指！”

杨真立即皱起了眉头，准确地说是眉心不受控制，自己抽搐缩成了一团。华英监视她？是因为知道信辉在追求她吗？不，她现在还不能仓促信任秋霜，她还没说自己刚才是做什么去了呢！

“那你还有什么发现吗？”她的问话很有艺术，既可以被理解为暗示她坦白刚才的去向，也可以被理解成一句无特别意义的追问。

“有的！”秋霜一个顿儿都没打，“我今天下午趁那女人喝茶呛着的时候，从她身边溜过去，到信辉大人的府上看了看。结果又看到了一个女人，戴着一模一样的戒指，从信辉大人的府上出来，又去了西敏雪夫人的府上，结果却是到门口不远就折回来了，我仔细一看，发现西敏雪夫人的府邸旁边也有几个男人在监视。小姐，我脑子笨，不知道是怎么回事，你知道吗？”

杨真没有回答，只是用力地抿了抿嘴。西敏雪也在被人监视？哦，大概是信辉的人吧。信辉也怀疑自己的身边出了内鬼，而华英的仆妇到旁边就折回来，证明她也不想被信辉发现。华英为什么要这样偷偷摸摸地查听西敏雪的情况呢？她和西敏雪之间有不可告人的内幕，怕信辉发现？不可能啊！华英的人去查听西敏雪的情况，是为了找机会潜入西敏雪的住宅，问西敏雪事情吗？能打听什么事情？

杨真心头一震，大脑瞬间绷紧了，心头却安定了许多。大概华英还没确定信辉追求的女人是不是她吧。她只是在怀疑，派人来就是为了确定。她得想办法让华英夫人打消这个怀疑，或是转而怀疑别人。

秋霜见杨真思忖不语，知道现在不可以打扰她，但还是忍不住问道，“小姐，这里面到底有什么玄机啊？我脑子笨，想不明白。”

杨真如梦方醒，微微一笑，把她拉过来，低声耳语了几句。

第二天，她自己登上阁楼，找那个仆妇。那个仆妇果然又来了，这次她扮成了一个卖香花的老婆子，藏在街角。杨真暗暗冷笑，准备若无其事地出去，分散一下她的注意力，却看见杨眉和两位姐姐有说有笑地出门去。那仆妇竟然立即跟了过去。

哦。杨真皱着的眉头展开了。原来华英是怀疑杨眉是情敌啊。看来她真是一点都不清楚情况。不过盯上杨眉无疑更糟。杨眉这家伙除了骄娇二气外就是发傻，要被华英盯上了，那真是一点还手之力也没有。于是赶紧也披了件斗篷跟了出去。

杨眉和两位姐姐穿大街溜小巷，什么摊子都去看一看。仆妇端着香花箩儿跟在后面，穿人群过窄巷的时候颇感累赘，但不敢轻易放弃伪装，自然也发现不了杨真。杨真一直跟在她身后十几步远，不管她脚步是徐是疾，都不曾跟丢片刻。她一边跟踪她，一边观察她，觉得这家伙真是蠢笨至极，接着悄悄露出了轻蔑的微笑。她现在大概知道华英夫人那边的情况了。她是要看看杨眉会不会跟信辉去私会，所以才派仆妇过来监视。而她派自己的仆妇出来，证明她现在没什么人可派。看来信辉在出事之后加强了对自己府邸人员的管理，府里的人，尤其是男丁们，很难瞒着信辉外出。而这个家伙每天晚上都会离开，证明信辉府邸晚上肯定会对所有仆妇进行清查。她回去，是怕信辉发现华英夫人的所为。如此说来，华英夫人能做的事情极为有限，她正好趁这个机会做手脚。

杨眉和姐姐们逛够了，懒懒散散地回家。仆妇也终于可以返回茶摊，坐在那里歇口气。杨真赶在她们之前回来，一进门就找秋霜，她刚才本是想自己出去扰乱仆妇的视线，好让秋霜出去办事，却被杨眉她们代劳了。秋霜不辱使命，已经回来了，她要她办的事情也办妥了。她递给杨真一个布包，杨真打开来一看，喜上眉梢，又小心翼翼地把布包包好了。

第二天傍晚，华英一脸黑气地坐在紫檀木椅上，呆呆地等待消息。西敏雪那边依然无法打听到消息，崔嬷嬷跟踪杨眉也无果。而且今天就要到点卯的时候了，崔嬷嬷要是过了点回来，被信辉发现她们在干什么勾当就糟了。

还好，崔嬷嬷及时回来了，一脸忐忑地跟华英汇报今日的所见：杨眉和姐姐杨真今天一早就上街闲逛，逛了一上午，中午在醉仙楼吃了饭，下午又逛，不知道她们怎么有这么大的劲儿，她跟在后面腿都要跑断了。华英听后既高兴又不高兴：高兴的是杨眉没有和信辉私会，虽然她的目的是抓到杨眉和信辉私会，但出于女人的弱点，还是不希望那种事情发生，不高兴的是这样依然无法确定杨眉的嫌疑。就在这时，负责打探信辉那边信息的丫鬟杜鹃回来了，她没本事跟着信辉出去，只能在信辉回来后找侍从们打探情况。她匆匆地行了个礼，三步并作两步上前，递上一个耳环。

华英一看到这个耳环眼睛就瞪圆了，“这是从哪里弄来的？”

“是从信辉大人的车里的坐垫底下。”杜鹃睁着滴溜的大眼，小心翼翼地看着华英。

华英盯着耳环，脸黑得简直像倒扣过来的锅底。这个耳环，是明显的民间式样（茜香国仿照中华的体制，官家人、皇家人衣食住行的各方面都有自己的规制），用的是素银，打成花朵的式样，花心坠着一枚珍珠，珍珠上还沾了些许脂粉，这显然是从女人的耳边刚掉下来的，有其他女人在和信辉私会？还是在车里？

华英恨不得立即就把仆妇们遣出去调查这枚耳环，但是现在监国府已经不许外人出入，只有拿着耳环，憋着气睡下，却是一夜没有睡着。她第二天就把几个老成机敏的嬷嬷全派出去，调查这枚耳环和上面的脂粉的来历。

第二天杨真就从秋霜那里听说，有个形迹可疑，但是戴着和那天监视杨府的仆妇一样戒指的嬷嬷在街那头的首饰店拿着个耳环询问。在首饰店询问无果后又去脂粉店，描述一种脂粉和香味，问店家知不知道是哪里的。秋霜陈述这些的时候一脸得意和促狭。杨真的脸上不动声色，嘴边却浮起一丝笑意。

她们的计策生效了。昨天杨真是故意带着杨眉出去闲逛的，就是为了给杨眉制造“不在场证明”。在她们引着华英的人乱逛的时候，秋霜就跑到信辉的公衙外，把耳环丢进信辉的车里。因为曾经跟随冉玉，她知道信辉的车夫的毛病，那就是喜欢看蚂蚁上树。她之前趁车夫不注意，在附近的树干上抹了一片蜜糖，这也是杨真教她的。她故意抹成古怪的形状，不一会儿那里就聚满了蚂蚁。车夫看到蚂蚁群的形状这么诡异，自然跑去看，她就趁这个时候把耳环丢进了车里。

这个耳环，也不是随意找的。这是城东宝玉轩的耳环，因为式样好，卖得好，店主便打造了一大批，卖给了很多人。这个信息杨真是从杨甲商会同好的妻女那里得知的。当时还不知道这个信息会有这种帮助，只是记在心里。这也是宫里带出来的习惯。事实证明这个习惯非常好。至于那个脂粉，也是大批售卖的东西。别说是华英，就是燕如飞带领京城所有的名捕，恐怕都无法查出是什么人买了脂粉和耳环。就让华英和她的手下漫无边际地去找吧。让她们疲于奔命，没空再做不利于别人的事情。当然最重要的是她洗脱了自己和杨眉的嫌疑，之后应该可以高枕无忧了。

第十二章

逃亡

信辉已经把燕如飞的事情查清了。真相令人啼笑皆非。原来孙丹大骂燕如飞，是因为他对调查过于热心，让他感到了压力，因此不敢派自己身边的人去杀玉翠夫人。他之前可是信奉凡事光明磊落，没有那种一直藏在暗处的杀手，能用的就是几个亲近的捕快，而那些捕快又都和燕如飞相识。身边的人不能派，只能让孙贵妃派大内高手出来。孙丹认为这几个大内高手肯定在某些地方露出了破绽，否则信辉不会这么快就联想到是宫里的事，不过其实不是这样，所以才会在临死前恨死了燕如飞，大骂他，仅此而已。

这件事应该可以了结了。但在这个时候，又有一个人送来了一卷画。他是燕如飞的同僚，说这卷画被燕如飞珍而重之地藏在怀里，常常在没人的时候拿出来看。他觉得里面定有玄机，便故意假装失手，泼湿了燕如飞的衣服，然后趁他换衣服的时候把画卷偷了出来。自己没敢擅自看，直接送给了信辉。信辉一开始也多方揣测里面是什么，打开之后却发现那是一副女人的画像。他轻蔑地一笑，心想燕如飞身为名捕，坠入情网后也和一般的傻小子没有什么两样。然而等看清图像中的女人的面容的时候，他的眼睛顿时瞪圆了。

画里的女人竟然是杨真！

在这一瞬间，信辉几乎想把燕如飞抓来痛打一顿再审问，还好及时遏制住了荒唐的想法，之后感到羞惭和懊恼：自己其实也很傻。

他定了定神，重新再看画像，发现画像里的杨真似笑非笑，表情晦涩，便知道燕如飞一定还没得到杨真，而且只是暗恋，画像折射的其实是画画人的心态。他把杨真画得表情晦涩，证明他还摸不透她的心意。即便如此他还是想知道燕如飞和杨真到底是怎么认识的，立即另派他人去询问燕如飞身边的人。

这次调查倒是非常顺利。和其他陷入情网的少男一样，燕如飞总会不经意地对好友提起杨真的事情。信辉把几条信息一拼凑，立即拼出了事件的全貌。他没想到杨真如此聪慧，对她又再次认识一分，对她的渴望又强了一分。他也更担心燕如飞和杨真之间会有情愫，即便燕如飞摸不清杨真的心意，对她只是暗恋，但不能保证杨真对他没有意思。

他想了一会儿，决定试探一下，方法很是老旧，不过也最管用。他命人找来燕如飞写过的东西，叫人模仿他的笔迹，写了一封信送给杨真，约她去城外的僻静地方见面。当然到时等在那里的人是他。他本来打算“优雅把杨真纳入怀中”，但发现杨真有这么一个仰慕者后反而有点坐不住了，甚至顾不得再顾体面。如果这次杨真来了，他就立即把她抓住软禁起来，之后再给杨家送去聘礼，再把燕如飞流放到边境的小岛上去。

于是他便穿着便服，带着仆从，埋伏到了约定的地方，比约定的时间早了一个时辰。平时的一个时辰是很容易就过去的，今天却似乎比以往慢很久。信辉觉得杨真一个时辰后才会出现，便告诉自己要耐心，没想到刚这么想就看到一个女人，用一大块披肩裹住头和身体，小心翼翼地走了过来。

信辉顿时感到全身的血液都涌上了头顶，接着如海的醋意无法抑制，竟然来得这么早？很看重这次约会？他立即冲出来挡在了那个女人面前。

“哎呀！”那个女人竟然失声惊叫起来，转头就跑。信辉一听声音就知道不是杨真，又觉得她的反应很奇怪，一把抓住她，待看清她的脸后不仅张口结舌。

这个人他认识，是华英的亲近侍者齐嬷嬷！

齐嬷嬷被他抓住后吓得浑身发颤，不需信辉怎么问就竹筒倒豆子了。原来华英命她们去找耳环和香粉的主人，她们久久无所收获——这是当然了。齐嬷嬷被华英催逼得紧了，忍不住又想起杨真这家人来。她还是觉得“杨眉”可疑，并怀疑她们可能是被杨家耍了，便又折回来，在杨家附近游荡。结果让她看到给信辉送信的人，虽然那人伪装成燕如飞的同僚，但是因为和她在一个府里当差，齐嬷嬷认识他，便理所当然地认为是信辉送信来了。之后那人叫出杨真，把信递给她。齐嬷嬷为了知道信里的内容，便翻墙进去，偷偷地跟在杨真后面。她的父亲是个武师，她也会点武艺。她现在已经隐约觉得，信辉喜欢的人可能是杨真。杨真慢慢地走回自己的房间，在窗前把信打开来看，然后又把信合上了，放在桌子上。齐嬷嬷趁机从窗外伸手进来，把信拿去看。她看到落款上写的是燕如飞，感到很诧异。如果真是燕如飞邀请杨真，怎么能让监国府的人去送信，便提前半个时辰来这里查看。没想到信辉来得更早，两人正好撞上了。

信辉对此哭笑不得，又隐隐有些紧张。华英已经对杨家的事情有所感知了啊。这可不是个好消息。他不怕她，但怕她会对杨真不利。想到杨真对华英耍的花招，又觉得十分有趣，这女人真是聪明，也很淘气，他对她越来越有兴趣了。

齐嬷嬷是明白人，知道此时只能投向信辉才有好果子吃，如果信辉对华英的所为动怒，先被修理的肯定是她们这些下人，而且华英为了保护夫妻关系，肯定会丢卒保车。她跪地保证自己绝不会对华英说信辉真正喜欢的是谁，并主动提出自己愿做信辉在华英身边的内应。

信辉知道她的处境，也知道她不会说谎，便微微一笑答应了。

信辉一直在约定的地点藏到约定的时间，然而并没有看到杨真，心刚刚放下一点，又看到远处来了一个女人。他的下巴差点飞出去，又醋意和怒意齐涌，还好这次冷静了一点，没有贸然出去。哦，不是杨真，是个丫鬟模样的人，脸挺熟的……这不是冉玉身边的秋霜吗？她去到杨真家做丫鬟了吗？

秋霜在这里找了一圈，并没有看到什么人，便喊了几声燕大人。她没听到有人应声，只好把一封信系到了树枝上。等秋霜走了，信辉几乎是扑向了那根树枝，把信解下来看。是杨真的笔迹。不过没有落款，聪明，这样即使信落到了别人手里，他也不能借此生事。

哈。杨真在信里说的和对他说的一样，说自己已是死灰槁木，不愿耽误别人的青春。信辉这才放心，却又担心杨真是像上次一样，窥破了他的把戏。罢，罢，为了安全，他还是把燕如飞派到边境的荒岛，去查几十年都没人查出的积案吧。估计他一年半载回不来，也等于是流放了。

杨真此时正坐在窗边品茶，静静地等着秋霜归来。茶喝完了，她想活动一下筋骨，便走到窗前看外面的桃树，却忽然看到窗边有个浅浅的脚印。她一激灵，走到脚印边细看，发现这个脚印十分复杂，换言之，这个鞋底上的花纹很是精致。她家里可没人穿这种鞋。鞋头向里，证明穿鞋的人是在往窗户里窥视，而且伸手就可以……杨真忽然察觉到此人应该看了这封信，心里顿时像被针尖戳了一下。

又有人在监视她家吗？还混进家里来了？而且还是直奔她的？是信辉的人？信辉的人不会穿女鞋，是华英的人？

想到是华英的人后杨真反而心里一宽。正好，这次约她的人是燕如飞。就让华英的人去那里，看到燕如飞在那里，胡乱猜测去吧。正在这时秋霜回来了。她便问秋霜有没有把信交给燕如飞，秋霜则说自己没有见到，只是把信系在了树枝上。杨真本来是微笑着听她说话，听到这里忽然骇然变色。

“怎么了？”秋霜不明就里，吓了一大跳。

杨真没有回答，只是咬紧了嘴唇。燕如飞不在，证明送信的人根本不是燕如飞。当然也不可能是华英的人，如果是他们送信，就不会再混进来看信了。现在可能打她主意的人，除了华英就是信辉。那么今天等在那里的人肯定是信辉。见到来的人是秋霜，便没有出来。而华英的人赶到那里，看到的正是信辉……天哪！这不正好让华英知道，信辉想要的人是她吗？

真是人算不如天算，杨真把嘴唇都咬痛了。没想到最终还是让华英知道了真相，她不能再待在京城了，得赶紧离开。可是又不能让自己的家人留下来，如果华英夫人把他们抓去了呢？可是举家逃离仓促间无法做到，而且她又不能让杨甲知道信辉喜欢她的事情，杨甲此人不知深浅，听到这个，说不定还会喜出望外，劝她去给信辉做妾呢。

还好杨真只是心慌意乱了一会儿，很快就冷静了下来。她发现自己多虑了。她对信辉来说，只是个没名没分、只是一是兴之所至才想得到的女人罢了。华英不会把她视作太大的敌人。她只要暂时躲出去，等信辉忘了她，或是爱上了别人，估计就不会再有什么危险了。

下定决心后，杨真就准备逃跑。她骗杨甲说，自己做了个梦，在梦里神灵说马上要有灾祸降临在她的身上。她害怕真有灾祸，又怕祸及家人，要到碧螺岛上的普慈寺去参拜。普慈寺是全国闻名的寺院，满寺的和尚都有极高的功德。

做生意的人最是迷信，杨甲立即答应了。至于盘缠方面不需要他挂心，杨真出宫时带了很多赏赐的银两。杨真草草地收拾了一点东西，带上秋霜和一个家丁，便准备出发。不过在出发之前，她仔细地查探了四邻，看看有没有人监视他们。结果一查还真查出来一个。

街角的面条店，之前因为店主自杀了，店面一直空着没有人盘，前几天却忽然有人盘了下来。杨真打发秋霜去打探消息，发现那个店里只有两个男人。按理说一起开店的人要么是夫妻，要么是家人，要么是师徒。他们都是男人，但既不像兄弟，长相不像，也不像师徒，年龄接近，也没有认真做生意的样子。最重要的是，他们所处的位置，也是杨家人出门时的必经之路。杨真立即觉得他们是来盯梢的。

他们的存在是有点令人困扰，不过对付他们，杨真也已经找到了方法。这座宅院是杨甲从别人手里盘来的，杨真曾经仔细看过这里的结构，觉得按照常理，这个宅院应该还有一个门。她闲着没事的时候细细地找，果然在一间空屋的杂物后找到了它。这扇门大概只是被嫌多余，废弃了而已。上面挂着一把锈迹斑斑的大锁。杨真找来一个会撬锁的老仆役，把锁弄开了。发现这门还能用，便另配了一把新锁挂在上面，准备紧急逃生的时候使用，这个门不用经过那个街角，而且可以隐蔽地走很久。这个秘密她没有告诉别人，叫那个老仆役也保密，那个老仆役只要有了足够的赏钱，什么都会答应。不是因为别的，而是这种救命的秘密就像魔术的秘诀，越少人知道越好。知道的人一多，它就可能没有用了。

既然外面有人盯梢，就走这个门离开好了。杨真本打算用它来扭转危及生命的危机的，现在用它显得有些轻易，心里略微异样。那天早上，她带好了东西，带着秋霜和一个叫胡丙的家丁，偷偷地从这个门溜了出去，一直走到渡口都没有异状。

杨真选定了一个船大蓬深的木船，这才长长地吁了一口气。水路虽然慢，但遇到的排查最少，而且不易遇到什么意外。历来人遇到歹人的时候，都是在别人目光不易达到，有所遮蔽的地方。而水路上一片空荡荡，只要走官道，也不易遇到水贼。她们就顺着水道走到入海口，再乘船到碧螺岛，就差不多了。

第十三章
箫声动心

然而杨真刚准备叫艄公开船，船上就多了一个人。杨真吓了一跳，发现竟然是燕如飞。杨真一激灵，忽然明白了全部事情，在心里微微苦笑。明白了信辉假造燕如飞的信件来试探她，肯定是从什么渠道知道了燕如飞喜欢她。而她上次其实是把拒绝燕如飞的信给了信辉，因此燕如飞并不知道杨真已经知道了他的心意，更不知道杨真已经拒绝他了。他大概是听说杨真要出远门，大概是家里的哪个丫鬟说漏了嘴，甚至可能就是她爹，所以来这里献殷勤。

“啊，燕大人，有什么公干吗？”杨真已经打定主意将他撵走，就以不可耽误他的工作为由，她不希望他卷进她和信辉之间的纠葛。信辉要残害他绝对像修剪花草一样简单。

“是啊，正是要去公干。”燕如飞微微一笑，脸上红意隐隐，“信辉大人派我去碧螺岛调查积案，正好和您一路，暂时找不到合适的船只，只好求您捎我一程。”碧螺岛就是方外荒瘠之地，历来只有荒芜之地才能出高僧。信辉本来是想把燕如飞远远地支走，没想到倒促成他和杨真走到一路，倒也真是令人哭笑不得。

信辉派的？杨真乍一下还真有点摸不清状况。但无论如何，她觉得自己不能和燕如飞一路。然而就在这时，杨真忽然看到了那两个假装卖面条的人跑到了城门附近，在探头探脑地乱看，便赶紧叫艄公开船。这下他们离开倒是及时了，却也不能再撵燕如飞走了。

杨真没有办法，只好暂时让燕如飞同行，悄悄琢磨着如何把燕如飞弄走。然而还没等她想到办法，燕如飞就开始跟她一句接一句地搭话，用的是那种暗藏激动和羞涩的、“自以为别人听不出他的意思”的语气。“听说您要去碧螺岛的时候，真是吓了一跳。我们都要去碧螺岛，时间竟也如此凑巧。”

杨真感到他要转到“缘分”之类的话题上，赶紧佯装不知，转变话题。“是啊。我之前做了一个噩梦，神灵告诉我要去向神佛祈福。”

“真的是因为噩梦吗？”燕如飞看着她的眼睛，似笑非笑。

杨真立即感到他弦外有音，正在思忖该怎么回答，燕如飞却自己接上了，“是因为要躲避‘错爱’吗？”

杨真一凛，估计他是要问信辉的事情。看来对其他人来说，她拒绝信辉真是不可理解的事情，便淡淡地一笑，“有什么奇怪吗？”

“是啊。很奇怪。”燕如飞意味深长地盯着她的眼睛，“在茜香国，信辉大人可是受万众仰慕的。仰慕他的可不仅仅是女人，连我也很仰慕他呢。”

哦？杨真暗暗冷笑。是啊，比起年轻女性来说，年轻男性更喜欢崇拜拥有权势的年轻男性，说不定崇拜得还更厉害些。至于信辉在女性方面的事情，他们说不定还觉得值得羡慕呢。她知道自己有必要对燕如飞解释清楚，但又必须谨慎，无论如何，不能对着茜香国的子民贬斥他们的相国。她正在思忖，忽然看到天上有一只海鸟飞过。她心头一动，微笑着说，“其实没什么奇怪的。对于长年生活在北方贫瘠地方的海鸟来说，温暖富庶的南方自然是好的很了。但是它们每年都会在开春的时候回北方去，这是它们的宿命，它们的归属，没有什么缘故，也自然没有什么奇怪之处。”

她这回答很是巧妙。燕如飞似乎听懂了，接下来却又似乎迷惑起来，甚至还有些紧张，“这么说，您已经有宿命的北方了吗？”

杨真一激灵，赶紧微笑着否认，“不是。我只是打个比方。我现在依然是天涯的过客哦。”

“哦。”燕如飞露出放心的神情。杨真忽然明白他是怀疑她心里爱着的是柏杨，不由得惘然地笑了。

不一会儿天就晚了。燕如飞在船中住宿，也没有什么不方便，这类船就是做来让客人在船中住宿的。里面用木板隔成一间间的小隔间，除了低矮和狭小些，就宛如一个木头搭的客栈。然而虽然每人都可以用自己的私人空间，但房间与房间之间还是紧紧挨着的。

杨真和秋霜睡在一间房间里，她们的床是紧紧挨着的两个地铺。在脚那边有一个半尺宽的区域可供自由活动。秋霜早早入睡了。杨真则坐在灯前绣花，刺绣是她安定心情的方式，绣一会儿就朝窗外看一看。

外面是银波荡漾，月亮静静地嵌在黑蓝的天幕里。除了嵌在水天之间的那道银边，几乎算得上是水天一色。杨真轻轻地放下花绷，靠在窗边往外看。此时非常静谧，非常美，但也非常孤寂。杨真下意识地在水面上寻找其他船只，即使隔得再远，也是心里有个伴儿。

一辆快船梭鱼般地驶来，刀子般割开片片银波。看到此情此景杨真却紧张起来，下意识地朝后缩了一缩。然而船驶到离她的船颇远的地方就停了下来，就此不再移动，似乎在赏月。杨真稍稍放心，朝那条船眺望。只见一个人从那条船的船舱中走出来，踏上船板。她一点都看不清他的衣着和脸，但是感觉他的身影十分潇洒。

那人在船板上踱了几步，掏出一把洞箫，吹了起来。

杨真一激灵，接着便感到十分舒泰。这箫声十分动听，箫声一起似乎水天之间都亮堂了起来，里面似乎流动着看不见的天地灵气，慢慢地流入她的心里。杨真深吸了一口气，闭着眼睛倾听着箫声，忽然有些慌张和心虚：吹箫的人知道她在听吗？

不知不觉间，杨真感到自己的心中有种东西在慢慢地滋长，就像青草一样，转眼间心里就绿油油一片。她从没有过这种感觉，感到既激动又悸动，甚至还有了想结识那人的冲动，

秋霜忽然重重地翻了个身，呓语了一声。杨真如梦方醒，赶紧关上窗户躺下了，那“从未有过的冲动”在她关窗户的同时也一并被关上了。

第二天起来时她鼻息声重，竟似在昨夜感染了风寒。燕如飞很是担心，上岸去请大夫。船家也把船靠了岸。她在船舱里靠着，暗骂自己没用，这当然不是主要责骂自己的理由。她如此生气，是因为她怀疑自己是不是昨夜有了异样的情绪波动，才导致风寒趁虚而入。

就在这时，她忽然发现那艘船朝这边行驶了过来，顿时紧张起来，但也隐隐地有些兴奋，更有些无所适从。转眼间船已经驶到了旁边，窗户几乎正对着她的窗户。她忽然难以言喻地慌乱起来，又把窗户关上了。

秋霜出去问那艘船上的人的来意，回来时手里捧了一个布包，说是那艘船的船主送给杨真的见面礼。杨真狐疑地打开布包，脸顿时白了，接着呆如木鸡。

布包里赫然是一对银制耳环和一盒脂粉，和她叫秋霜扔到信辉车里的一样！

杨真顿时感到头皮发麻，又把窗户打开了，发现有个人正在那边的窗口朝她看。

看清那人的脸后杨真如遭雷击，心头却也是一宽，但片刻后又缩成了一团。那个人不是华英，这是值得庆幸的，但比那更糟糕。

“你看起来脸色很不好啊。是不是被昨夜的箫声惊扰到了？如果是那样，我可真心痛。”信辉笑吟吟地对她说。

杨真抿着嘴没有答话，嘴唇已经被抿得没了血色。他用了毫不见外的语气，很令人不安，这证明他可能要做“毫不见外”的事情。不过他没有贸然上船，依然坐在另一艘船上，证明他依然自重身份，杨真暗暗思忖着，心里忽然涌过一阵异样的波动，接着竟有些惘然和茫然：原来昨夜吹箫的人，是他啊。

“信辉大人真是了不起，”然而不管她心里多乱，表面上依然是镇定的，“竟然微服私访，体察民情，真是国之栋梁啊。”

“啊？”信辉没想到她竟如此泰然，还把话题一下转到公事上去了，倒颇有些意外，但更觉得有趣，微微一笑，“是吗？那我可要叫你失望了。我这次出来，是为了私事。”

“私事？”杨真目光一闪。

“是啊。”信辉盯着她的眼睛，目光热辣辣的，却也十分魅惑，“我是想看看，那个只用一对耳环和上面的些许脂粉就把我夫人弄得失魂落魄、把她的下人们弄得像没头苍蝇一样的小姐准备到哪里去。”

杨真心头一凛，下意识地低了低头。没想到信辉已经知道那件事了。看来想在信辉眼皮底下耍花招几乎是不可能的事情，她除了意外之外，还感到有些无措：信辉是想拿这件事做文章吗？

信辉看到她露出了恐惧和疑惑的神情，哈哈一笑，“我夫人是被你整惨了，天天找人探问京城民间的首饰式样和脂粉种类，而她的那些仆妇更跟首饰和脂粉贩子一样，哈哈，不过我觉得挺好。其实她天天在家里闲得发霉，有点解谜游戏做也不错。我没有告诉她谜底，想等她玩够了自己停下来。”他这样说一是暗示华英没有知道真相，让杨真放心，但也丝毫没有“他才是杨真最大的威胁”的自觉。

杨真听了后暗暗冷笑，但也放心了不少。她想了想，对信辉说："既然您的夫人在家里十分烦闷，您就应该多陪陪她才是。其实做尊贵之人的妻子，也是很不容易的。"她在这个时候劝说信辉多尽夫职，并不是脑子坏了。她知道信辉不可能被劝服，甚至不可能感到惭愧，但一定会感到不快。这样就可以阻住他接下来想说的话。

信辉当然知道她的意图，冷冷一笑。"这个我当然知道。所以昨天我看到她心情郁结，身体不佳，就把她送到飞霞岛去疗养去了。那里景色优美，水土怡人，一定会让她心情舒畅，身体健康。说不定她会乐不思蜀，再也不想回来了。"他这样说是想让杨真知道华英已经离开京城，她不用离开了。同时也暗示，华英不在，他更加可以为所欲为。

他说完这话后就静静等着杨真回应，之后却觉得又好气又好笑，大声叹了口气。

杨真眼珠飞快地一转：她觉得信辉可能要有所变化。

果然信辉抹去了那假装正经的神情，戏谑地一笑，目光就像两只钩子一样朝她钩去，"你不觉得我们这样说话很累吗？简直像戏台上打架，拿着假刀假剑互相抡，怎么都碰不到一起去。如果你以前觉得这样有趣，我还可以理解，但你现在总该腻歪了吧？我们该开诚布公，直来直去地说话了吧？"

杨真抿紧了嘴唇，没有说话，只是慢慢地低下头去。

信辉似笑非笑地凝视着她，在等她说话，见她不说话，便坏坏一笑，"那我就先开门见山了。我夫人已经走了，你不用去碧螺岛那个穷乡僻壤干熬了。京城花花世界，随便找个犄角旮旯都比碧螺岛有趣。如果你是觉得自己孤身一人，在京城落寞烦闷，就由我来陪你好了。本人不才，小时候也是个顽童，多亏父亲狠狠责打，长大后才没有给家门蒙羞。不过也正因为小时贪玩，知道很多好玩的事情。你说你在宫中苦熬十年，已经变得宛如死灰槁木，就由我来帮你转变心情，如何？”

“民女去碧螺岛不是为了玩乐，是为了给民女和家人祈福。”杨真眼皮一垂，做出了“死灰槁木”的表情，虽然知道以这种神情做盾牌也很难支持得长久，但能支撑一会儿是一会儿。“再说大人所喜欢的东西未必是民女所喜欢的东西。民女注定会辜负大人的好意，所以不敢造次。”

“是吗？”信辉狡黠地一笑，从袖子里取出一根玉箫，碧绿的玉色和白皙、修长却又结实的手配在一起，宛如一件碧玉和白玉雕刻的艺术品，“至少我可以吹箫给你听啊。”

杨真一激灵，忽然手足无措，她猛然想起自己昨天听箫时的感觉，那感觉竟像被重重击中了胸口，所有的防御都土崩瓦解。

他怎么知道她喜欢他的箫声？是他能感应到她的感觉？还是因为他绝对自信？一想到这里杨真就不舒服了。绝对自信，往往代表的是绝对的高傲。

第十四章
巧计脱困

信辉只看到了她的手足无措，以为她已经沦陷，嘿嘿一笑，“如果你喜欢的话，我可以天天吹箫给你听，哈哈，你知道吗？我遇到的这许多女人中，让我费心讨好的，你还是第一个。”这话词句像在谄媚，语气却是绝对的高傲，倒像是在说“你是我第一个讨好的女人，是极大的殊荣，应该立即抛却矜持靠过来。”杨真的心里顿时涌起了怒潮般的反感，所有的防御瞬间恢复原状。

信辉看到她的神情忽然又变了，感到有点惊诧，却也有点生气和不耐烦，便走出船舱，准备直接把杨真抓过来。就在这时，燕如飞带着一个大夫，远远地来了，一看到信辉站在对面船的甲板上，一时间恼怒、惶恐和惭愧一起来，顿时呆如木鸡。

信辉看着他冷笑了一下。杨真则看着他们二人，悄悄地撇了撇嘴。其实怎么看信辉的行为都比燕如飞的值得羞惭，泰然的反而是他。果然是男人地位越高，脸皮就越厚。另外，燕如飞的确对信辉非常崇拜和畏惧，即便想当他的情敌，也不敢当面对抗，甚至还是一副小孩子“做坏事”被发现时的神情，真是令人哭笑不得。由此可以看出这家伙绝对不会为了她跟信辉对抗。不过她也没想过真让燕如飞和信辉对抗，那样他绝对会很惨。即便在利用别人的时候，她也不喜欢随便把人置于危险的境地。她只是想着可不可以让他参与自己的计策，四两拨千斤，但看到他这幅模样，这点念头也一并打消了。

信辉看着燕如飞，心情颇有些异样。他在打发燕如飞去碧螺岛的时候，真的一点都不知道燕如飞会和杨真撞到一起。不过如果不是燕如飞，他也绝对想不到杨真会去碧螺岛。当时他给燕如飞派任务的时候，异样地发现他一脸欢快，就觉得很是奇怪：就算这小子不怕去穷乡僻壤破案，也不应该如此开心。立即就此一查，竟然发现杨真也要去碧螺岛。事情如此蹊跷，令他哭笑不得，立即命人去盯着杨真那边，看看她什么时候出发，结果还被杨真给晃了。他差点恼羞成怒，亲自驾船去追，终于追上了，在杨真他们停船的时候，他已经悄悄地跟了他们一段路。发现燕如飞和杨真坐在一条船上的时候，他彻底恼羞成怒，恨不得立即把燕如飞抓来杀了，还好忍住了，只在船夫上岸买米和菜肉的时候，命人叫住船夫问究竟。确认杨真和燕如飞一直授受不亲，甚至讲话都很提防和排斥他的时候他才放心。即便如此，现在看到燕如飞的时候他依然相当恼怒和排斥，恨不得大声呵斥他。

不过他并没有呵斥他，只是对着他微微一笑，“燕捕头，你怎么还在这儿啊。就在你走后，我还刚刚接到了一份加急公文，说碧螺岛的父老乡亲盼着你尽早去破案呢。”

燕如飞顿时脸红得发紫，一叠声地请罪，说自己立即加急赶往碧螺岛，绝不会再有丝毫耽搁。他把大夫送上船，对信辉行礼拜别，然后胡乱找了艘快船，飞也似地去了，船开走很远才敢回头偷看一眼。杨真把脸撇在一边，假装没有看见他。

信辉鄙夷地笑了笑，朝大夫看了一眼，意外地发现这个大夫呆呆地看着他。他心头一动，正要问话，却见大夫对他纳头便拜，“拜见监国大人！”

信辉一激灵，朝这大夫仔细看了看，发现他戴着腰牌。顿时明白了。这小子是官医啊，所谓官医，就是固定给官家的人医病的人。不是官员，但也不是平民医生，还可以和官员混在一起。想来是自己之前来本县的时候被他记住了。对此他微微地皱了皱眉头：说真的，他虽然已经不太顾脸面，但依然不希望太多人认出他，毕竟监国大人微服追女人实在不光彩。但很快他眉毛又舒开了，既然来了，就算了，反正已经被他认出来了，再说官医的医术怎么说都比平民医生好。

他的神情变化极为轻微，持续时间也只是一瞬，但依然被杨真看到了。杨真一直在苦苦地思求脱身之策，看到这里顿时心头一亮，计上心来。

信辉叫大夫给杨真诊脉，自己也走到杨真的船上。那个家丁听说信辉是监国后就已经吓瘪，看到信辉那凶神恶煞的护卫后更是自己当自己蒸发了。大夫已经察觉出信辉对杨真“十分看重”，诊脉的时候使了十二分的力气，把杨真的病症说得十分准确。杨真心里感叹他真算得上一个好医生，心想他开出的药方也一定很准。然而信辉听了他开出的药方后，竟不快地哼了一声，指出他几副药开得过重，杨真是鲜花嫩柳，恐怕经受不住。听到这里杨真忽然想起自己当年在宫里时，有位嫔妃见她不顺眼，竟买通太医，在她的药方里加入虎狼之药的事。所谓虎狼之药，不是毒药，也可以治病，但是药性过猛，极伤身体；有时可以起到毒药的作用，下药的人却绝对不会有下毒的罪名。她较早发现了他们的阴谋，偷偷地换了药方，才没有中招儿。现在想起这件事，心情真是异样，不过也是一会儿就过去了。

大夫很是惊诧，对信辉五体投地，阿谀之辞滚滚而出。信辉微笑着看着他，心里却对他充满鄙夷，心想这家伙对医理的认识还没有他好，竟然还敢当官医。想来他小时只是为了消遣才弄了点医书来看，只是如此都比他懂得多。当初他恨读书恨到了极点，几乎是除了诗书什么都愿意学。看来这世上真有不少愚笨如猪的人。他这样想着，注意力自然会被转移。杨真就趁这个机会，拉过秋霜，悄悄耳语了几句。大夫说完阿谀之辞后就上岸去抓药。秋霜说自己也有东西要买，要和大夫同行。秋霜走后，杨真身边就只剩下了那个木雕泥塑般的家丁了。至于那个船家，绝对是“事不关己等于没有”。因此杨真等于是无人保护，她不由自主地缩起了肩膀。信辉似笑非笑地看着她，佯作无意地朝她挨近，虽然没有碰触到她的身体，但衣襟已经触到了杨真的身体，“到我的船上去歇息吧。”

“还是不要吧。”杨真低着头没有看他。信辉凝视着她，静默不语，忽然笑开了，“行啊，我知道你很累，不想移动，没有关系。”说着却牵起了杨真的手，放到手心里轻轻按压，“说起来，你的手温是有点偏高呢。”

杨真的手温根本不高，反而因为紧张而沁出了细汗，还有些偏凉。他是故意找机会亲近她。杨真的手柔若无骨，皮肤就像羊脂一样滑腻，握在手里非常受用。仅仅是握到了她的手就让他开始冲动，看到她的脸颊粉嫩无比，又忍不住抚摸她的脸颊，一直摸到白玉般的额头，“额头烧得也有点热。”

杨真没有往后缩，也没有把手抽回，只是闭上眼表示拒绝。虽然拒绝的意图很坚定，但看起来十分无助和可怜。信辉忍不住对她生出一丝怜惜，不再打算过分进逼。他心想反正她现在已如他的碗中之鱼，还是风雅点好，便又把手放开了。

杨真果然放松了一点，微微垂着眼帘，看向粼粼波光，然后颇不好意思地说：“大人您可以再吹一段箫给我听吗？”

信辉欣然应允。她愿意向他提要求，就证明她准备向他敞开怀抱了。他竟有点迫不及待的感觉。不过他还是把这份想法暂时压下，否则他的想法会在箫声中显现出来，就不符合他的“风雅”做派了。吹起一首极为轻灵的曲子，顿时风都似乎舞了起来，波光中也似乎有精灵在游弋。杨真静静地听着曲子，露出一种微醺的神色，到最后更是眼帘低垂，似乎睡着了。

信辉停止吹箫，想把她拉到怀里，他这倒不是特意想亲近她，而是真心怜惜她，怕她着凉。就在这时，忽然跳板一响，秋霜回来了。

信辉颇有点不快，但把不快隐藏起来了。杨真睁开眼来看到了秋霜，却是暗露喜色。秋霜说大夫有事，她先带着药回来了。信辉没想到这大夫胆敢去办私事，相当不快，但又不便发作，不想把气氛搞坏，便叫秋霜赶紧去煎药。秋霜去了后舷，却久久见不到烟雾升起。信辉感到奇怪，正要差护卫去问，却赫然见到岸上有一大群人黑压压地涌近，顿时吓了一跳，仔细看时，不禁十分错愕。

只见跑在最前头的是那位大夫，紧跟在后面的是本县的县令和各级官员，后面则是本县的缙绅、有功名的读书人和各类有头有脸的人物。好嘛，是不是这大夫到县衙禀报，叫这群家伙来迎接他？多这事干什么？

信辉犹疑地走上岸去，县令和各级官员、有功名的读书人顿时把他团团围住，一边拜见一边说着各种阿谀奉承的话。而信辉带来的人也没有幸免，被各种缙绅和其他人物围住，即使只是皇帝身上的虱子也是御虱，脚上都是挂金粉的。信辉对此十分不满，正想朝杨真看去，却发现杨真已经指挥船夫把船划离了岸边，顿时如遭雷击，接着大呼中计。

秋霜和那大夫同行，肯定不是为了买东西；她肯定是受杨真指使，在半路煽动大夫去喊人拜见他。要是在其他情况下，那大夫就应该这样做。所以他丝毫没有起疑，十分卖力地喊人去了。然后这些人一来，他信辉身为监国，肯定不能在众目睽睽之下做出有辱身份的事情，所以他现在就只能眼睁睁地看着杨真逃跑，根本不能阻止她。否则她要是大喊几声救命，再说什么有辱体统的话，就糟糕了，他舍不得拿她怎么样，名声却得被败坏干净，甚至还可能有辱国体。

信辉这么一错愕，杨真便趁机逃出了好远。她命船夫岔进河流的支流，又混进一些过路的船只里，这些船的式样和她的船都差不多，转眼信辉就找不出他们了。为了安全，杨真命秋霜和家丁收拾东西，自己拿出钱来付清了船钱，又火速换了一条船，由家丁划船。她又从正在岸上晒衣服的村妇那里买了几件男人的衣冠，拉着秋霜走进船舱换上，然后命令家丁和船夫一起划船。

家丁虽然又胆小又呆木，但是出起力来是一等一的，船很快就出了县界。杨真估摸信辉一定找不到他们了，这才敢走上船舷，微笑着吁了一口气。

当她看到信辉和燕如飞照面的时候，信辉的脸上露出了一丝尴尬，接着又装得十分严肃。她便立即推出信辉在下级面前十分顾忌自己的脸面。所以她就趁他不注意，暗暗嘱咐秋霜去找人围观他。果然他在众目睽睽之下不好意思对她怎样，她顺利逃脱。她回忆着这些，很是得意和欣喜，同时也对信辉生出一丝鄙夷：就算是做渔色之徒，他也差多了。当年周幽王敢为褒姒烽火戏诸侯，他却连点脸面都怕失，就算只是渔色，也没有诚意。

碧螺岛是不能去了。虽然信辉对她只是“没诚意地渔色”，但她这次耍弄他，绝对等于火上浇油。他即使只为了报仇，也一定要占有她，所以难保不会派人去碧螺岛抓她。她决定改去庆喜岛。庆喜岛是个小岛，不是方外之地，很是不起眼，还有很多处港口，还随时有很多船去远航，是个很好的藏身之处。荒瘠的方外之地其实不是躲藏的好去处，因为人们都认为要逃命就去荒瘠之地，所以要抓人首先会去那里抓。“大隐隐于市”，她就要找一个类似于菜市场角落、毫不起眼的地方藏起来。庆喜岛就是这样的地方。而庆喜岛又有非常便利的交通条件，如果遇到祸事，可以立即离开，所以可以被称得上是最佳隐居地点。杨真打算先在这里住上三个月，之后估计就不会再有什么麻烦了。信辉只是个渔色之徒，而京城那里又有很多人供他渔色，他肯定很快就会看上别人，忘了她的。不知为何，想到这里的时候她忽然想起了信辉的箫声，一共两段，每一段都令她难忘。她忽然感到怅然若失，甚至感到无名火起，便恨恨地把这段思绪抛下了。

第十五章

飞来横祸

杨真在庆喜岛的南部买下了一座小庄园，五六间瓦房，围着一个不大不小的院子，左边是花草小树，右边是块小菜地。因为远离京城，这里的地价很便宜，她只用了四十两银子。买下房子后她又雇人把围墙加高，还买了几条猛犬。隐居同样也要注意安全，即便有家丁护卫，也要格外小心。她把院子里的花草树木都修葺了一下，又移来几株花树，已然是一处很好的居所。

秋霜虽然身为奴婢，但跟着冉玉，也经历了不少繁华热闹，在郊外有点住不惯，经常要到集市上逛。杨真对此也很赞成，经常去集市方便获得消息，她也不是天天都需要人陪。秋霜多去集市，还能带点热闹劲儿。

秋霜还是很关心她的，几乎每次去集市都能给她带来点小玩意儿，泥捏的小猫，竹刻的小马之类的。有一天则给她带来一个竹刻的笛子。秋霜并不知道她是否会吹笛，给她买这个笛子只是觉得上面刻的花纹和缀着的丝穗儿好看。杨真看到笛子后却觉得心头发痒，忍不住把它放到嘴边吹了起来。

她吹的是她刚进宫时，一个秀女姐妹教给她的曲子。这个曲子很是委婉动听，有很多地方极是欢快，据说是根据采茶少女的愉快心情改编的。但据那姐妹偷偷说，这个少女的心情如此欢快，其实是想遇到在山上砍柴的少年。

皇宫中自然不可以随意吹奏这种歌曲。杨真便和那位姐妹偷偷地吹。但偷偷摸摸的感觉总是不好，杨真渐渐不再吹它了。而那位姐妹只是因为和进宫唱戏的戏子多说了几句话，就被诬陷和戏子有染，被逼得吊死了。杨真就再也不吹这个曲子了。杨真一曲吹完，秋霜和家丁都听得入神了。尤其是秋霜，眼中含着笑，脸上红扑扑的。杨真知道她一定是受到了笛声的感染，心里觉得有些异样，但之后却忍不住一遍一遍地吹。秋霜和家丁都养成了习惯，一吃完晚饭就坐在院子里等着听杨真吹笛。他们陶醉地微笑着，脸上有种闪闪发光的红意。杨真感到他们似乎有种变化，感觉就像心里有种东西活络了。之后果然看到秋霜和家丁经常在一起肩并着肩说悄悄话。杨真没想到他们俩能对上眼，感到又惊诧又好笑，当然也为他们高兴。单纯的人什么事都比较单纯，也更容易快乐。只是不知道他们这样是不是只是暂时的，是因为处在相对封闭的环境？还是受了什么外界的影响，撩动了春心？杨真忽然想到了自己的笛声，顿时像被什么东西击中了，心里一片惘然。

庆喜岛也有寺庙，据说还不错。在隐居期间杨真每隔一段时间就会去庙里参拜。神佛也许灵，也许不灵，不过没有关系，这只是她平复心灵的一种方式。这天她和秋霜上香归来，穿过山林中的小路回家，忽然感到草丛中有异样的声响。杨真很警觉，装成理妆的样子，拿出铜镜往后照。

是有一个人影，鬼鬼祟祟地从后面闪了过去。杨真担心遇到了歹人，不动声色地催秋霜快走。她们急急地走了好远，她却依然感到那人跟在后面。杨真急了，拉着秋霜准备跑，却听到后面“扑通”一声。

那人竟然摔倒了。杨真觉得很奇怪，回头看了一眼，发现那人是个中年女人，身上的衣服破破烂烂的，还沾满了泥土。杨真还在犹豫，秋霜却已经走了过去，扶着她问她怎么了。

那个女人脸色青灰，气息衰弱，睁着眼睛指着自己的口，看来是饿坏了。杨真就拿出准备在路上吃的糕点，送了一点到她口里。她急促地咀嚼了几下，然后说自己是商人之妇，来庆喜岛探亲的，没想到亲戚已经搬走，还遭到盗匪打劫，便落到了这步田地。她语气斯文，声音动听，听起来应该是个大户人家的人。秋霜见她很可怜，想带她回家休息，杨真却觉得那样可能惹上麻烦，觉得还是送到流民所的好。流民所是信辉三年前下令设立在各个地点的机构，专门收留各个地点流离失所的人。待遇倒也不坏，床铺不很柔软，但是干净。每日也有三顿还是饱肚的薄粥。没想到那人死也不干，说自己好歹出自富户，即使落难，也不能去流民所，否则脸上挂不住。又对杨真连连磕头，说她已经饥渴疲惫到了极点，请杨真无论如何收留她一晚上，明天只要她恢复了体力，就去县衙问人，看看能不能找到其他亲友，借点钱回家。

她已经这样了，的确让人难以拒绝。杨真仔细看她，觉得她应该就是个落难的大户人家的妇女，暂时收留应该没有关系，就把她带回了家。回家后杨真安排她吃粥洗澡，又拿出自己的衣服给她穿上。那女人顿时光彩凸现，不仅长相高雅秀丽，气质也是不凡，看起来四十岁左右。

杨真立即留了个心，委婉地盘问她。那女人倒也畅快，说自己叫白如霜，是京城商家之女，之前嫁与京城的一个已有儿女的商人作填房，后来商人死了，自己和商人的儿女处不好，便带了钱回老家投亲，之后的事情她之前已经说了。

听起来没什么问题。但是杨真直觉这个女人来历不是那么简单，而且这白如霜的名字听起来像故事里的，有可能是编的。杨真疑窦更甚，但没有表现出来，只准备照她说的，先让她吃饭住宿，明天就给她钱打发她走；夜里更是对她十分防范，不仅自己拴好了房门，还在她的房门边放上了一个椅子，这椅子看起来是随便放的，但是如果白如霜半夜偷偷开门就会碰倒。这个椅子倒地的声音非常大，他们应该都会被惊醒。

白如霜倒是一夜安分守己。秋霜早上起来喊她吃饭，却发现她直直地躺在床上，已然昏迷不醒。秋霜吓了一跳，赶紧摸她的额头，发现她额头很烫。秋霜赶紧叫家丁去请大夫，自己则弄冷水泡毛巾给她敷头。看来秋霜是个真正心肠好的人，对落难之人非常悲悯。杨真却怀疑她是否是真病，只是远远地看着，这生病的时机实在太巧了吧。会不会是装病？通过装病赖着不走？

既然有了这种想法，杨真就避在一边留心查看。果然看到白如霜在周围无人的时候会偷偷用手掌搓额头，这样就可以把额头搓烫，假装发烧。发现自己所料不差后，杨真越发警惕，再仔细看，又发现她头绳的系法有些不同，虽然只是个小小的结，也能看出是一个四叶草般的花结。这可是官家之女，而且是上等官家之女才会有的系法。杨真感到自己可能又卷入了茜香国上层阶层的争斗，当机立断地拿了几两银子，在她搓额头的时候推门而入。

白如霜猝不及防，搓额头的手还没有放下来，呆呆的十分尴尬。杨真微微一笑，把手中的银子递到她面前，"既然您已经康复，就请带上银子出发吧。希望您尽早找到亲友。"

白如霜没有接她的银子，呆呆地看着她，眼中露出困苦和求恳的神色。杨真知道她要出言恳求，抢先说到："我知道你有难处，但是我也有难处。我们只是草民，风吹雨打都经不了。我不是不愿帮你，而是实在没能力帮你。希望你念着我们给你一餐一宿的分上，放我们一马。"

白如霜眼中露出羞惭和无可奈何的神情，但是依然不愿挪步。杨真叹了口气，知道自己必须下猛料，"如果你不愿离去，我也没有办法，只有到县衙请人帮你的忙了。”

白如霜这才绝望，拿着银子走了。秋霜回到家后很是惊诧，杨真把她拉进里屋，细细地告诉她，把她惊了个目瞪口呆。虽然成功打发走了白如霜，杨真依然预感会有事情发生，之后几天便关门闭户，全家深居简出。

一连三天都没有什么动静。杨真觉得可以松口气了，这天晚上又想吹笛子。然而还没等她拿出笛子，就听到院子里“扑通”一声，接着院子里的狗全都异样地狂吠。家丁赶紧拿着扁担赶过去，发现地上趴着一个人。

家丁驱开众狗，发现那人正是白如霜。杨真吃了一惊，走上前低喝，“你又回来干什么？”

“对不起！”白如霜眼现异光，忽然伸手抓住了杨真的裙摆，“无论如何请再让我躲一阵子……只要能逃过这一劫，我必有重谢！以后也绝不会再来烦你！”

一听这话杨真就知道她绝对在遭人搜捕或追杀，不由得勃然变色。白如霜见她犹豫，赶紧抓紧她的裙摆，咬牙切齿地说：“好吧，不瞒你说，你现在正在被信辉大人的人搜捕，如果你不收留我，我绝对会被抓。到那时我就会说你是收留我的人，是我的同谋，你一定知道信辉大人是什么人，一定知道惹上他会是什么下场！”

什么？信辉？杨真简直像被人打了一闷棍。怎么又撞到他手里了！天底下怎么有这么蹊跷的事情！

家丁和秋霜都懵了，呆呆地看着杨真。杨真知道自己必须当机立断，从白如霜的样子看，追杀她的人一定就在附近，对白如霜说：“那好！我就先把你藏起来，无论我叫你干什么，无论发生什么事情，你都不许出声！”

现在看来她只有把白如霜先藏起来。就像她所说的，她一出门必然被抓。如果信辉知道她杨真收留过白如霜，肯定会借题发挥。而且不知道来的人会不会认识她和秋霜他们，他们也得赶紧换装。

还没到一刻钟的时间，就有人用力打门。一个穿着灰布衣服，脸上贴着膏药的仆妇佝偻着腰走上去开门。门外是三个捕快模样的人，一进门就把仆妇推到一边。从屋里走出一男一女，诧异地看着他们。男的满脸红疙瘩，女的则肤色黝黑，脸上还有很多皱纹。为首的捕快见那个女的气宇稍高，觉得她应该是此间的主人，便拿出捕快腰牌朝杨真晃了一下，“我们是京城的捕快，正在捉拿人犯。你们家里有没有住进什么生人？如果有，立即交出来！”

这个肤色黝黑又满脸皱纹的女人正是杨真，她在脸上胡乱抹了点胶水，皮就皱了；然后再把墨水稀释了，抹在脸上，就把自己搞成了这副样子。那个满脸红疙瘩的人正是家丁，是她叫家丁用红色胶泥搓成块块，粘到脸上的。她不动声色地看着捕快们，发现他们神情不像普通捕快，有点像中华宫中的内卫，就是为皇帝从事特务工作的那些人。所以这些人一定是信辉私下里豢养的杀手。而他们行事时却要冒用捕快的名义，证明他们正在办的事情十分见不得光。发现这些后杨真格外紧张，打起了十二分精神应对，“没有什么生人，这里荒郊野外的，哪有什么人来啊。”

“是吗？”捕快头领冷冷地看着她，“我们不怀疑你，但是我们要把去过的所有地方都彻查一遍，例行公事而已。希望你不用介意。”没等杨真答话就带着一个人朝屋里走去。另一个人则守在院门口，防止有人逃窜。

杨真没有拦他们，只是小心翼翼地在院子里站着。

这几个人先把住人的地方挨个搜了一遍。柜子里、床下、门后都有搜到。自然是一无所获。他们又去灶房和柴房搜查，结果也没看到什么人。捕快头领皱紧眉头，思忖了一下，又拿起烧火棍，在灶台里捣了几下，别看灶台里又闷又脏，其实很宽敞，应该可以藏上一个人。

然而灶台里也是空空荡荡。捕快头领想了想，又走到米仓里，接下佩剑，倒转剑鞘插入米缸里，别看米缸里闷气，人要是急了，也可以藏在里面。然而他把佩剑整个插入都没有碰到什么。另一个捕快已经觉得可以走了，他却叫他别慌，又用同样的方法查了后院里的水缸，又跃上房顶看看房顶上有没有趴着什么人，结果仍是一无所获。即便如此，捕快头领也没有打算放过这户人家，准备再对站在院子里的那三个人详加盘问。这时不远处却有狗异常地吠叫声传来。捕快首领一激灵，狗异样吠叫一般是看到了什么生人，赶紧带着身边的手下，直接施展轻功，从房顶直接跃向狗吠处。守在院门的捕快也朝狗吠处冲了过去。

啊！是一个女人！正拉着一条狗，在树林里乱窜。他们立即冲过去，把她团团围住，喝令她把头抬起来。

咦？这人长相很面生啊。还很年轻，看来不是他们要找的人。捕快头领没有死心，又掏出火石点燃纸捻，仔细看她的脸，发现她满脸泥尘，又把她脸擦干净仔细看，结果发现她就是个陌生的小姑娘。捕快首领这才死心，也感到大失所望，便带着捕快们离去了。那人牵着狗，在原地呆站了一会儿，确定捕快们走远了，才敢走回杨真家。

第十六章
惊天秘密

杨真看到牵狗的女人后长吁了一口气，对那个歪嘴斜眼的仆妇说："这下暂时可以放心了。"那个仆妇站直身子，对杨真千恩万谢，"多谢小姐搭救，我明天就离开。"

"先别慌。"杨真叹了口气，"这些人未必会走远，安全起见，你在这里藏几天吧。"

这个仆妇就是白如霜，而那个牵狗的人就是秋霜了。这都是杨真的计策。她知道无论把白如霜藏在何处，都有被搜到的危险，干脆叫她变装后第一个出现在捕快们面前。捕快们绝不会想到他们要抓的人会第一个出现在他们面前，还会给他们开门，所以绝不会对她多看。而她已经通过贴膏药让眼睛和嘴巴歪斜，所以他们几乎不可能认出她，这就是所谓"灯下黑"。不过也不能因此掉以轻心，因为捕快们在屋里搜寻无果后，虽然百分之八十的可能会离开，但也有百分之二十的可能留下来，仔细盘问他们，甚至可能会查看他们有没有变装。所以杨真就叫秋霜牵着一条狗出去，在远处看着，如果捕快进去的时间过久，就摆弄狗叫它吠叫。只要是调查事情的人，都会对狗叫格外敏感，捕快们十有八九会冲出去，被这件事一打岔，冲出去之后未必会回来，人的行动往往只是一念间的事情。

到这里杨真的计策都是顺利实施的，但是到这里之后就出了点小问题。本来杨真嘱咐秋霜，把狗弄叫后就把狗打跑，为了不让狗直接往家跑，杨真还叫她一定把狗打得狠些，自己则藏在草丛里不要动。然而狗被打后只是跳开，然后瞪着她看，就是不跑。秋霜有点懵，又想当然地觉得狗也不能被捕快们发现，于是带着狗乱窜，反倒被捕快们一并逮到，这样看来秋霜的应变能力还是差了一点。结果秋霜被捕快们看到了脸。还好捕快们并不认识秋霜，因此没出什么岔子。但是如果他们记着秋霜的面容，之后可能也会有麻烦，但是可能性应该不大。

虽然这次劫难算是逃过了，但杨真依然没有掉以轻心。因为担心捕快们再回来，她自己依然把妆带着，也嘱咐家丁不要卸妆。自己又把秋霜画成了一个丑陋的老妇，在脸上抹点桔子皮挤出的汁，脸就会显得面黄肌瘦，再在眼角抹点胶水，眼就会显小。最后再在额头上粘点皱纹，就是天衣无缝了。

白如霜在一旁看着，不由得啧啧称奇，杨真富有智计，这还犹可，只是这变装的技术实在令人叹为观止。杨真知道她在想什么，只是微微一笑。她刚进宫不久，还不是很懂事的时候，曾经因为在宫里熬得受不了了，想要逃出宫廷，当时就幻想要偷太监的腰牌，化妆成太监出去。为了实践自己的幻想，她就仔细研究化妆术，反复拿自己做试验，过了很长一段时间才有所成。而这时她却已经懂事，觉得逃宫其实只是一个不可实现的幻梦。她的一个姐妹却依然不懂事，偷学了她的技艺往宫外溜。结果她虽然溜出了宫，但还是被抓了回来，被皇后命人用绳子活活勒死了。那姐妹的家人也因此遭难，父亲被处斩，其他人则被流放到了疆古塔。之后杨真每想起这件事心里就会酸痛，然后感到无尽的悲凉。

之后一连两天都挺平静，但杨真依然不敢放下心来。白如霜更是无法放下心来，纺线的时候总是被纺锤戳到手，手更是经常被快速抽动的麻线划伤，为了继续“灯下黑”，杨真叫她没事的时候就坐在门旁纺线。杨真冷眼旁观，感觉她背负的一定是了不得的大事。她很想知道，但是不会问。现在他们是知道得越少越安全。在第二天晚上，杨真透过窗户看到白如霜拿着一张纸条在院子里的花树旁乱晃，不停地看花树上的树洞，似乎想把纸条塞进树洞里，却总不下手；之后又作势要撕碎纸条，同样也迟迟不下手。

杨真抿紧了嘴唇。她知道白如霜肯定是打算留下什么记载自己秘密的书信，以防自己死后秘密湮灭无踪，赶紧出来说：“我们这里人来人往，不是个安全的地方，是无法保存任何秘密的哦。”

白如霜吓了一跳，呆看了她一会儿，忽然把纸条吞进了肚子。然后凄惨万分地叹了口气，“我错了，这个秘密我的确应该背负到死，无论发生什么，都不能说出来，唉……”她长吁短叹了半晌，之后抹着眼泪回屋去了。杨真一言不发地看着她，嘴唇已经抿到发白。看来白如霜身上真是藏着了不得的秘密。她和白如霜扯上关系，已经算是惹上了祸患。就算现在把她打发走，恐怕也已来不及了！

但不管是否已经惹上了祸患，还是尽早把白如霜打发走为妙。杨真加紧想办法，却屋漏偏逢连阴雨，白如霜竟然病倒了。这回是真病，躺在床上，烧得火滚。估计是昨夜撩动了心神，然后想起很多事情，大伤神智所致。

杨真没想到事情会演变成这样，不禁又气又急，甚至动了“把白如霜杀掉，找个地方埋了，一了百了的心思”，这显然是不行的。有时候死人比活人更会惹麻烦。没有办法，她只有给白如霜寻医找药，希望她快点好。

医生来了，药也给白如霜灌下去了，不过暂时还没有起色，也不会这么快就有起色。

因为对白如霜颇感头痛，即使白如霜昏迷不醒，她还在一旁徘徊。忽然听到白如霜似乎在喃喃自语什么。她心念一动，把耳朵凑到白如霜嘴边，仔细听，不一会儿就骇然失色。

白如霜说的赫然是："公主……我没有对任何人说……你放心我没有对任何人说……没对任何人说信辉少爷是……中华前朝皇帝的骨血……"

听到这话后杨真险些跌坐在地，一股黑色血雾般的东西，散发着冰冷的寒气，转眼就笼罩了她的内心。这么说，信辉是前朝皇帝的私生子？怪不得她对他那么排斥，原来是因为父子同体啊！

其实杨真，这辈子最反感的人就是中华的前朝皇帝。他只是一个男人，却想霸占全天下的女人。三年一次，把天下的女人筛个遍，把最优秀的女人全都弄进宫来，自己却连见都见不到百中一二。这些女人，像困兽一样被囚在高墙里，互相算计，自相残杀，死、伤、疯……像她这样平安出宫已是幸运，却也已经空耗了半世韶华，也留下了满心伤痕……就是这十年的宫廷生活，让她视有权有势的男人为洪水猛兽，自己如果被这种男人占有，十有八九会重过那种生活。她对一般的男人也无法敞开心扉，被一个男人伤了，对其他男人也很难没有疑忌。因为男人本质上都是一样的。即便如此，她能够逃离宫廷已是幸运，没想到逃到邻国，又被一个身份地位差不多的男人盯上，而且那个男人，还是中华前朝皇帝的儿子！

杨真感到心头烫得怕人，愤怒、委屈和悲哀全都在燃烧。又想到白如霜背负着的秘密实在巨大，留她下来实在危险，一时竟恶向胆边生，准备把白如霜杀死了事。

她抓起枕头，看着白如霜的脸，重重地咽了口唾液。杀人的事情她也算做过，而且是主谋，但是没有亲自动手。在宫里，即便是退守角落，不知道皇后和有权有势的妃子的动向，依然是危险的。于是杨真就和其他几个淑媛，一起向皇后身边的小太监买线索。线索的内容非常琐碎，比如皇后今天几时起床，说了些什么话，穿了什么衣服等等。虽然人的行动可以间接展现人的意图，但是一般人是看不出的。所以就需要一个聪慧的人解读皇后的意图。其他淑媛都没这个灵性，所以她们都是依仗杨真分析皇后的心理。因为她有特殊的贡献，所以不用出钱，还被当成了头领。她们依靠得来的消息，平安无事了一阵子，有一天却出了大事。

有一天，皇后在吃饭的时候，忽然对着一碗西湖醋鱼破口大骂。说西湖的鱼都不是好东西，到了京城就变得更难吃，她简直想把西湖的鱼全都扔进粪坑。皇后母仪天下，绝不会只因为一碗鱼大动肝火。所以她应该是醉翁之意不在酒。小太监把这件事告诉了她们，觉得皇后可能是准备收拾哪个妃子。仔细一想，从杭州来的玉妃最有可能。玉妃虽然是杭州知府的女儿，但有人说她其实是杭州知府从贫寒渔家买来做女儿，进宫搏机会的。据说她本名叫江小鱼，全家都在西湖边上打渔。皇后不知从哪里探知来此事，经常含沙射影、不动声色地羞辱她。皇后这次对着鱼肉大骂，肯定很快就会对她动手。

杨真那帮姐妹不是人人都像杨真那么明白。当然了，杨真和她们交朋友，仅仅是为了找几个人帮衬自己，并不是因为物以类聚。她们当中有个何淑媛，一心一意想往上爬，和玉妃交往甚密。玉妃如果被整倒，何淑媛肯定会受牵连，皇后最喜欢拔树寻根。杨真分析了一下形势，觉得玉妃必败无疑，因为皇后做事最是谨慎，没有必胜的把握绝对不会动手，便叫何淑媛假装不知道这件事，然后不露痕迹地孝敬皇后。结果何淑媛不听，非要支持玉妃跟皇后斗一场，自己私自多拿了钱，贿赂那个小太监，叫他去打听皇后到底想用什么计策。这可是在"一般业务"范围以外，而这个小太监虽然胆大包天，但毕竟道行不够，误解了自己获得的信息，给了何淑媛错误的情报：服侍皇后的大太监无意中透漏皇后最近在看一本古书，小太监听到了耳里，就去偷看那本古书，发现上面写有一段公案，说一个家族的大老婆为了除掉家族里的小老婆，就在小老婆用的胭脂里放入药末。注意，不是毒药，而是大老婆找到名医，根据小老婆的体质，开出的伤克她身体的药方。大老婆找人买来药材，用大锅熬煮，炼出精华，碾成细末，放到小老婆的胭脂里。因为这些只是药物，只对小老婆这种体质的人有害，放在别人身上说不定还能治病，所以用普通的试毒方式是试不出来的。而且就算被发现了，下药的人也很难被说成是下毒者。小老婆就在不知不觉中被胭脂中的药物伤克内脏，最后病死了。小太监觉得皇后看这本书，肯定是准备用这种方法弄死玉妃，便把这件事告诉何淑媛。何淑媛知道后又立即告诉了玉妃。玉妃很是紧张，赶紧找出胭脂验看，发现胭脂里果然混着细小的颗粒。她以为证据确凿，立即向皇帝哭诉。皇帝龙颜大怒，立即派人彻查，却查出这些颗粒只不过是制作胭脂时用的香料。皇后立即反扑，结果玉妃被削夺了妃子的品位，被送到冷宫里去了。皇后并没有就此善罢甘休，派人去把她药疯了。现在的玉妃对皇后来说已是俎上之肉，皇后要处置她易如反掌。皇后安定下来后仔细一想，发现玉妃指控的内容和自己看的书内容很像，觉得自己身边肯定有内奸，所以立即严查。小太监害怕了，便找何淑媛他们要钱，以便贿赂调查此事的大太监。他要钱要得很多。还说如果何淑媛她们不给，就要向皇后告发，说她们都是玉妃的同谋，还在谋划推翻皇后。其他人没有办法了，一块求杨真想办法。杨真听到这个后也很紧张。因为人一旦可以做到大太监，很多事情就会拎得很清。如果小太监去贿赂他，他一定会想到他就是内奸，立即就会把他交给皇后。一到皇后手里小太监一定会什么都招，说不定还会觉得自己就是因为她们才落到这步田地，会狠狠地诬陷她们。所以为今之计只有冒险把小太监干掉，再给他编造一个合适的死因。于是她们就准备了酒菜，把小太监骗了出来。说是因为她们使他受累，今天特准备酒菜赔罪，吃完饭后就会把钱给他。小太监欣然前来，被她们用毒酒毒死。然后她们一起把他搬到御花园里，把装着毒药的酒瓶放在他身边，又留下了一张由杨真模仿他笔迹写成的纸条，以小太监的口气，说他是玉妃的仰慕者，一直在为玉妃刺探消息，没想到自己误读消息导致玉妃招致灭顶之灾，觉得自己罪无可恕，才自杀谢罪。

太监虽然已被去势，但是心理上依然是个男人，和宫女私通款曲的事情时有发生。而玉妃姿容美丽，有太监仰慕她也是非常可能的事情。因此这个理由相当过得去。皇后虽然心有疑窦，但也不知道如何查起，只有这么算了。

杨真想起了这段往事，整个身体都在颤抖。虽然那件事她只是指挥，连毒酒都没有亲自买，但事后想想还是觉得心头悚然。那小太监死的时候，她是在一旁看着的，看着他的脸色一点点地失去血色，然后在抽搐中死去。当时她就一直在提醒自己，这是必要的，还故作邪恶地对自己说，杀人也是增长本事的一种方式。杀人“开了荤”，之后她就更厉害了，但还是感到深深的恐惧。这种恐惧非常复杂，说不出具体是什么，但是深深刺进灵魂深处。现在她打算用枕头把白如霜闷死，那种感觉重又涌现。她咬着牙提醒自己这依然是必要的，甚至比上次还必要，咬着牙把所有抵触都抛开，攥着枕头扑向白如霜。

“啊！”白如霜忽然重重地呻吟了一声，猛地睁开眼睛。杨真猝不及防拿着枕头呆住了。

白如霜眼睛瞪得大大的，看着杨真，忽然喊出一声：“公主！你来了？我要死了吗？看来是真的要死了……要死了也好……公主，我憋得好难过啊……保守秘密真是难，真是太难了……不过我没有把秘密说出去，一直没有……”杨真没想到白如霜是把她当成了已逝的主人，一时间也真不便下手，便暂且听她说话，看看她能说出什么。

从白如霜断断续续的说话中，杨真渐渐理出了事情的全貌。原来二十多年前，中华皇帝驾临茜香国，和茜香国的公主有了一段露水情缘。白如霜是她的贴身侍婢，对所有事情了如指掌。后来中华皇帝回归中华，茜香国的公主则产下了一个男孩，就是信辉。茜香国公主对此事守口如瓶，连她的丈夫也不知道，还以为信辉是自己的儿子，对他无比疼爱。白如霜对信辉也十分扶持。因为信辉没有表现出什么异常，她也一直以为信辉不知道自己的身世。后来茜香国的公主病逝，她想告老还乡。本以为信辉一定会准许，没想到信辉二话没说就把她软禁了起来，不仅切断了她和外界的联系，还对外界说她告老还乡了。白如霜这才省悟，原来信辉一直知道自己的身世，只是他心计深沉，她一直没看出来。现在把她软禁，就是要管住她不要乱说。

发现这一点后白如霜十分恐惧，害怕信辉迟早会将她灭口。即便信辉一直没有对她做什么，她依然觉得很恐惧。在恐惧的重压下，她终于忍受不了了，用尽计谋逃了出来，准备在乡野中躲藏一段时间，再想办法出境。她跑后信辉一定会加强对边境的盘查，现在出境一定很难。她仔细想想，把躲藏的地方选在了庆喜岛，理由和杨真相同。杨真听到这里不禁哑然失笑，原来有脑子的人思绪也是相似的。她遇上这破事，在一定程度上属于必然。

白如霜刚到庆喜岛的时候还算顺利，没想到还没歇口气信辉的密捕就追了过来。她险些被抓住，虽然逃出生天，随身带的银两和干粮也丢了。又不敢到村镇中乞食，只敢在山野里乱走。结果饿得差点毙命，还好遇上了杨真。

说完这些零碎后白如霜就再也说不出完整的句子，胡扯了一通后又昏睡过去。杨真呆呆地看着昏睡中的她，不由得心乱如麻。因为刚才那一打岔，她已经很难再提起杀气，根本无法对白如霜下杀手了。再说现在杀她也没用，白如霜背负的秘密实在太大了。信辉一定会活要见人死要见尸，把她杀死在这里，依然会惹上麻烦。看来唯一的办法还是把她弄走，还得赶紧把她医好。

想完这些后杨真深深地叹了口气，感到胃在痉挛，甚至还想干哭。但现在再苦恼也不是办法，只有把压力抛到一边，尽早解决问题才是对的。她拿出从中华宫廷带来的秘药，喂白如霜吃了，白如霜的病情很快好转。她意识恢复后完全不记得自己说过什么。杨真稍稍放心，又买猪羊牛肉给她补养。过了十几日后白如霜的身体已经完全康复。她对杨真千恩万谢，并且提出离开。杨真本来一直期盼如此，心愿得偿后却又有些疑虑，她担心白如霜出去没有目的地乱跑，会被信辉的人抓住，这样她依然吃不了兜着走。

第十七章
再陷囹圄

杨真问白如霜有没有逃跑的计划，白如霜的回答是“能躲多久是多久”。对此杨真只有苦笑，细想了一会儿之后，忽然想出了一个十分冒险，但也十分安全的招数。

不久之前，县衙曾经贴出告示，招聘女狱卒，负责看管女犯。虽然是为了公务招人，但是此事低三下四，甚至还有危险，所以对人选要求不高，也不会详加盘查。杨真建议白如霜立即变装前去应聘，最危险的地方就是最安全的地方。任何当权者都不会想到，自己要抓的人就在县衙内，而且是在监狱里做事。这跟“灯下黑”的道理也是一样的。

白如霜听了此计后大声叫好，立即去应聘，果然被聘上了。她对杨真更加感恩戴德，保证自己即使被抓住了，也不会对任何人说她被杨真收留过。杨真对此只是微微一笑，心想即使你说了，你也不会知道我们去哪里了。

杨真一到家就让家丁和秋霜赶紧收拾东西。这个家是不能待了。虽然她觉得让白如霜去监狱躲藏万无一失，但凡事都难有绝对。如果她被抓，再不讲义气地供出了她们，信辉肯定会上门来抓人。这个家很是舒适，也凝聚了他们不少心血，菜地里的菜已经长得绿油油的，花草树木也在茁壮成长，但为了安全他们必须离开。至于逃往何处，家丁提议去寺庙躲藏。

寺庙是方外之地，人躲藏都去那里。结果被杨真一口回绝。是啊，大家都知道人都会往那里躲，所以那里反而很危险。秋霜建议到山中无人的地方躲藏，杨真也觉得不大合适。同样，山中无人的地方同样是公认的躲藏地点，要查人首先会到那里去。但是又不能为了反向思维而藏到人多的地方去，虽然说小隐隐于山，大隐隐于市，但这个度要把握好很难。她觉得他们应该找个的确无人的，却不会被人注意的地方。结果这个地方还真让他们找到了。

在岛的东面有一个富户，有一个大芦苇塘。据说这个芦苇塘是富户祖产，留着其实也没什么用，但是祖上留话不能卖，所以他们就想随便找些人看着，随它去得了。杨真他们正好符合这个条件，芦苇塘也非常符合他们的条件。芦苇塘因为常年无人修整，长得又高又密，从外面看去几乎看不到里面的任何东西。在芦苇塘的中间，有一个小岛屿，上面有两三间房舍，可以供人居住，平日来回需要船只。而且芦苇塘里路径极是曲折，很难在短时间内到达中心。这就是所谓“是既无人到达，却不会被人注意”的地方。

杨真他们到小岛上看了，发现环境尚可，屋子也算坚固。秋霜建议把狗也带去，杨真却说不可以，原因很简单，不熟悉这里的人，即使靠近了，恐怕乍一下也无法发现这里有房舍。但是如果狗贸然叫起来，他们就会立即发现这里有人了。所以杨真把那些狗散养在了池塘边的树林里，每日叫秋霜去喂一下。如果有人来到附近的树林，它们会先出声示警，她们也好做出反应。

刚开始的几天很平静，平静得杨真几乎要忘记自己身处危机。秋霜偷偷溜到城里看了一下，回来说白如霜好好的，看来一切无事。不过杨真并没有因此放松警惕。她决定再等一段时间，约莫信辉的人离开此岛，到别处寻找的时候再从这里出来，逃离此岛。

他们在岛上几乎都是闲着的。杨真便站在芦苇丛前，凝视着芦苇丛出神。秋霜奇怪她天天看着芦苇干什么，她说芦苇摇摆的样子有点像女人在高举着双手跳舞。女人当然没有这么瘦削的，因此与其说这些芦苇像女人，倒不如说像女鬼。

其实杨真想的就是女鬼。她记得自己刚进宫的时候，和其他秀女住在一起，管理她们的宫女叫悦兰。悦兰为人谨小慎微，但还是得罪了皇后，另有一说是发现了皇后的什么秘密，有天忽然失踪了。大家都知道她可能被杀了，但是谁都不敢说。按照古来的说法，人死后如果不能及时下葬，那么就会当一辈子孤魂野鬼。悦兰平时为人还是挺好的，和她相熟的宫女和太监不忍心看她落到这个下场，于是他们便想出一个方法，用绸布画出一个女人像，他们的丹青功力也不大行，只是和悦兰有几分相似，用它做招魂幡，把悦兰的魂魄引回来，附在她身前的衣履用品上，再把这些用品下葬。他们做这件事的时候是秘密的，却瞒不了杨真。他们招魂的时候，杨真就躲在一旁，看着那个绸布做的女人像飘啊飘啊，感到心里冷森森的，那个女人像飘动的样子有点像现在的芦苇。杨真想起了当年的景象，当年那冰寒的心情也一并浮现，冰得心杂乱地跳动。

得悉皇家的信息，仅仅是守口如瓶是不够的。只要他们知道，就一定会让你再也说不出话来。杨真在宫里的时候一直避免遇到这种事，没想到出了宫还是摊到了。事到如今，也没有其他办法，只有竭力隐藏和逃跑了。

这天夜里没有月亮，杨真睡得很沉。忽然，她感到身边光线异常，更似乎有什么人在看着她，赶紧睁开眼来，顿时吓得差点从床上跳起来：身边已是灯火通明，信辉正坐在床前，似笑非笑地看着她！

杨真第一个感觉就是白如霜的事情东窗事发，差点背过气去。她直直地看着信辉的脸，觉得时间似乎凝固了。

“哈，”信辉终于开口了，“没想到你为了躲我竟然躲到这种地方来了，真是了不起啊。”

躲他？这是什么意思？杨真的大脑飞速运转，想推出他到底知不知道白如霜的事情，短时间内却什么都推不出来。

“你真是的……”信辉苦笑了一下，“我又不是妖怪，要吃你，你仔细想想，我有对你做过任何不好的事情吗？你竟然躲到这里来，犯得着吗？”

哦！杨真一激灵，在心里大大地松了口气。看来信辉还不知道白如霜和她的关联啊，还以为她只是怕被他占有才藏在这里的。不过为防自己过早放心，她还是低声问了一句：“您……怎么知道我在这里呢？”

信辉的眉毛微微一挑，表情有了片刻的呆滞，对他来说，这件事还真说不得。“白如霜”逃跑对他来说事关重大，他是亲自带人来这里搜查的。至于为什么会搜查到这里，又是应了一句话“聪明的人的想法总是相似”。在他看来，最佳躲藏地点是这里，所以就带人来了。发现树林里有狗群后，他也猜到是这里躲藏的人放养的，便叫属下用放有迷药的肉包子迷倒了它们。然后带着属下悄悄乘船进来，以为白如霜十有八九藏在湖心岛的房舍里，没想到竟把杨真抓了个正着。

“我当然知道你在这里啊。我有心理感应啊。”既然真相说不得，他就对杨真说起了调笑的话。杨真却已经看出他是抓白如霜抓到了她的头上，这才真正放了一半心，如此说白如霜还没被抓到。然而她很快又省悟现在根本不是放心的时候：他现在远离京城，又是暗中行事，正是可以为所欲为的时候。再看他的目光的时候，她心头更像是被烧红了的钢针刺了一下：信辉正若有所思地看着她，眼中满是魅惑，充满挑逗，满含欲望。他的目光先是在她的脸上移来移去，就像用目光在抚弄她的脸颊，然后停留在她的樱唇上，像是用目光在亲吻她，最后则顺着她玉琢般的脖子滑下去，竟像要用目光把她的衣服剥掉一样。

“我的丫鬟和家丁呢？”杨真知道这时候必须要分散他的注意

力，赶紧问他。

“他们都好。我叫人看着他们呢。”信辉并没有受到什么影响，但是盯着她白皙的脖子。

“想必您也记得，秋霜曾经是冉玉小姐的丫鬟。”杨真暗叫不好，又跟他提起了他已死的情人，只要信辉不是太过狼心狗肺，就算不会伤心，也至少会不快。一有不快，就应该不会再有淫乱的心思。

然而信辉就是“狼心狗肺”到了极点，依然没有什么反应，反而继续跟她调笑，“是的，我记得。我记得她跟在冉玉的身边的时候，总是扬着一张呆木的脸，衣着、妆容甚至五官搭配都有些不对劲，现在跟在你身边，人竟然也显得顺眼了，美人的力量果然巨大啊。”

听到这话后杨真不禁心寒齿冷，但仍打算就冉玉的问题和他纠缠，和男人纠结他感情上的问题，会让他有种你其实愿意接受他的错觉。这个不代表拒绝，甚至还代表一种接收，一种亲近，才有可能稳住他。

“您真是善于遗忘啊。这么快就把您和冉玉的情分忘得干干净净了。”

“我不忘记也没办法啊。”信辉这才微微有些尴尬，“她已经不在了嘛。”

“但是就算她对您只是过眼云烟，您遗忘得也太快了。”杨真冷笑着，不知不觉间已带上了自己的真实情感，“其实我觉得，就是因为她不在了，您才更应该记住她。她死之前，还在受您的宠爱吧。头一天还对着您巧笑嫣然，第二天就不在了，您应该把和她的情分深深印在心里才是，竟然只过了这么几天，您谈起她时就像谈起陌生人一样，实在令我心寒啊。”

信辉抿了抿嘴。他明白杨真的意思了。她是觉得他对冉玉实在太过凉薄，害怕她要是从了他，之后也会被如此对待。他稍稍地皱起了眉头，忽然又笑开了，“好吧，看来我得坦白了呢……哈哈，还是败给你了。你能逼得我说实话，你可是第一个哦。”

杨真没有说话，只是低低地垂着眼帘，摆出了一副“金刚不坏”的架势。

信辉偷看了她一下，终于下定决心说实话，“其实，我从来都没有喜欢过冉玉。我接近她，是因为发现你讨厌她。”说着坏坏地一笑，含情脉脉地看着杨真，“所以我就故意接近她，希望你能生气，然后把我抢过来。”他知道自己的把戏相当恶劣，实在不便出口，但也知道女人有个不便出口的品性，那就是知道男人在为自己耍阴谋诡计的时候，即便表面上表现得不齿，心里还是会高兴的，甚至还可能被打动。

杨真没想到真相会是如此，惊骇和不齿的同时心里竟也有点发烫。但是即便心里如此复杂，她表面上依然是“金刚不坏”，甚至连一丝情绪波动都没有显露。

信辉看了后也有点疑惑，眼珠一转思忖下一步该怎么挑逗她，忽然看到杨真的床头放着一个笛子，忽然省悟，一时间似乎全身都要笑了，“我还不知道你喜欢吹笛呢。不是打算跟我笛箫合奏吧？”

杨真一激灵，她的心被瞬间击中了最深处，所有的防御瞬间瓦解。她不是为和信辉笛箫合奏，但是的确是因为信辉才起了吹笛的心思。这个想法她一直放在内心的最深处，从来没有仔细审视，现在一想确实很有问题。

她的脸瞬间便羞得像熟透的苹果，头也低了下去。陷入这种状态后她很慌张，害怕信辉会就此胡作非为。但当她从眼角偷看信辉时，却发现信辉的脸色安定了，不像是准备做什么的样子。

哦。她的心里也安定了。信辉还是想做个风雅的男人啊。觉得她“倾慕”他，鱼已入网，他便安心了，准备再“缓缓以图”。她立即恢复了那“金刚不坏”的神情，不管它转变得多么生硬，其实现在越是生硬越好。“我从没有想过要和你笛箫合奏，焉知我日后会不会变成您吸引别人的工具呢？”

“不可能的。”信辉微笑着凝视着她，恨不得用目光把她的魂儿勾出来。“你是特别的。”

“一开始是特别的，后来就没什么特别了。”杨真看也没有看他，一副漠然的样子。

“你还真没有自信呢。”信辉眯着眼看她，准备激她，不过看她一副硬装木石的样子倒也可怜，便不再耍花招，“好吧，女人心里不安往往都是男人的问题，我这也知道。你到底要我怎样，才能相信我对你是一片痴心呢？”

杨真没有说话，又把头低下了。她知道自己不用说，他就会明白。

“好吧。”信辉果然知道，“我知道你是想叫我多点耐心，对你多点尊重。可以啊。”说着盯向杨真的眼睛，笑得很坏也很魅惑，“不过我如果等不及了，走掉了，你可不许后悔哦。”

杨真没有说话，只是眼观心、鼻观耳，等待他话说完后自己离开。然而等待的时间却有点长。杨真有些疑惑，抬头想看，却被信辉一把揽到了怀里，接着下巴也被信辉捏着抬起，“你让我费尽心思找到这里，难道就不该给我点补偿吗？”

听到这里杨真忍不住想要抗辩：你是为了抓白如霜才亲自来这里的吧？竟然当面撒谎到这种程度，真是够赖皮。但她却什么都不能说。就在这时，信辉搂紧了她的腰，把嘴唇按到了她的唇上。他吻得很是霸道，之后更像把嘴唇焊到了她的唇上，久久不松开。杨真吓坏了，同时感到浑身都变得火热，嘴唇那里尤其热。她本能地想要挣扎，却在一阵抽搐后瘫软了下来。

她现在不能挣扎，她知道的。脑子短暂的空白之后，她猛然恐惧到了极点，担心信辉会继续对她做什么。信辉却只是吻了她一下，并没有再做什么，不可名状地看着她笑笑，转身出门了。杨真呆呆地看着他离去，此时脑中才是真正的空白。信辉出去之后把秋霜放了进来。

第十八章
道高一尺，魔高一丈

秋霜小心翼翼地走进屋里，满脸的疑惑，却不敢轻易表露出来。杨真一看就知道她是怀疑她是不是已经被信辉占有了，少不得又要解释他们之间什么都没发生。秋霜依然疑惑，但之后看信辉对杨真一直是以礼相待，这才相信。

信辉竟然在这里住下了。仔细看看这里倒也适合做大本营。信辉现在的确需要掩人耳目。当然了，以这里简陋的居住条件，信辉是住不惯的。即使是在进行秘密活动，他的排场依旧十足。他在湖心岛屋中端坐着，他的手下则把各类高级用品流水般送进来。连杨真的房间也被换上了软缎滚边的上等芦席，上等绸缎制成的铺盖。每日吃的也都是各种美味。家丁和秋霜也得了一些赏赐。第二天杨真就看到秋霜的衣袋垂坠得厉害，立即明白那些是什么。秋霜看到她的目光后赶紧把衣袋里的东西掏出来，是几个金元宝。她说自己绝对不会被信辉买通，收下金元宝是怕触怒他。

杨真晦涩地一笑，又看向她的手指，她的拇指上戴着一个硕大的红宝石戒指。秋霜赶紧把戒指摘下来，满脸羞红地说这是信辉赏赐给她的。她接收它也是权宜之计，心里还是忠于杨真的。

杨真对此只是微微一笑，未予置评。她知道秋霜是不会被金钱收买的，但就怕她会被信辉的魅力收买。秋霜就算再正直，也是个涉世不深的女儿家，见到英俊而又善于魅惑女人的男子，难保不会动心。如果她动了心，不仅她入了虎穴，对她杨真也是不利。那样她不仅又多了一个敌人，而且连一个帮手都没有了。

她得尽快想办法和信辉分开，可不仅仅是因为秋霜，最主要的原因是她怕信辉虽然自称自己会很有耐心，但天知道他过几天会不会发作。现在唯一能吸引他注意力的就是白如霜的事情，但是她也不能出卖白如霜。唯一的办法，就是想办法把信辉支往错误的地方，自己再趁机溜走。

于是，当信辉再一次站在芦苇丛边若有所思的时候，杨真果断地走向他，微笑着说："信辉大人，如果你想办公事的话，尽管去办好了。"

"什么？"信辉一惊，朝她看了一眼，不过依然是微笑着。

"您绝不会是专门到这里来找我的。否则不会一直屈尊住在这小岛上。"杨真看着他的脸，非常镇定。只要聪明一点的女人，看到他住在这里不走，肯定会有怀疑的。所以她这样说，肯定不会引来怀疑。

信辉微微有些尴尬，但很快便畅然一笑，"好吧，你真是聪明，有时候我真希望你不这么聪明呢。"

杨真淡定地看着他，想着该如何勾起下一步的话题。她必须引他和她谈论白如霜的事情，没想到信辉竟主动问起了她："你说，一个被追捕的人，一般会藏在哪里？"

杨真一激灵，但表面上丝毫没有表露出来，"您是在追捕某人吗？"

"是啊。一个很狡猾的家伙。"信辉的眉眼间现出一丝怒意，但依然笑着，"我找了她很久，依然没有找到。我觉得你很聪明，想听听的你的意见。"

“哈。”杨真苦笑了一下，当然是装的。“我可不聪明，我用尽所有的智力，才想到了这么一个藏身之处，结果还是被您给找到了，看来您其实是想抓那个人，结果误打误撞地把我给抓了吧。”

信辉一怔，接着笑得十分尴尬，被拆穿了，不过很快又变得坦然，竟然跟杨真调笑起来，“不过正因为如此我才找到了我的宝贝啊。”看来要追女人，有张二皮脸的确很必要。

杨真嗔怪地一笑，然后若无其事地转向了正题，“我是觉得，一个人要被追捕，就要藏在最安全的地方。而有时候，最危险的地方就是最安全的地方。我曾在古书上看过，有的犯下大罪的犯人为了躲避追捕，往往会犯一点小法，故意进入监狱。追捕他的人在外面到处搜查，却怎么也想不到自己要投入监狱的人就在监狱里。”

信辉一惊，一副醍醐灌顶的模样。杨真静静地看着他，表面上依然镇定，心里却像打鼓一样跳了起来。白如霜是在监狱，不过是狱卒。而信辉受了她的诱导，肯定会去查犯人。如果没在犯人里查到白如霜，绝对不会再想起来查狱卒，这又是一个灯下黑的招数。当然了，狱卒和犯人待在一起，这样白如霜也会有点危险，但是相信以她的智力和本领，应该可以全身而退。再说就算她被抓到，应该也没有什么大的问题，白如霜既然背负着如此重大的秘密，信辉一定会亲自去抓她，也会带走大部分属下，只留下一小部分属下看着杨真他们。杨真知道以自己的智力，绝对可以晃过那些家伙。而且白如霜就算被抓到，应该也不会出卖他们。一来出卖他们也没什么用，二来信辉抓到白如霜的时候他们十有八九已经成功脱逃，白如霜根本没机会跟他们照面，自然也想不起来出卖他们。

虽然如此料定，但她还是非常紧张。因为如果事态反常发展，信辉自己不去，只派属下去找白如霜。那就不仅仅会功亏一篑，还会糟到极点。

“你说的对啊。”信辉思忖了一会儿，咬着牙笑了笑，“那我就去监狱找一找。”接着朝杨真扬眉一笑，把刚才不慎露出的些许杀气全部抹去，“你要好好地等我回来哦。如果真像你所说的，那家伙藏在监狱里，我会送你一份大礼。你要是偷偷跑掉了，可就吃亏了哦。”

杨真笑了一下，心里却已经开始盘算如何开溜了。很快信辉便带着大部分属下离开了，只留下了四个人。他们互相之间只是称兄道弟，估计是信辉专门豢养的密探，不便向别人透漏姓名。按照他们自定的排行，留下的分别是老八、老九、老十和十四。留下四个人看他们三个人，倒也算合适。

信辉一走，杨真就像寂寞难耐一样，坐在水边玩水，十四站在一旁侍候，其实是看守。十四虽然是密探，但出身也不俗，跟信辉也比较亲近，对信辉对杨真的迷恋也有所耳闻。老实说，一开始他是有点不以为然的，觉得杨真即便不俗，也不会那么不得了，只是因为在中华的宫廷待过，镀了一层金而已。刚来的前几日，出于礼貌，他从来没有直视过她的容貌，因此也没觉得杨真有什么了不得。然而今天看她裹着玉色缎子的头巾坐在水边，气质高雅，动作优美，宛如一副美丽的图画，不觉心头大动。再仔细看她的侧面，看到她肤光盛雪，秋水般的眼睛虽然饱含端庄之气，但依然勾魂摄魄。一双玉手修长秀丽，不长不短，不肥不瘦，白如羊脂，伸到水波之中时，似乎映得杂七杂八的芦苇、波纹杂乱的水、黑沉沉的土岸都变好看了。十四这才由衷地感叹信辉真有眼光，对她也越发敬畏。之前因为她是信辉的女人，此时被她的荣光所慑，更觉得她像仙女一样。

杨真洗了一会儿手，把鞋子也除了下来，似乎有洗脚的意思，朝他看了一眼，嫣然一笑，“对不住，您能把脸转过去吗？”按照礼法，女人除了手脸外都不可以被陌生人看到，脚也是禁忌。

“当然！”十四懂得非礼勿视，更何况是仙女发话，赶紧把脸转了过去。他先是听到一阵细碎的水声，不由得想象她纤纤玉足下水时的样子，不禁耳红心热。但是过了一会儿之后却再也听不到任何声音了，他感到非常讶异，回头一看，顿时被吓得魂飞魄散：杨真竟然不见了！

他赶紧奔到水边，发现芦苇静立，水面舒平，就像杨真从来没在这里出现过一样。她逃了吗？怎么逃得？附近没有船啊？难道是潜入水中游走了？也不可能啊。这里是湖心，水极深，离岸边又极远，任何脑筋正常的人都不会想要游水逃走。再说就算是游水逃走，也绝对会扰动水面，碰动芦苇，绝不可能如此平平静静。是有船来接走了她？可怎么会有船能毫无声息地行动呢？再说也不可能转眼就逃得无影无踪啊？

十四赶紧回屋里去找，结果也没见到杨真的踪影。他这才真正的魂飞魄散，赶紧叫来了其他人。其他人也觉得事关重大，赶紧一起找。一个眼力好的人发现杨真的头巾在不远处的芦苇丛上露出一个角，不知是杨真在那边，还是只有头巾在那边，赶紧驾船去看。

只有头巾在那边，角上还系着一个小石块。老八看到后大呼中计，叫大家赶紧回去，他们中了杨真的计。杨真一定是趁十四背过身的时候，先把头巾系上石块，扔得远远的，让头巾挂在远处的芦苇丛上，然后藏在了某处，让他们以为她已经逃走了。当他们看到不远处她的头巾时一定会一起过去看，他们要看住的人只有她而已，肯定不会再顾秋霜和家丁会怎样，因此也决不会留人在岛上。然后她就可以从藏身之地出来，带着秋霜和家丁一起逃跑。

他们回到岛上后发现家丁和秋霜果然也不见了，他们自用的小船也不见了踪影。密探们赶紧驾船去追，他们觉得杨真他们应该逃不远，期望能追上他们。等他们走后，一个浮在水面上、毫不起眼的芦竿微微动了一下，然后“唰”地一下从水下冒出一个人来。然后“唰唰”两声，从另一片的水域里也冒出两个人来。正是杨真、秋霜和家丁。

密探们算到了杨真计策的一半，却没有算到她的另一半。杨真扔出头巾后并没有走，而是潜入了水里，游到芦苇之间，嘴里含着苇杆透气，就这么潜着。虽然这里是湖中心，水深，但也有几块凸起的土石，她站在那个上面，也不会如何疲累。这里长满芦苇，很是遮挡视线，水又因此有点混，所以她藏在里面，几乎不会被发现。那些密探都以为她是千金小姐，又曾是中华上国的妃子，绝对想不到她可以躲在水中。

杨真小时候杨甲还没发迹，刚发迹那几年也没沾上多少大户人家的毛病，并没有让她像大户人家的小姐一样在家里囚着。她就在那个时候经常和姐妹们去塘里游泳，潜水的功夫就是在那个时候学的。之后虽然很久没有再潜游过，但幼时的本领几乎是不可忘却的，今日再使，一点都没有出纰漏。当时她扔出头巾后，为防密探听出动静，便拽着芦苇、扶着岸边的土石，慢慢地入水。之后密探们发现问题，出去找她，她并没有急着出来驾船逃，依旧在水底潜着。家丁和秋霜就在这个时候也学她的样子藏入水中。至于他们自用的船，则是藏在芦苇丛里。密探们发现那个坠着石块的头巾后，一定会以为他们已经趁机溜走，回来后不会再细找什么，只会急匆匆地离开。这时她才从水中出来，带着秋霜和家丁，把船从芦苇丛中拖出来驾船逃，他们的船不行，也没多少人可以划船，而这个湖里芦苇丛生，又不是可以飞快行船的地方，他们要在密探第一次离开的时候就逃，肯定会被追上，所以只有等他们走远了，才逃得走。杨真几天前就已经算计好了这一切，今天实施，果然一切顺利。

第十九章
在劫难逃

离开芦苇湖之后，他们又面临无处可躲的境地。杨真当初觉得信辉肯定会在各个港口设卡，所以没有考虑逃往其他岛。但现在走投无路，只好大家一起变装，到港口碰碰运气。他们竟然非常顺利地通过了港口。于是杨真便思忖他们下一步该去哪里，最终把目的地定在了碧螺岛。

这是她最初的目的地，也是“最危险”的地方，而且信辉说不定还派人到那里去找过她，所以他绝对不会想到她又去了那里。信辉已经注意到“最危险的地方最安全”这个理论，会再去碧螺岛找她？绝对不会。因为信辉一定会以为她既然已经让他注意到了这类计谋，自己就一定不会再使用，否则就等于自投罗网，想到这里她在心里轻蔑和苦涩地笑了。说不定信辉不会费心费力地找她呢。这次他也只是碰巧才找到她呢。也许她在他心中，根本不是志在必得的。燕如飞此刻应该也在碧螺岛吧。杨真也想避开他。不过也许不用特意避。这个岛这么大，他有没有顺风耳千里眼，也不可能知道她到了岛上。

到达碧螺岛的时候，他们都已经很饿了。在港口边有个饭铺，杨真他们便去那里买饭吃。饭铺的老板因为今天来买饭的人很多，对杨真他们就有些怠慢。家丁因为是男人，之前又出了力，尤其饿，见老板久久不给他们上饭，不禁心头生了火气，找老板理论，没过几句理论就变成了争吵，然后就打起来了。杨真赶紧喝止，但已经来不及了。

饭铺的伙计见老板挨打，全部上来帮忙。杨真和秋霜害怕家丁吃亏，赶紧求老板娘出来讲和。老板娘却说自己家男人如果发起火来，即便是她，也是劝不了的。正在无计可施的时候，一个戴着斗笠的男人走过来，对着饭铺老板轻轻说了几句话。饭铺老板立即停手，接着竟然对杨真他们点头哈腰起来。杨真立即有了不详的预感，朝那个男人一看，果然看到了一对刀裁的眉毛和精光四射的星目。

好吧。杨真在心里懊丧地冷笑。来的还真巧，刚到港口就碰到燕如飞了。碰到就碰到吧。既来之，则安之。于是借坡下驴，接受饭铺老板的殷勤，她点了几碗面条和麻辣豆腐、炒青菜，先安排秋霜和家丁吃饭，自己也点了碗菜粥填肚子。富贵人就是富贵人，旅途劳顿后反而胃口不好，只能吃点稀的和清淡的。燕如飞也没有说什么，只是似笑非笑地坐在她的对面，“护卫”他们吃饭。

“您终于来这里拜佛了啊。我还以为您不来了呢。”燕如飞坐下半晌后才开口，满含笑意地盯着她的眼睛。

杨真舀粥的动作微微停顿了一下，但依然泰然地舀粥入口，“路上遇到些波折，幸好顺利到达了。”

燕如飞忍不住低笑出声，把声音又压低了些，眼睛还在闪闪发光，“我已经听说了，您真有本事，把信辉大人晃得无可奈何啊。”他那天虽然落荒而逃，但心里还是对杨真十分记挂。逃出一段距离后又悄悄地折了回来，找自己在那个县相熟的人，问杨真的情况。他当时觉得杨真十有八九是被信辉“抱走”了，已经毋须再问，但就是想问，现在想来，其实是他不愿接受。没想到情况大出意料，那个人告诉他杨真那天溜走了。那人是他同行，目光敏锐，分析能力也强，听完燕如飞说完些许前因后立即明白了那天发生的事情。燕如飞听到之后又惊又喜，不禁幻想杨真会再来这里，于是每天查案之余，总要来港口逛逛。没想到今天一来就碰上了，当然了，这句话他是不会对杨真他们说的。

杨真眼珠一转，并没有说话。

燕如飞又调皮地一笑，“您来碧螺岛，是不是觉得信辉大人不会找到这里来？他认为您一定不会再来，对吗？”

杨真心头一紧，没有理他，继续吃粥，只是舀粥的动作快了些。

燕如飞不以为忤，只是微笑着端详她，然后忽然露出了敬佩和迷惘相混合的神情，语气也是如此，“您为什么要一直拒绝信辉大人那样的人呢？我就是想不明白。”

杨真在心底冷笑了一下，她忍无可忍了，微笑着看向他的眼睛，泰然地回应，“我也不明白你为什么一直感到奇怪。”

她这个回答很妙，燕如飞颇有些尴尬，失措了片刻，苦涩地一笑，“看来我失礼了，不好意思，我只是不知道，在您心目中，什么样的男人才配得上您呢？”

杨真一怔。燕如飞这句话不偏不倚地击中了她心里最迷茫的部分，之前她甚至不知道这部分的存在。她拒绝信辉，倒没有什么不对劲。因为她知道自己嫁给了信辉后绝不会幸福。但是除了信辉之外，她也在拒绝其他男人。她已经立志不再接受任何男人？没有。已经有了准备等待一生的人？更没有。那她这是在做什么呢？

杨真这样想着，脑中几乎要迷乱起来，片刻后，她果断地截断了思绪。她在宫里还学到一件事情，那就是人总有心里打结的时候，如果心里打了结，千万别急着解它，就在这里放着，过一段时间，它就会自己打开了。

吃完饭后燕如飞要替她安排住处，杨真婉言谢绝了，她说与公务无干之人不能占公门的便宜，其实是不想和燕如飞有过多交往。燕如飞也没有什么异议。杨真带着秋霜和家丁到一家客栈住下。这时离掌灯还有一段时间，杨真便坐到柜台前的桌子边，点了一杯清茶，和老板娘闲聊。

她隐约记得，信辉派燕如飞是来调查“积案”的。既然到了这里，她就应该清楚这里发生过什么事。和老板娘攀谈之后，她赫然发现这里发生的事情还真不小。

原来几十年前，这里发生过一个“夜叉杀人事件”。据说有两船人，一前一后在海上漂流。忽然海天之间闪起异样的光，从水里冒出几十个夜叉，当着后面那船人的面，把前面那船人叉死了。当时这件事震动朝野，上代茜香国主曾经派人细查过这件事，却没有查出什么。似乎除了夜叉杀人，没有其他任何解释。这件事也作为“恐怖异事”，一直流传到了现在。燕如飞来这里就是调查这件事的。

杨真波澜不惊地听着，心里却大为惊诧：这件事一定不简单。历来方外之地发生凶案，如果以鬼神之说作为定论，就基本可以结案。而茜香国主不仅当时派人彻查，之后还一直无人销案，证明当年的事情一定另有文章。当初被“夜叉”杀死的人，十有八九身份不同寻常。她似乎又误入了一个是非之地，真令人哭笑不得。不过这也难怪，边境历来多怪事。山高皇帝远，便于躲藏的地方，历来都是各类人士玩把戏的舞台。她这才来到这里，一定不能再卷入无妄之灾，所以便照原来的计划，住进了普庆寺，只要施舍足够，他们可以在这里想住多久就住多久。

这里的香房很干净，就是茶饭粗陋了些。他们少不得要下山去打牙祭。为了表示对佛寺的尊重，杨真少不得嘱咐秋霜和家丁一定要守规矩，千万不可以把荤腥之物带进寺院。就在他们第二次下山打牙祭的时候，他们却发现已经有人在山下的饭馆给他们订好了一桌菜肴。虽然订菜的人没有留下姓名，但杨真不想也知道这个人一定是燕如飞。看来他们的行动一直在他的掌握之下啊。

杨真对此颇不痛快，但也没有说什么。那桌菜也毫不客气地被吃掉了。这个时候最需要表现得泰然，否则就像被撩动心弦一样。吃完饭后她带着秋霜和家丁上街闲逛，竟然和燕如飞不期而遇。她以为燕如飞是故意制造偶遇，正要和他说话，却忽然发现他神情不对，便没有造次，还好她没有造次。燕如飞其实是在盯一个人，全神贯注地盯，根本没有注意到她们。

看到这个景象后杨真不由得笑叹：其实信辉把他弄到这里，等同于变相流放，他却依然尽心尽责地查积案，还真是个忠臣，也许不仅仅是因为他对国家忠诚吧。任何一个对自己还有希望，对这个世界还有希望的人都会这么做。

因为对积案有印象，杨真便多看了燕如飞盯着的那个人一眼。只见他是个瘦瘦高高的男人，穿着青缎衣裳，唇上有两撇小胡子。杨真看到他的第一眼就觉得他有点怪，却说不出他哪里奇怪。算了，管他哪里奇怪呢，反正和她没有关系。

杨真没有惊动燕如飞，和秋霜他们往回走，意外地看到一个小沙弥从肉铺里出来，手上拿着一个荷叶包，包得紧紧的，但是一看就知道那是肉。杨真认识那个小沙弥，知道他是普庆寺的，不由得摇头叹息：看来这世上没有完完全全的净土啊。

回到普庆寺后，杨真叫秋霜和家丁尽早休息，以免惹上什么事端，自己则拿了一卷佛经来看，希望能平定心神。不料她越看心头越是拥堵，只好弃之不看，看来她心里并不像自己想的那样通达。

她舍了经卷后拿出一枚珠钗来看。这枚珠钗是中华宫廷中的一位老太妃送给她的，那是她在宫时唯一纯洁的一段友谊。她和其他人，哪怕是最要好的姐妹，都有那么一点相互利用的关系，而这位老太妃，却是实实在在地欣赏她。即便如此，杨真也没和她倾心以交，相信老太妃那边也是有所保留。不过她们二人从没有谋算和利用过对方，在宫里已经算是相当难得了。

这位老太妃也算得上是命运多舛。她十五岁时刚进宫就被当时的皇帝封为嫔，一时间风头无两。令人意想不到的是，她刚成为嫔不到三个月，一向壮硕的皇帝忽然中风而死，她年纪轻轻就成了太妃。之后更令人意想不到的是，她虽然日日心中苦闷至极，只图早死好再度投胎，过这种孤寡的生活，不郁结而死也不大可能，但她硬是活到了七十六高龄，而且身子骨健旺，似乎还能活很久。

杨真见到她的时候她已经虚岁七十一了，即便已经如此高龄，她的美貌依然还有痕迹。她美丽的轮廓依然在，只是已经白发胜雪，皮肤干瘪，布满了皱纹。杨真很感震惊和怜惜，目光中不小心流出了此种情绪。一般的太妃看到这种神情都会怒的，这等于提醒她们自己有多可怜。而这位太妃却不以为忤，仔细朝她打量了一眼，然后温和地一笑。

仅凭一个眼神就判定对方是否可信，这无疑是十分愚蠢的。但杨真就凭这个眼神，觉得这个太妃可以信任。事实也证明如此。之后她一有空就去找老太妃闲聊，在一起做些针凿活儿。老太妃的针凿技艺很高超，在为人处事上面，也教了她很多。老太妃刚进宫就被封为嫔，手段也是了得的。就算手段不了得，她在宫里旁观了这么多年，光阅历就够杨真学的了。

到杨真离宫的时候，老太妃已经七十六岁了。在杨真离宫之前，她把杨真叫去，翻遍了首饰盒，找出一根最昂贵的珠钗，叫杨真收下来。那是极品和田玉、东海的珍珠配上赤金打成的，是她当嫔时皇帝赏赐给她的。杨真不愿收，老太妃便说这不是礼物，只是个念物，叫她无论如何都收下来。杨真没有办法，只有答应了。老太妃便亲手把珠钗戴到她的头上，看着她笑，脸上红扑扑的，眼中也有泪星儿，“我喜欢看你戴着，你戴着好看，我已经用不上了。”

杨真对此只是心酸一笑。她不仅仅是为老太妃感到心酸。当时，虽然已经离宫在即，但之前出过一些变故，让她不敢相信自己真能出宫。她甚至灰心地以为，自己十有八九会终老宫中；就算自己能平安出宫，似乎也不会和老太妃有什么差别，十有八九会冷冷清清地老到老太妃这个岁数。

杨真想着想着，不知不觉睡着了。在梦中，她似乎又回到了宫廷，和老太妃坐着叙话，一个老太监笑吟吟地给他们摆茶果……

“啪！”珠钗忽然从她的手中滑落下来，砸到了桌面上。杨真猛地惊醒，回想梦里的情状，忽然惊出了一身冷汗：她想起白天那人的奇怪之处了！那人虽然有胡子，但是皮肤过于白嫩，不像普通男人，脖子上也没有喉结……他应该是个变装的太监！

杨真平定心神，仔细回想，越想越觉得那个人就是变装的太监。燕如飞虽然是名捕，但没有接触过太监，所以看不出。杨真之前在宫里天天见太监，所以一看就能看出问题。杨真仔细盘算着这件事，越盘算心里越发毛：燕如飞来这里是调查积案的吧。那这个太监一定和积案有关，那岂不是说那群“被夜叉插死的人”和茜香国皇族有关，而且说不定他们自己就是皇族！

想到这里杨真骇然失笑：自己还真是个招是非的人，竟然来了这种案件的案发地。之前信辉应该不知道这个案子有如此内幕，否则燕如飞不会来查。目前燕如飞也应该不知道。但是他们现在不知道不代表以后不会知道。她藏在普庆寺，估计也可能被卷入是非，看来还得收拾东西逃。

一想起“逃”杨真颇有些丧气，也颇有些迷茫，这逃逃逃的，哪一天是个头啊？她现在不仅要逃避信辉的纠缠，还要避免被信辉灭口。当初她出宫的时候，还觉得自己此番出宫，至少可以拥有安宁的下半生，没想到又卷入这种麻烦，她到底是什么命运？

但是不逃又不行。杨真弄来了茜香国的地图，寻思下一步该逃往何处，这个地点相当难找。她逃往别处，固然可以逃离这里的是非，却极有可能和仍在寻找白如霜的信辉撞个正着。正在难以决断的时候，秋霜又来汇报了一件事，让她的神经更加紧绷。

秋霜来说的是，她发现有个老和尚在偷偷吃肉。那个小沙弥带肉来就是给他吃的，他吃肉的方法比较诡异，先把肉放进新尿壶里，再加上酱油和各类调料，然后把壶口封死，用蜡烛偷偷烧。烧好了之后一开封，那个香味就别提了。

秋霜因为被杨真禁住，不许在寺里吃肉，因此对不守清规的和尚十分愤恨。反正她也闲着没事，就盯着那小沙弥，结果发现了这个事情。发现真相后，她又顺带打听了这一老一小两个和尚的来历，得知他们原来不是在寺里土生土长的和尚，两个都是外面来挂单的。

秋霜说这件事，只是表示自己对这件事愤愤不平而已，杨真却听出了问题。不守清规，又是挂单的，会不会他们根本就不是和尚，而是装成和尚来这里避祸的呢？

有了这种想法，杨真便佯装无意到那两个和尚活动的地方看了一下。那老和尚看起来倒是慈眉善目，拿着一卷经文在念，杨真却发现他的左手食指上有一道很厚的老茧。杨真心头一跳，飞也似地离开了。类似的茧子，她见到过。当时在中华宫廷里有个侍卫，擅长弓术，手指上就有这样的茧子。换言之，这个老和尚之前是练武之人，而且是行伍中人，一般的绿林中人可用不上弓箭。而且茧子如此清晰，证明他不久之前仍在用弓箭，如果长久不用弓箭，老茧绝不会这么清晰。如此看来这老和尚的来历一定不清白。杨真得赶紧带着秋霜他们离开，且不管他和积案有没有关系。任何人查案，都会把所有可疑的人抓来看一遍。如果普庆寺因为这个假和尚遭到搜查，她要是还在这里，肯定会遇到无妄之灾。杨真叫秋霜和家丁收拾东西，当天就离开了普庆寺。他们离开时是黄昏，走到半山腰时已是夜里，为了不被人注意，他们从后山的小路下山。后山的小路最是崎岖，路况也极差，因此他们走了很久才到半山腰。然而就在这时，杨真忽然发现自己竟然把老太妃送给她的珠钗落在了香房里。按理说她这种人不应该在意这种小物件，但它是她在宫中唯一一段纯洁友谊，也可能是她一生之中最圣洁的友谊的唯一念物，她不可以就这样把它丢掉。再说她是一发现异常就撤离了，追查的人应该没来得这么快，所以她现在回去，应该没有什么危险。

于是她叫秋霜和家丁在这里等，她回普庆寺去拿珠钗。因为心里着急，她上山上得比较快。然而就在离普庆寺不远的时候，杨真猛然看到路边站着一个人。杨真乍一下只觉得这个人比较眼熟，再一看顿时觉得全身都僵硬了。

信辉，他竟然已经找来了！

第二十章
心的谎言

杨真第一个反应是转头就逃，但却分明知道没用了。信辉绝不可能一个人站在这里的。他一定还有手下环立四周，说不定在自己的来路上也已有人守着。她要逃，是绝对逃不掉的。信辉早已看到了她，微笑着朝她走过来，把手里的一个闪闪发亮的东西给她看。一看到那个东西杨真就觉得心都揪紧了：是老太妃送给她的珠钗。

“您是来找我的吗？”因为一时惊慌，杨真有了不理智的问话。

“是啊。我就是来找你的。”信辉嘻嘻一笑，似乎就是那么回事，却还是被杨真看出了破绽。他完全是调笑的样子啊。如果他抓住了白如霜，专门来抓她的话，绝不会是这种轻松的态度。估计他还是来这里抓白如霜。寺庙历来就是各类被追捕的人躲藏的地方，或者是忽然发现了积案的关窍，他亲自来查看来了。

想到这里杨真的心里顿时安定了许多：他抓不到白如霜，就永远都抓不到了。这样他也永远不知道她曾经搅和进白如霜的事情。等一下，他又是怎么知道这个珠钗是她的呢？哦。这也不奇怪。大概他认得中华宫廷的宫制用品吧。尤其是上面的掐丝工艺，在其他地方是绝对找不到的。想明了这一点后杨真的心里更安定了，镇定地看着他，准备兵来将挡水来土掩。

“你可是真是了不起，”信辉笑吟吟地看着她，“把我那几个手下耍得团团转。他们硬是想了半天才明白你是怎么逃走的。而你对我的那招调虎离山更妙。先给我一个非常实用的计策，让我忙不迭地去了，自己则暗度陈仓耍我那群手下。唉，真不明白你为什么要这样对我，我对你真的一点恶意都没有，一直以礼相待。你用这种计策算计我，不觉得用错地方了吗？”

“民女这也是无奈之举……”杨真的眼珠微微一转，“当尊贵之人有疏失的时候，卑贱之人应当竭力阻止。”

“哈。”信辉被她逗笑了，不过是无奈和羞恼的笑。杨真这话说的真是艺术，不仅委婉地强调他在犯错，还说自己用计谋算计他是为了他好，不让他犯错，一副站在情理道德制高点的样子。他哈哈一笑，“是啊。所以我没有怪你。这珠钗对你来说应该颇为贵重，你好好收着，不要丢了。”说着便把珠钗递向杨真。

杨真犹豫着伸手去接。信辉却没有着急把珠钗放进她的手心，低低一叹，“这珠钗真是美丽，高雅和妍丽并存。戴到你的头上，更被衬得宛如人间仙品。只是你总是拒人于千里之外，让珠钗也没了展示的机会，它心里一定怨愤寂寞吧。”

他各种谄媚和调笑的话她已经听了不少，听到这句她却如遭雷击，耳边陡然响起他的箫声，接着脑中便一片空白，心头就像被炭火炙烤一样，燥热纷乱，几乎无法抑制。

“对不起，大人，民女认错了。”她低下头掩盖自己脸上的红意，不用看就知道她脸上现在一定红透了，“这不是我的珠钗，民女告辞了。”说罢转身就逃。

“什么？”信辉猝不及防，也觉得不可理喻，一时间也无法克制自己的脾性，一把抓住她，“真是岂有此理，我这么可怕吗？”

他抓住的是杨真的肩膀，杨真因此无法挣脱，转过头看着他，不由自主地带上了慌张和乞怜。信辉从没有见过她显露这种表情，又看到她脸颊潮红，不由得心头大动，一把把她拉过来搂进怀里。

“你……你放手！”杨真吓得魂飞魄散，拼命挣扎。信辉却因此欲火更炙，索性把她拖进了路边的矮树丛，按在地上。

“请你自重！”杨真拼命地阻挡他脱她衣服的动作，却完全无能为力。

“我就是不自重了，你能怎样？”信辉冷笑一声，抓住她的双手，狠狠地按进青草里。

杨真无措地把脸偏向一边，眼神已经纷乱，脸更是红得像熟透了的蜜桃一样。信辉更觉得欲念发狂，把脸贴在她的脸颊上，在她的耳边低语，“说起来，你一辈子都没经历过男人，不想尝试一下吗？”说完就把她的脸扳过来，不由分说地吻住她的唇。

一个时辰之后。杨真悄悄地爬起来，慌慌张张地把被信辉褪下的衣服拉到身上，却被信辉抓住手腕，重新仰面按倒。

“喂，现在就想走，太不解风情了吧。”

“你想要的已经得到了……放我走！”杨真用力地把脸偏向一边，不愿和他对视。

“那可不行。”信辉眯着眼睛，“我可不是那种轻薄无行的浪子，我会给你一个名分。”

杨真依旧不看他，却悄悄地咬紧了牙关，脖子上也暴起一条淡淡的青筋。

信辉悻悻地笑了笑，想起刚才的事情，又觉得有些丢脸，忍不住说，“不得不承认，你真有本事，竟然把我逼得像山野中的盗匪一样。让我如此失控的，你还是第一个，难道还不满意吗？”

杨真依然没有说话。信辉笑得更加悻悻，帮她整理好衣服，然后把她抱了起来。

十天后的京城，杨甲忽然收到了信辉的聘礼：几大箱的金银，成车的绸缎，还有成盘的珠宝玉器。信辉的使者说，信辉要娶他的三女儿杨真为妾。杨甲差点欢喜得晕过去，之后却急得团团转。杨真说去拜佛烧香后就一去不回，连封信都没有寄回来，他现在连到哪里去找她都不知道。要是找她耽误了时日，信辉大人不耐烦，不想要她了，别人不知道，他杨甲可真要恼得活不了了。就在他手足无措，家里人也一团乱的时候，小女儿杨眉悄悄地走到了聘礼旁边。她是满含着嫉妒过来看的，简直要用目光把这些东西咬碎。她对金银和绸缎不感兴趣，只是一件件地看那些珠宝首饰，忽然拿起一件惊呼起来，“这不是姐姐从宫里带回来的珠钗吗？”

杨甲一惊，赶紧奔出来看，顿时笑咧了嘴。他明白了，杨真早在信辉那里了。这丫头，还真有本事啊！说是拜佛，原来是去钓金龟婿去了，一下就把本国的最大金龟钓到手了。以前她没有成就，原来只是时候未到啊！

杨甲忙不迭地收下聘礼，然后命厨子整出好酒好菜，喊全家一起吃喝，自己则喝了个昏天黑地。一片喜庆之中，只有杨眉咬牙切齿地藏在一边。在她看来，她是被背叛了。但是因为她之前连信辉的边儿也摸不着，所以这话她也没脸说出口。

信辉把杨真安置到了他之前准备好的外宅。那里一早就修葺得富丽堂皇，所有东西也一应俱全。他自己也迁到那里居住，把一应亲信全都迁了过去。除了在外办公外，他其他时间全在这里打发，守着杨真缠绵，哪里也不去。他知道这样一定会引发华英的疯狂嫉妒，但却不得不这样做。因为他知道自己现在对杨真的执迷程度已经到了怎样的地步。如果把她放在府里，他也一定会把旁人都视若无物，每天守在杨真身边。那样华英更会发狂，府里恐怕永无宁日。他倒没什么，顶多是听点哭骂牢骚罢了，但杨真绝对很危险，即便他在家，华英恐怕都会弄什么毒汤水毒香料之类的暗算她。如果他不在，更不知道华英会玩出什么花样。他每天还必须要离家办公，仔细想想，还是另弄一个家妥当。

那天秋霜和家丁也被抓住，一并被带回了京城，丢在别处软禁，现在才放出来。倒不是信辉有意关他们，只是不小心把他们忘了。他给了家丁一个种花锄草的活计，每日只能在二门外活动。至于秋霜，则被送进去跟杨真说话解闷，不用担心她们再串联出逃。这里可不是荒岛，高墙大院，又有这么多人守着。而且杨真这阵子虽然依然不怎么说话，但对他丝毫不再反抗，白天晚上都是。尤其是晚上，虽然不算主动，但是她的反应让他十分满意。看来要得到她的心也是指日可待。

秋霜见到杨真之前，心是悬着的。她知道杨真是多么的不想被信辉占有。她用了那么多计策回避他，现在依然落入他的手中，就算不郁愤发疯，也会十分沮丧。秋霜到的时候杨真刚起来，还没有梳妆。一个小婢女正慢慢地替她梳通头发，因为昨夜折腾得厉害，她的头发都被揉乱了。秋霜见小婢女梳头的动作不甚纯熟，怕她会弄痛杨真，便自己过去为杨真梳头。杨真从镜子里看到了她，只对她微微点了点头。秋霜更是没底，打起十二分精神为她梳头，然后捧来妆奁，让她选。

信辉把她带着的所有和中华宫廷有关的东西全送回给了杨甲，包括她的那些珍宝首饰。现在供给她的首饰全是茜香国工匠打造的，也是十分的精致名贵。秋霜见这些首饰大多打造得晶莹华彩，知道信辉肯定是希望杨真打扮得光华灿烂迎接他，而杨真骨子里一定不想这么做，便向她推荐一根稍微素净的白银翡翠簪。杨真却只朝那个簪子瞥了一眼，转而却拿起一根莲花披霞莲蓬簪来。这根簪子通体用赤金打就，用粉红碧玺嵌作花心，用水晶珠儿镶在花瓣上作为露珠，花托下面垂着金丝、碧玉珠和珍珠穿成的流苏，十分的鲜丽耀眼。秋霜大感疑惑，朝杨真仔细看看，竟发现她的脸颊白里通红，似乎还能隐隐透出光亮，脸色十分好。

秋霜呆住了，如陷五里雾中。如果不是心情上佳，杨真是不会有这种脸色的。而且她又挑了那么富丽的簪子……难道杨真的心情根本不是她所想的？这怎么可能？

其实不仅是她，连杨真自己心里都是充满疑惑的。当初被信辉压在身下的时候她觉得完蛋了，蒙受凌辱之后她一定不知道该怎么熬过去。之后却发现自己并不反感，甚至还挺开心，最后则像那些艳书里所写的那样，被送上了快乐的巅峰。她被自己惊呆了，也因此发现了自己心中的真相。

其实，她是喜欢信辉的，从第一次见面就喜欢。然而因为他的身份，他轻薄的态度以及他风流的生活方式而感到自己不可以陷溺于此。她拼命地拒绝他，回避他，其实也是在封锁自己。她拼命拒绝其他男人，就是因为她“心里已经有人了”。但是她的理智一直不允许她这样想，以至于她自己都不清楚，只感到莫名的烦闷和不快。后来被迫成为他的女人，反倒有种如释重负、郁结得解的感觉，既然已经成了他的女人，就想着怎么抓住他好了。不过这种想法依然不是主流。还有一个更洪亮的声音在提醒她，像他这种男人，对一个女人很难钟情，即便她貌如天仙，聪慧无匹。也许她费尽心思也只能抓住他几年。

杨真颇纠结。不过和某些“局外人”比起来，她还算心情平顺。燕如飞在碧岛就听到了消息，关上门足足气了五天，在这五天里他几乎没有出门。而柏杨听到这事后差点头撞南墙，郁愤之下借酒消愁，大醉了十日。醒后脑中迷乱，忽然觉得自己必须见杨真一面，便往信辉的外宅跑。

到了宅院门口，他才发现自己根本进不去，翻墙爬树，也根本没那个本事。他现在几近迷乱，绕着围墙乱走，想找个狗洞往里钻，结果引来了守卫的怀疑和喝问。吃了这一惊后他才发现自己真的无能为力，却又心有不甘，站在不远处的一处柳荫下，呆呆地想办法，其实是生闷气。就在这时，他看到一个金碧辉煌的轿子远远地来了，旁边还跟着一大堆奴仆和家丁，赶紧藏到树后。他本以为是信辉回来了，之后却发现不是，轿子里坐的是一位夫人，正掀起帘子往外看。按理说尊贵人家的夫人不应该这样抛头露面。但看她红头涨脸的，似乎正因为什么事胸闷气短，若不把帘子掀开，恐怕就要闷死了。

柏杨出神地看着，不小心把头伸出来了一些，那夫人发现了，狠狠地朝他瞪了过来。那目光简直是逮谁咬谁。柏杨赶紧把头缩回去，心已经被吓得狂跳不止。

这位贵妇人正是华英。听说信辉纳杨真为妾的时候她差点气疯，看到信辉也搬出去后几乎气得不活了。之后她就在家里思谋对策，然而因为过于愤懑，根本想不出什么像样的对策。岚嬷嬷劝她要从长计议，还劝她一定要冷静。如果要做了什么过激的事情，她恐怕就再也挽不回信辉的心了。华英最怕的就是永远没有和信辉和好的机会，听了这话后出奇地冷静下来。仔细思考后，她决定先把杨真弄进府里来。一来在府里以她为尊，又有很多她的亲信，即便杨真有信辉撑腰，也得处处做小伏低，要收拾她也容易。二来把杨真放那么远，如果她要耍什么阴谋诡计，她华英恐怕是最后一个知道的人。杨真如果在她的眼皮底下，一定不敢轻易耍什么阴谋诡计。就算耍了，有这么多亲信在，相信她也可以随时把诡计扼杀在摇篮里。这只是第一步计策，把这一步搞好了，再想怎么除掉杨真。

第二十一章

隐斗

主意打定后，华英便带着诸多亲信来“接”杨真回去。她刚到时信辉的亲信全都惊慌失措，一片忙乱，杨真却款款地迎了出来。看到这种情况岚嬷嬷不禁心头一紧：这女子一定不是池中之物。她正要和华英交换眼色，在她看来华英一定也发现了，却赫然发现华英正死死地盯着杨真的脸。岚嬷嬷不禁暗叫不好：糟了，夫人怎么这么快就失去冷静了！

其实华英虽然和杨真只有一面之缘，也听说过她的美名，但从没有仔细看过她。今日仔细看了，才发现她果然是位绝色美人，不由得自惭形秽到了极致，对自己也彻底失去了信心。见她一副淡然自若的样子华英更是无名火起，忍不住出言讥讽，“妹妹果然是一位美人胚子，真是我见犹怜……”

岚嬷嬷赶紧拉了拉她的袖口。华英这才省悟，勉强压下怒火，露出微笑，“既然我见犹怜，我自然不会生你什么气了……妹妹，姐姐不会说什么客套话，我就开门见山了。我今天来，是专门来迎妹妹回府的。”说着她便让丫鬟奉上见面礼：一对翡翠手镯，一对九凤衔珠钗，一条珍珠项链，每颗珍珠都有拇指大小，颗颗浑圆，宝光四溢。

岚嬷嬷听华英这话说得极为得体，心中暗暗点头。在她看来，华英已经成功了。对于侧室来说，正室来迎接可是莫大的荣耀，也代表正室对她心无芥蒂。又有这么贵重的礼物，相信杨真一定会大为欢喜，然后乖乖地跟她们回府。

然而令岚嬷嬷大感惊诧的事情发生了。杨真对那些宝物只是扫了一眼，然后微笑着款款地行了个礼，“请恕妹妹无礼，这些礼物太过贵重，妹妹不敢收。至于回府事宜，妹妹还在等候信辉大人的安排。”

“什么？”华英比岚嬷嬷更加惊诧，好不容易压住的火又窜了上来，“你竟然……”狠狠地咽了咽了唾沫，死命地再把怒火咽下去，却真真地感到怒火哽在喉头，“哎哟，妹妹你真是的……是不是对我不放心啊。我知道，之前有人传过我的谣言，说我嫉妒不容人……这都是误传。我讨厌的只是那些不知轻重的狐媚子。妹妹这么大方得体，又聪慧知礼，我喜欢还来不及，怎么会不容妹妹呢？”

杨真没有答话，依然是一副恭恭敬敬的样子，那态度却比什么都明确：任你说什么，我都不会动摇。

华英的脸顿时紫了。岚嬷嬷看她的脸色，知道再让她说话肯定要坏事，赶紧对她说：“夫人，你别急，让老奴来给杨真夫人讲讲道理。”说完干笑一声转向杨真，“杨真夫人，这就是你的不对了。大夫人虽然随和，但也是正室，来迎接你回府，已十分纡尊降贵了。依老奴看，别说亲自迎接了，就算只写一封信，唤你回去，也算是给足你面子。你竟然如此不知轻重，敢驳大夫人的好意，不仅是尊卑不分，简直是犯上作乱。大夫人就算赏你几个嘴巴，也是理所应当。老奴劝你还是想想清楚，不要敬酒不吃吃罚酒。”

这席话说得十分厉害，杨真却宛如春风过耳，只是微微一笑，“大夫人要打要罚，杨真甘愿领受。至于回府事宜，杨真还是听从信辉大人的安排。”

她这一下倒差点让岚嬷嬷下不来台。其实现在华英根本不敢打她。打了她那就代表撕破脸皮，不仅不能把她弄回府里，信辉回来也一定会和华英算账。她尴尬地咽了咽唾沫，又换了个说法，“杨真夫人，你事事听从信辉大人的安排，这也没错。但是你要是只听信辉大人的安排，而不听大夫人安排，会让外人误以为大人和夫人夫妻不和，传出各种闲言碎语，毁谤大人和夫人的清誉。这可是你万万担待不起的。如果你真的为信辉大人着想，你也应该听从夫人的安排。”

杨真依旧没有动摇，甚至连反应都没有。

岚嬷嬷没有办法，也气恼难禁，忍不住下了狠药，“你还真是不知轻重，那就别怪老奴说话无状。杨真夫人，我知道你现在恃宠而骄，谁都不放在眼里。但是你可知道，人无千日好，花无百日红。今天你蒙受专宠，说不定明天就失了宠。那个时候，你在这里没人管没人问，再求夫人让你进府，那可就晚了。历来男主外女主内，家门之内，还是以夫人为尊。你要想一世都有安稳茶饭吃，最好依附于夫人，否则你日后绝对会哭都没有眼泪！”

杨真一直静静地听着，听到这里忽然微笑开口，“多谢嬷嬷教诲。嬷嬷身为大夫人的奴仆，竟然纡尊降贵，教诲我等妾侍，杨真真是荣幸至极。”

岚嬷嬷一惊，差点咬到舌头。糟了，她竟在不知不觉之中被杨真抓住了把柄。她虽然是大夫人的嬷嬷，但也是奴仆，竟然斥责杨真，已经乱了礼数。更何况她还在背后说信辉如何如何，如果信辉得知，认真追究起来，后果绝对堪忧。她本来说话比这谨慎，但因杨真一声不吭，似乎死守不攻，她不知不觉便“攻”得过了头，说得多了。既然已经被杨真抓住了把柄，她就无法再说什么。既然她和华英都无计可施，她们只能回去。路上华英气得在轿子里待不住，索性下轿步行。婢女们慌着给她撑伞遮颜，她却总是不领情地把伞打开。

杨真恭恭敬敬地站在门口送她们归去，嘴边埋着的却是嘲讽的冷笑。华英和岚嬷嬷都挺让她生气的，但信辉回来后她没有对信辉说一个字，因为根本不需要她说。即便是恩爱夫妻的亲信，彼此之间都不会很和睦，更何况信辉和华英还是对立的。信辉的亲信会一五一十地说给信辉听的，说不定还会添点油加点醋，而她只要待信辉应如常便可。

信辉的亲信果然对信辉说了个十足十，信辉又是恼怒又是担心，害怕杨真会因此忧惧愤怒，却发现杨真待他一如平常，更衬得华英可恶，也更让他觉得自己有必要警告华英。他胡乱吃了饭后便去找华英算账。

华英本来是面朝着房门生闷气，见信辉来了，赶紧背转身体。对此信辉只是冷笑一声，在她不远处坐下，“我就开门见山了。听说你今天去了那边，好一番表演啊。”

“表演？”华英冷笑了一声，然后阴阳怪气地说，“哎哟哟，真是天地良心，我明明是为你着想，觉得你的心肝宝贝在外面孤零零的可怜，又觉得你两头跑累得可怜，才想把她接进府来。没想到你那心肝宝贝不识好人心，死也不愿回来，搞得我真没面子。大家看看，哪家的正室受过这样的屈辱！”华英憋了半天的怨毒集中爆发，絮絮叨叨地说了下去。岚嬷嬷听到了动静，害怕华英冲动之下惹出乱子，赶紧从屋中走出来，侍立在华英身边。

一看到她信辉就心头火起，也不再说废话，拿出一张纸来，放到华英的面前。华英一惊，仔细看纸，发现那是一个长条般的东西，上面有一些花纹。这些花纹她似曾相识，却又说不出是什么。

信辉从眼角鄙夷地看着她，“这是仵作从莫云的脸上发现的印痕，和你手上的戒指内侧的花纹一样。”

华英如遭雷击般呆住了，脸迅速地变青。信辉冷笑着抓起她的手，让她掌心对外，“不错，一模一样。其实听说莫云忽然死亡后，我就留了个心，叫仵作仔细勘验她的尸体。结果在她的脸上找到了这个戒指印。这是我们成婚的时候，我母亲大人命人专门为你打制的，天下可以说仅此一件。因此我一看到莫云脸上的印痕，就知道她死前你一定掌掴过她，而她的‘意外死亡’，实际上也是出自你的手笔。人人都说天子犯法与庶民同罪，你虽然是监国夫人，我要是认真追究的话，也可以让你下狱，判死刑，甚至可以奏请皇上，以‘养女不教，有辱国体’为名褫夺你父兄的爵位。”

华英全身发抖，眼睛瞪得几乎要掉出来，“你是说，如果我不按你的心意行事，你不仅要判我死罪，还要株连我的父兄？”

“这倒不是。”信辉微微地摇了摇头。“我只是想告诉你，我对你的心思非常清楚。如果你不安分守己，再做出类似的事情的话，我不会再包涵。”

华英脸色铁青，一副已经死了般的面容。岚嬷嬷侍立在一旁，又是惊诧又是愤懑。她真没想到，信辉仅仅为了一个姬妾，就和华英撕破脸到这种程度。

信辉斜眼看了她一眼，忽然狠笑，“岚嬷嬷，你今天在那边可是威风得紧啊。”

岚嬷嬷一惊，赶紧下跪，“老奴出言无状，请大人治罪……老奴只是看杨真夫人对夫人无礼，一时气不过，才代替夫人教训杨真夫人，对杨真夫人多有冒犯，请大人治罪。”她虽然是请罪，其实是以退为进。她是在提醒信辉，她虽然斥责了杨真，但是她代表的是华英。按照礼法，华英完全可以斥责杨真，所以她岚嬷嬷也没有什么错处。

“哦，是吗？”信辉长眉一扬，“杨真对华英无礼？我没有听说啊。她只是在等待我的安排，不愿不问我的意思就和华英回府而已。你的意思是说，即便杨真是为了遵从我的命令而违抗华英的命令，也是不可以的。即便我身为丈夫，权威也不及华英，是吗？”

“不，夫人绝对没有冒犯大人的意思！”岚嬷嬷极为恐惧，几乎要跪下撞头。信辉比她更绝，不仅把她对杨真的指控全部推翻，还以她为跳板，暗指华英在挑战他的夫权。

信辉一点不给她留后路，又是一句话利刃般斩了下来，“你说华英没那个意思，那就是你的意思了？”

岚嬷嬷僵住了。信辉这句话真是厉害。如果她否认，就证明华英真是要挑战他的夫权。如果她承认，那自己“凌驾于信辉和华英之上，训斥杨真”的罪名就坐实了，她实在担待不了。然而她反应也是奇速，只是在地上撞头，“老奴愚钝，误会了夫人的意思，险些使大人和夫人产生误会，真是罪该万死，罪该万死！”

信辉从鼻子里哼了一声。这老刁奴还挺聪明，说自己“误会华英的意思”，不仅可以帮华英推掉挑战夫主的罪名，还说自己依然在为华英办事，只是会错了意，虽然有错，但也不大。因此他怒火更炽，冷冷一笑，“既然如此，我就从轻发落你，就罚你掌嘴二十好了。”

岚嬷嬷呆住了。她本以为自己是华英的乳母，等同于半个母亲，即便犯错，叩头求饶已够了，没想到信辉还要打她辱她。华英听闻此话也是惊恼得双目发直。而华英的身边还有一个乖觉人，就是华英身边的大丫头依人，她赶紧过来给岚嬷嬷掌嘴。如果不立即给岚嬷嬷掌嘴，信辉恐怕会更怒，那时候不知道会生出什么事端。她把掌心凹起来，轻轻地打几下就是了。

“不用你掌。”没想到信辉一点余地也不留，转头对王德说：“你来。”

王德大惊，心头苦笑：信辉真是动真格的了。不仅要掌岚嬷嬷的嘴，还要他这个身强力壮的男人来掌。虽然他觉得信辉有点过火，但也不敢违抗信辉的命令，走到岚嬷嬷面前，尽心尽力地掌了她二十下嘴巴。岚嬷嬷被打得双颊红肿，呆如木鸡。信辉这才心满意足，带着随从要走时，忽然发现华英身边似乎少了一人。仔细想想，才想起齐嬷嬷不在了。齐嬷嬷算是他安插在华英身边的眼线。之前他忙于“大事”，没有在意齐嬷嬷的事情。现在发现齐嬷嬷不在了，才想到她可能是被华英发现眼线的身份，被拔除了，所以这次华英去那边“抢人”之前他才没有听到任何消息。华英此人心狠手辣，齐嬷嬷肯定下场悲惨。想到这里他十分不忿：他其实对为自己办事的人十分眷顾。齐嬷嬷为他办事，至少不应该下场太坏。他竟然没能保护到她，真是气闷。不过这似乎也怪不了他，他离府办“大事”的时候，华英已经带着齐嬷嬷去“疗养”了。他回府的时候虽然华英也已回府，但他忙着金屋藏娇，根本没仔细朝华英那拨人看，更不会注意到齐嬷嬷在不在。不过仔细想来，齐嬷嬷大概在华英出游期间便遭遇祸事，他想管也是鞭长莫及。即便如此，他依然感到恼火，朝华英鄙夷地扫了一眼，冷笑着拂袖而去。

第二十二章
鹬蚌相争

信辉回到杨真处后并没有对杨真说自己对华英和岚嬷嬷的惩戒，只是说自己已经把问题解决了，叫杨真不要担心，并叫亲信也不要对杨真说那件事，以免杨真恃宠而骄。杨真对此心知肚明，根本没有问。又过了几日，忽然有人送来糕点，说是华英给杨真的礼物，其实就是赔礼。杨真有些讶异，恭敬领受了，小心翼翼地打开盒子，发现里面是一块最上等的蜜糖糕，上面还用鲜果和鲜花作为装饰。

“杨真夫人，华英夫人竟然送糕点来赔礼，已很是纡尊降贵了，对您来说也是天大的荣耀。”玉钗侍立在旁，不失时机地提醒她。她知道信辉的意思，随时提醒杨真不要“恃宠而骄”。杨真没有吭声，只是拿起小刀，把糕点细细地切成方块。等她切到第八刀的时候，刀刃碰到了一个硬硬的东西。她小心翼翼地把它捻出来，发现它竟是一枚一寸来长的绣花针。如果不小心把它吃进口里，幸运的话只是伤到嘴唇和舌头，严重的话会把它吞进肚子，伤及内脏，即便不死，也要开膛破肚把针取出来。

“天哪！”玉钗惊叫起来，“这可真是……夫人怎么可以做这样的事？”

“不。”杨真凝视着钢针，一脸凝重，缓缓地说，“这不是华英夫人干的。”

“啊？”玉钗一惊。

“华英夫人前日已经受到了信辉大人的斥责，如果她再以如此明显的方式害我，后果一定不堪设想。这个道理她一定知道。玉钗妹妹，今天来送糕点的人，你其实不认得吧？”

玉钗悚然心惊。现在回想，她的确对那个送糕点的人全无印象。不过最令她震惊的不是这个，她震惊的是杨真竟然可以猜出此事，已经不仅仅是聪慧可以形容。

“这个人，使的应该是一石二鸟之计。”杨真把针轻轻放到糕点的盒盖里。“叫一个府外的人，打着华英夫人的旗号送来糕点。我要是因为吃下钢针致伤或致死，信辉大人盛怒之下，十有八九会等不及细查，立即怪罪华英夫人，这样就可以一举毁掉我们两个。如果我够乖觉，发现了钢针，她的计策也不算失败。因为我之前刚和华英夫人有过激烈的冲突，十有八九不会很冷静，会拿着钢针向信辉大人告状。信辉大人必然会去责问华英夫人。华英夫人因为没有做过，必然会否认。以她的立场，十有八九会以为是我自己故弄玄虚，嫁祸于她，因为世上之事很难有这种巧法。幕后主使者找了个府外之人来送糕点，使华英夫人很容易为自己辩解，也很容易把这说成是我自己故弄玄虚。这样越斗越凶，我和华英夫人都难保持体面，势必会做出种种失仪之事。信辉大人必然会对我们二人都心生反感。这样的话，她就算没有伤到任何人，也照样可以一石二鸟。”

玉钗前后一想，觉得丝毫不差，不由得咋舌不已。这个送糕点背后的人竟然在局中设局，心机的确够深。而杨真竟然片刻间就把他的心思看得清清楚楚，无疑更胜一筹。她现在才明白，杨真之所以能猜出送糕点的人是府外的，只是从“华英夫人不可能送糕点”

开始，瞬间理清了事件的整个脉络，反推出送糕点的人不会是府里的。如此聪慧老道，怪不得信辉大人一度都败于她的手下。看来杨真在中华的宫廷里也经历过狂风暴雨，惊涛骇浪，绝不只是孤零零地坐冷板凳那么简单。

杨真把糕点、盒子和针全部交给了玉钗，请她代为向信辉禀报。杨真知道自己现在什么都不说最好。信辉听了原委后，心里微微有些不适，感觉就像被一根粗糙的麻绳从心头拉过一样。杨真既然可以洞悉此人的图谋，只能证明她的心机更胜一筹。之前虽然他知道杨真胸中颇有丘壑，这也是吸引他的理由之一，但在她成了他的女人之后，他倒不希望她很善于耍阴谋诡计。带着这样的心情，他佯装无意，跟杨真谈起此事，然后开玩笑般说："这个家伙自以为自己富有谋略，殊不知你比他强十倍不止，一下就看清了他的所有图谋。我对你都有点肃然起敬了，真是人不可貌相，光看你的相貌，绝对想不到你会这么了不起。"

杨真知道信辉已经有了猜忌之意。要是之前，她肯定不会做任何辩解，现在却微微一笑说："这也是没有办法的事。在中华的宫廷里，每个人都想踩着别人往上爬，设计害人的事情，每天没有十宗，也有八宗。光是在一边看着，也够写一本谋略大全了。在那里，每个人都会成为别人算计的对象，因此睡觉都得睁只眼睛，提防别人加害。要想不成为别人的垫脚石，被踩到泥地里，就只有乖觉点了。"她其实是在向信辉强调，她能洞悉那人的图谋，只是看的比较多而已，并不是为人狡诡。她使用谋略，也只是为了自保，并不是多么喜欢用阴谋诡计。这话合情合理，相信信辉也会感同身受。其实任何善使阴谋诡计的人，不管是否本性如此，都多少会感觉如此。

信辉听了后目光果然柔和了许多。杨真晦涩地笑了一下，心里忽然有些乱。虽然她已经看出自己的话起了效用，但是依然担心他心里有所疑忌。另外，她现在知道自己是喜欢他了，不知道他能不能看出来。她是希望他能看出来的，但不能表现得明显和急切，否则他一定觉得异样，甚至觉得她另有目的。再说，她自己也还没有确定，到底可不可以真的喜欢他。

信辉收下证物的时候并没有说什么，但杨真知道他一定开始不动声色地在严查这件事。至于此人是谁，杨真知道信辉一定和她一样心知肚明。这个人一定是信辉府里的姬妾，除了她们，没人会因为杨真和华英出事而得利。信辉最恨自己的女人在他的眼皮底下弄鬼，杨真已经感觉出来了。所以他一定非常恼火，一定会将这件事严查到底。

历来姬妾之流，都是见风使舵的高手。虽然她们不知道信辉是以何事镇住了华英，但是都得知岚嬷嬷被信辉命人掌掴的事。仅从这些消息就可以得知华英败给了杨真，杨真得宠的程度非同小可。她们就算不须立即向杨真投诚，也要对杨真有所表示。于是她们陆续给杨真送来了礼物。

第一个送礼物来的是云春夫人，送的是一株小小的珊瑚树，固定在玉盆里，甚是娇艳可爱。第二个是玉端夫人，送的是一枚宝石和珍珠镶成的步摇，十分精致名贵。第三个是雅琪夫人，送的礼物也不薄，但颇为俗蠢：竟然是一盒子金元宝。玉钗对此都感到汗颜，杨真却从心底笑了出来。

这位雅琪夫人，才是真正的聪明人啊。

木秀于林，风必摧之。历来和一群人争斗的时候，最忌讳的就是展露聪明，最适宜的方法是装傻。雅琪夫人之所以送这一盒金元宝来，就是为了装傻。为什么杨真觉得她是装傻而非真傻呢？她送来的金元宝的规格露了馅。她送来的这些金元宝大小重量完全一样，成色也完全相同，全是赤金中的上品。这是人在习惯驱使下的无心所为，证明挑选金元宝的人心思其实十分的缜密机敏。所以她送金元宝这种俗蠢的礼物，必然是装傻。

透过她的装傻，杨真也得以窥知，送带针的糕点的人，十有八九就是她。虽然她现在需要装傻，但是这个装傻用力过猛了些。既然用力过猛，就证明她想特意掩盖什么事情。联系前后的事情，她肯定是想表示她是个笨蛋，送带针糕点的事情绝不是她做的。要是别人，恐怕会被她唬住。可惜她遇到的是杨真，一下就被窥破了图谋。

发现这一点后杨真不禁皱眉冷笑，心想自己以后对雅琪夫人一定要多加留意。然而现在最让她在意的还不是雅琪夫人。信辉的正府里其实有四位侧夫人，还有一位夫人没有送来礼物。这位夫人名叫菀晴，据说已经潜心向佛很多年。据杨真的经验，在是非之地潜心向佛的，反而都是别有志向，韬光养晦的。杨真决心找个机会会一会这位菀晴。不过她没有急于行动，现在她还没站稳脚跟，妄动不得。

因为信辉每天都要办公，杨真依然有很多自己的时间。信辉知道她喜欢刺绣，给她准备了很多绸缎和彩线，她一直没有动它们，空闲时间里只是带着秋霜四处游逛。她首先得在这里站稳脚跟，所以得先看清这里的人和事。

她首先去看的就是府里的厨房。中华的宫廷里，不知道有多少人是被毒死的，所以杨真对饮食特别在意。信辉对饮食也特别在意，杨真仔细看过，信辉和她使用的筷子全都镶过银片，勺子更是银子打成的。如果有毒，可以立即试出来。即便如此，杨真也觉得不可以掉以轻心，还是要去厨房看看那里的人是否都没有“古怪”。

有人的地方就有尊卑，厨房里的厨娘和厨师也分三六九等，不过他们都非常尊重主厨孙泰。并不是因为孙泰为人多么厉害，而是因为他的来历非同小可。他曾经是先皇最宠信的御厨。信辉的母亲仗着自己是先皇最亲近的妹妹，把他要了来，叫他服侍信辉。然后就是信辉去哪儿他去哪儿。

也许是因为在宫中待过的关系，知道言多必失，孙泰几乎不说什么话，只是麻利地做菜，就像一个牵线木偶。杨真慢慢地走近他。孙泰感到有人接近，抬起头看到杨真，竟猛吃了一惊，刀口一歪，在手上切了个口子。

见他如此，杨真不由得心头一紧：如此紧张，是为了什么？

孙泰只是紧张了一瞬，马上恢复了平静，对杨真行了个礼，“孙泰见过夫人。请问夫人前来，是要命孙泰做些吃食吗？”

“哦。”杨真心里起疑，却没有表现出来。只是微笑着说，“那就麻烦你给我烧一碗莲叶樱桃羹好了。”

“夫人这么说可真是折杀小人了。”孙泰恭敬地躬着身子，头都要比腰还低了。“夫人要吃什么东西，遣丫鬟来说即可，毋须亲自前来。”他这话听起来没什么问题，但杨真就觉得他有种不愿她多来的意思。联系他之前那紧张的样子，越想越觉得可疑。不过她没有把疑惑说出来，只是不动声色地留心观察孙泰。

一天之后，孙泰忽然要求亲自侍奉信辉和杨真进餐。按照他的说法，如果信辉他们对饭菜有什么想法，他可以第一时间知道。杨真更加怀疑，但苦于看不出什么破绽。这一天，席上有从中华带冰运来的新鲜哈密瓜，十分珍贵。孙泰把它们细细地切好了，放在银盘里，恭恭敬敬地托着。杨真觉得今天的孙泰有点奇怪，似乎比平日更僵硬，看到哈密瓜的时候，才猛然省悟：厨师能干的坏事，无非是在主人的饭菜里下毒。信辉和她的所有餐具都是可以试毒的，因此他只能在水果里下毒，人只有在吃水果的时候才不用餐具。那些整个来吃的水果也是无法下毒的，他只能在剖切瓜果之后，把毒药涂在切面上。这些哈密瓜估计就已经被下了毒，而他站在这里侍宴，目的就是确保信辉会吃哈密瓜。如果只在下毒这天出现，必然会引起怀疑，所以他早早地开始侍宴。估计他下一步就是亲手拿起哈密瓜呈给信辉。因为孙泰是信辉母亲配给他使用的，所以信辉一定会给他这个面子，立即吃下他给的哈密瓜。杨真虽然想了很多，但转念只是一瞬间的功夫。

眼见孙泰马上就要有送哈密瓜给信辉的意思，杨真赶紧做出十分感兴趣的样子，盯住那些哈密瓜。信辉现在非常宠她，吃饭的时候经常会为她夹菜。现在见她一副很想吃哈密瓜的样子，便伸手去取哈密瓜。孙泰赶紧双手递给他一块。

信辉立即把它拿给杨真。孙泰顿时脸色剧变，肩膀抽动着似乎要阻止，但最终没有行动。杨真不动声色地从眼角斜睨着他，拿起一个银汤匙，朝哈密瓜块的尖上挖下去。孙泰顿时呆如木鸡，脸也迅速变得铁青。他在哈密瓜上下的是慢性毒药，人吃下去后一时不会发作，所以就算杨真吃下去也暂时不要紧。但是她现在用银勺子挖瓜瓤，勺子却一定会立即变黑。果然银勺子一触瓜瓤就变黑了。

信辉大惊大怒，“唰”地一下站了起来，拔出了佩剑。孙泰身体一颤，僵直地滚倒在地，竟然已经咬舌自尽。信辉赶紧急召大夫，无论如何不能让他死，一定要审出是谁让他做的。之后就是一片忙乱，而杨真就静静地在一旁站着。她这次等于救了他的命，完全可以作为邀宠的理由，但是她没有打算说出来。因为她之前根本没有邀宠的概念，只是单纯地想保护他。而且，她之前一直都没有说自己发现孙泰可疑，这件事又做得如此了无痕迹，忽然说自己保护了他，难免信辉不会起疑。

信辉在这个位置上，必然会起疑，她并不怪他。他只是希望他能看出来，她在默默保护他。就是不知道他能不能看出来。

然而信辉恐怕是没空玩味有关她的事情了。因为孙泰下毒这件事，仔细一想特别严重。孙泰已经跟了他十年，又是母亲配给他使唤的，可以说是亲信中的亲信。他叛变投毒，简直如堤坝内部腐坏了一样，仔细想想十分恐怖。所以他命大夫倾尽全力救回孙泰，一定要审明他为什么要做这件事，是谁指使他做的。他自己也开始排查对他有嫌隙之人，看谁最有可能做这种事。

至于谁会做这种事，杨真也有自己的看法。不说别的，敢对信辉这样的人物下毒的人，自己也一定是大人物。特别是能让孙泰自尽来掩护他，可见他的身份一定非同小可。另外，孙泰在信辉这个府里当大厨，不是和信辉过从甚密的人是不知道的。符合这两个条件的人不算太多，她小心查听着就是了。不是还要符合“和信辉有嫌隙”这个特征吗？不一定。因为心机深沉的人会把自己的真实想法藏得很深，不到最后一刻，你恐怕都看不到他的真正面目。

第二十三章
被疑

按照杨真的经验，在事件发生时多听周围小人物的意见，往往会有意外的发现。为了调查孙泰下毒案的真相，她就穿了双底子很软的鞋，悄无声息地在府中穿行，果然看到两个丫鬟在窃窃私语，意思是她们可能知道是谁命人下的毒。杨真冷冷一笑，忽然出现在她们面前，把她们吓得张口结舌。

“也对我说说吧。”杨真微笑着说。

“不，奴婢们只是在说无关的闲话。”一个丫鬟还在呆怔，另一个乖觉的却已开始否认。

“你们现在不说，是不是想让我禀告信辉大人，让他亲自来问你们？”杨真冷笑。

两个丫鬟顿时脸色铁青，猛地一起跪了下来。那个乖觉的大声讨饶，“请夫人恕罪……我们只是无意间听到有人这样说，根本不知道是真是假，夫人你可千万别告诉大人，要是大人认为奴婢们在编造谣言，怪罪下来，奴婢们就活不了了！”

杨真见她们真的吓坏了，赶紧温和一笑，“放心，我并没有认为你们有胆子编造谣言，肯定是从外面听来的。我只想知道，这个谣言到底是怎么说的。谣言固然是虚假的东西，但有些时候也不是全然无用。你们把谣言说给我听听，如果我能从里面找点有用的东西出来，也可以帮助大人查案。”

那两个丫鬟还在犹豫。杨真便又补了一句，“放心，如果这个谣言纯属虚构，我根本不会和大人说。如果有点用，我跟大人说的时候，也不会跟他说是听你们说的。”

两个丫鬟这才敢说。说出的内容让杨真大为惊诧，但也没出乎她的意料。她们说，她们听门口的花匠说，给信辉大人下毒的可能是安信郡主。至于这位郡主为什么要给他下毒，竟是缘于一段情感纠葛。原来安信郡主是信辉母亲的弟弟、晖照亲王的独生女，和信辉青梅竹马，据说关系很好。晖照亲王甚至有意亲上加亲，把安信郡主许配给信辉，但不知为何最终没有成功。信辉还犹可，安信郡主却像发了狂一样。据说她先是不顾体统，跪求晖照亲王把她嫁到信辉家做平妻。富贵人家娶得两位身份一样高贵的女人的时候往往会采用“平妻”制度，就是两个正室并立，不分大小。但在晖照亲王看来，信辉虽然身为监国，但毕竟是臣子。即使安信嫁给他做唯一的正室，也是下嫁了，要是给他做平妻，那简直是把全家的脸都丢尽了。晖照亲王坚决不许。安信郡主又找到信辉，说愿意跟他私奔，信辉自然一口回绝。安信郡主并没有就此罢休，竟然在府中施行厌胜之术，祈求巫神让华英早死，自己再去给信辉填房，结果华英偏偏不死。安信郡主彻底没办法了，但即便如此也没有放弃。她竟然又找到信辉，这件事就只有极少数的人知道了，说她愿意终身不嫁，一生跟他偷偷来往。她甚至还在郊外僻静处准备了一处宅院，作为他们“终身幽会之所”。这种做法简直荒唐之极，信辉自然不会理会。即便如此，安信郡主依然没有放弃，据说还在痴痴地等着他回头。她爱信辉爱得如此疯狂，听说信辉新娶杨真后一定会难以接受。而且信辉竟然可以为了杨真从家里搬出来，证明这对他来说不是不可能的事情。既然如此，为什么不可以为了她安信这样做？她肯定会这样想，而且绝对会气疯，难说不会因爱生恨，对信辉痛下杀手。孙泰之前据说曾经受过安信郡主的恩惠，所以很可能受她指使，向信辉下毒。

杨真静静地听完，挥挥手叫她们离开。呆木的那个还在等杨真“不会对信辉说”的承诺，乖觉的人却拉了她就跑。杨真既然愿意放她们走，就证明不打算追究什么了。杨真看着她们的背影，露出冷笑。这则传言其实只是个猜测，听起来却做不得真。但为了安全起见，杨真还是悄悄问明了二人的姓名。那个乖觉的叫秀兰，那个呆木的叫秀芝，即便做真不得，也难说以后不会因此翻出大浪。

另外，这个猜测是源于信辉早年的感情纠葛，杨真就免不得多想了一些。原来信辉还有一段青梅竹马的感情。他对这段感情认真吗？当初又是因为什么未成眷属呢？他依然记得这段感情吗？这段感情对他日后的生活有影响吗？他日后放浪不羁，会不会因为当初和安信郡主未成眷属呢？

杨真现在算是明白了。就算知道自己的男人之前的感情生活乱七八糟，就算已经决定包涵这一切，但在内心深处，依然会计较，甚至想弄清和仔细考量他的每一段感情。尤其这一段，简直让杨真怀疑他不是一开始就放浪，只是真爱未得才变得放荡不羁。如果是这样，她就会隐隐地觉得还是他生来放荡不羁更好。因为这样她至少和前面的女人没有差别。要是他之前有过真爱的话，她就会和前面的那个女人有云泥之别。

杨真虽然想了很多 ，但是没有任何表现。面对信辉的时候依然如常。只是信辉眉头紧锁，似乎很是恼恨沮丧。杨真怀疑他也查到了什么，但是没有问，不用想，他肯定不会说的。然而他不久之后竟然主动说起，“孙泰的事真是令人愤恨，找出幕后主使之人之后，我一定把他碎尸万段！”

“是啊。那个人的确应该被碎尸万段！竟然敢对大人下毒！”

杨真接着说了下去。

“对我下毒还犹可。”信辉不仅发怒，其实还心有余悸，“竟然把你也卷了进来，如果不是你用勺子挖的话，那块有毒的瓜不就进了你的肚子了吗，真是不可饶恕，不可饶恕！”

杨真心口像被什么东西击中了，接着便脑中一片空白，身体同时也动弹不得：信辉如此愤怒，是因为她也被牵扯进来了吗？

“虽然我已经彻查了一遍府内，但是还是不放心。”信辉把她搂进怀里，一脸关切，“要不然我给你换个地方安置？”

“大人放心吧，我觉得没有这个必要。”杨真感到心里有感动波浪般涌动，“那人下毒失败一次，就不会再做第二次了。大人应该以大人的安全为重，我一个小小的妾侍，没人会想把我怎么样的。”

“是吗？”信辉的眉头舒展了一些，又笑了，“那我就再多拨几个人保护你。算了，不说这扫兴的事情了。”说着就把杨真搂紧了，朝她的唇上吻去。杨真闭上眼睛承受他的吻，双手不由自主地攀上他的肩头，紧紧地搂住了。

在这一刻，杨真其实很想把今天的发现告诉他，但是依然没有说。

那个幕后黑手之后果然再没有什么动作。杨真一边提防着他，一边不动声色地彻查她所有想知道的事情。她先查“那个门外的花匠”，得知他叫徐华，信辉发现刘泰下毒后的第二天，他就因为生病回家治病去了。刚传完谣言，就回家治病，实在可疑。至于安信郡主的事情，则和谣言大差不离。知道这些后，她又顺带查了查莞晴夫人。出乎她的意料，莞晴夫人的出身并不多显赫，只是个官商之女。她父亲是京城绸缎商人中的翘楚，对普通百姓来说这样的门第算高，但对信辉来说实在不算什么。她家有一种独门织法，全国仅她家有，而且从不外传。她家就凭这个得到了官商的资格。杨真默默地记下了，又叫秋霜出去递信息给家丁胡丙，就是她之前从家里带出来的那个，叫他不动声色地查查徐华。胡丙跟她东奔西跑了这些日子，也算乖觉，溜进徐华的屋子里，找出巴掌大一块锦缎偷偷地收到自己的衣袋里，又把所有见到的事情跟秋霜说了一遍。

这些话和这块锦缎很快就被秋霜原封不动地转给了杨真。杨真展开那块锦缎，认出这块锦缎就是莞晴夫人家的织法。她之前其实听说过菀晴的娘家，还买过他家的锦缎，只是没留意过他家的事情，不知道他家还有女儿嫁在信辉门里。徐华的屋里有锦缎碎片，这是证明他和莞晴夫人有联系吗？

"除了锦缎外还发现什么？"杨真沉着嗓子问秋霜。

"哦。"秋霜赶紧回答，"胡丙还说，进屋后他就闻到一股淡淡的怪味，仔细一找，发现了一个药罐，里面有一些药渣。"

"哦。"杨真静静地听着，忽然不可名状地笑了。到底是怎么回事，她大概是明白了。可以向信辉禀报了。

"怎么样了？"秀兰低着头溜进她和秀芝共住的小屋，秀芝立即问她，她一改之前的呆木样子，双眼灵动之极，甚至还带了几分狠毒和狡狯。

"差不多了。"秀兰一边说话一边回头，"看到杨真夫人带来的那个胡丙进了徐华的屋子了，杨真夫人估计很快就会对信辉大人禀报了！"

"那就好。"秀芝微笑着点头。秀兰看着她，有些害怕的样子，"那杨真夫人去告之后……之后就是两败俱伤了吧？"

"那不就是我们的目的吗？"秀芝斜睨着她，对她那惊恐的样子很看不惯，"事情一切顺利，你还怕什么啊？"

"事情是很顺利。"秀兰撇了撇嘴，脸整个垮了下来，"但是我怕会连累到我们啊！"

"哎呀你！"秀芝轻轻地给她一个暴栗，"就你这样，还怎么干大事啊？我告诉你，之后不管杨真夫人说什么，信辉大人都不会相信了，再说我们还有人保，不会有事的！”

秀兰低低地应了，却不是很安心。就在这时，她们忽然听见外面似乎有响动。她毕竟心虚，把门打开一条缝往外看，顿时吓得呆如木鸡。王德正带着几个兵丁站在外面，看她探出头来，冷冷一笑，“信辉大人有事要审，你们麻利点出来吧！”

秀兰和秀芝被押到了偏厅。信辉正端坐在太师椅上，一手支额，手肘靠在扶手口，实际上只有两根手指触到了额头。手指的阴影正好压在眉眼上。他并没有特意做出什么恐怖的神情，只是面无表情而已。秀芝和秀兰就吓得直打战，没等人命令就自己跪下了。

“听说你们对杨真夫人说了段有关安信郡主的谣言，对吗？”

秀兰已经吓得呆怔，秀芝却已经飞快地说：“我们没有对杨真夫人说过那样的话。”

“哼。”信辉冷笑了一声，没有怒，也没有露出什么特别凌厉的目光，只是看着她们，淡淡地说：“你们是自己说呢？还是等我用刑？”

秀芝呆住了，秀兰已经吓得浑身筛糠般发抖，跪下来，把什么都招了。原来她们是受人指使，特意对杨真说那则谣言的。之后更偷偷地在徐华的屋子里放上锦缎的碎片作为栽赃。指使她们的人认为杨真听到谣言后一定会去查徐华，看到锦缎后也一定会怀疑徐华和莞晴夫人有关，一定会立即向信辉报告，说她听到传言，说安信郡主是下毒的幕后黑手，并把那片锦缎给信辉看。信辉提徐华来审，徐华肯定茫然不解，即便被打得死去活来，也绝对招不出什么。即使去审莞晴夫人，想必也是一样情况，而且也找不到物证。这样信辉一定会反过来怀疑杨真是吃醋成狂，诬陷安信郡主，并想顺带诬陷莞晴夫人。到时候她们再抵死不认自己跟杨真说过这话。这样杨真即使满身是嘴都说不清楚。即便情况相反，信辉不信杨真说谎，认定徐华和莞晴夫人在构陷安信郡主，指使她们的人也可以坐收渔翁之利。至于指使她们的人，就是雅琪夫人，不仅给了她们银子，还保证如果出事，一定出面保护她们。

信辉审问秀兰和秀芝的时候，杨真正在帘后，听到她们招供后冷冷一笑，微微地垂下眼帘。她的感觉果然没有错。雅琪夫人真是“内秀”，计策用的十分巧妙。如果她不是在宫里身经百战，十有八九会着她的道儿。

她是怎么窥破雅琪夫人的计策的呢？还得怪雅琪夫人“眼界不够”，竟然构陷徐华。雅琪夫人之所以把徐华当成构陷的对象，大概是因为他很不起眼，像个无足轻重的小人物，并在最近离开了。杨真却一眼就看出不对，信辉既然开始彻查下毒的事情，府里的闲杂人等一律不能随便离开。而徐华却轻松出府，证明他是信辉绝对信任的人。这种人绝对不会对婢女说谣言，即便谣言是真的，也不会说。想到这一点的时候杨真就知道有人想设计她。而且胡丙还在徐华的屋子里发现了药渣，这就证明徐华的确生病，是因为生病才离开治病的，绝不是因为传过谣言而避祸。既然被指传谣言的人没有传谣言，杨真立即明白这是有人想叫她“诬告安信郡主不实”。发现那片锦缎后，也想到那人也一定想捎上莞晴夫人。能做这种事的人必然是可以坐收渔翁之利的人，因此必然是其他三位侧夫人中的一个。从之前送的礼物来看，雅琪夫人胸中最有丘壑，所以十有八九是她。而在糕点里放针的人，也十有八九是她。

看清一切之后，她就要考虑对信辉报告了，但是不可以直接报告。因为她知道秀兰和秀芝必然会否认对她说过这话。这锦缎也是胡丙偷偷从徐华的屋子里拿出来的，没有人看到也没有人能证明这本来就在徐华屋里，而不是她弄来栽赃的。如果她不讲究策略，贸然去报告了，一定会背上“捏造事实，诬告他人”的嫌疑。这正是雅琪的目的。把自己所看清的一切都跟信辉说？试着说服他？不行。这样就有引导信辉思考的嫌疑，更容易让信辉怀疑她有诬告的意图。这样就算她说的都是实情，信辉也觉得实情就是如此，也可能犹疑一下，身居高位的人就是无法轻易相信别人，她在宫里就明白了。

仔细想过之后，她叫胡丙偷偷地把锦缎放回徐华的屋子。然后去见信辉，只是对他说，有婢女“特意”告诉她这些，其余事情一概不做评价，有“特意”这两个字意思就不一样了。这表示她知道谣言是假，并知道是有人在构陷她，其余事情让信辉自己分析。相信以信辉的聪明才智，一定可以很快得出一样的结果。他自己想出来的，绝对会坚信到底。

信辉和她的想法果然一样，立即把秀芝和秀兰抓来审问，一下就把雅琪揪了出来。之后再审雅琪，雅琪自然抵死不认，只说是秀兰和秀芝胡扯，她从来都不知道。果然利用别人的人做出的保护承诺全是假的。最后信辉发狠，说即使她不认罪，他也照样治她罪。如果她坦白从宽，他也许还能治得她轻些。雅琪这才承认自己是幕后主使，顺便也承认了自己是“放针事件”的主谋。一切和杨真所料基本无差。

之后雅琪就消失了。应该不是被信辉送到哪个人迹罕至的地方给关起来了。杨真化险为夷，大获全胜。按理说她应该很开心，事实却恰恰相反。她一点都开心不起来，心里甚至还有种被蚂蚁咬噬的酸痛感。雅琪在策划和施行这个计划的时候默认了一件事，那就是安信郡主是“老虎屁股摸不得”。她知道信辉绝对不会怀疑安信郡主，听任何人说安信郡主可疑都会勃然大怒。这证明安信郡主的确在信辉心里有非常重要的地位。大家都知道。

想到这里杨真觉得一股辣味涌上喉头，几乎要咳嗽。这样看来还真有一个和她有天壤之别的女人呢。这个想法一经出现就像鱼刺一样梗在了她的心里，甚至影响到她的态度，她觉得自己已经不能如常地面对信辉。信辉似乎也心事重重，他这种人最受不了的就是身边的人有二心。现在证明有二心的人还不少，他当然要对身边的人进一步彻查。不过杨真敏锐地感到信辉心里有别的事情。果然，这日吃过晚饭，信辉看着她，似乎欲言又止。杨真心里明白了，微微地垂着头，却是目不转睛地偷看他。

“这几天，你受惊了。”信辉终于开口了。“这是我的过失。我之后会让玉蝶和王慈侍候你。你就放宽心，不要费心劳力了。”这句话乍一听是叫她放松心情，最后一句却别有意义，杨真敏锐地感觉到了。再加上看到他的目光中不仅仅有怜惜，还有一丝不快和疑忌，顿时什么都明白了。

原来信辉是对她“富有心机”这件事感到不快啊，并且在隐晦地叮嘱，甚至可以说是警告她不要使用心机。在这一瞬间她的心彻底凉了，接着长出了无数根冷刺，刺得自己浑身都痛。她也不是生来就有心机，也不是想有心机，而是完全被形势所迫。在他身边，即使再有人护持，没有心机、不用心机，也是很难平安走下去的……这一点他应该知道，为什么就不能理解呢？

其实信辉心中也很矛盾和茫然。他也知道要想在他身边站稳脚跟就必须有心机，也知道他身边的女人都有心机。以前他对此是欣然接受的，但不知为何，到了杨真这里，他心里就很膈应。当天晚上，杨真再在信辉怀里承受荣宠的时候，身体是滚热的，心却冷得彻底。她感到心里一些原本生根的东西开始动摇。真可以爱信辉吗？要是不爱的话，那她的心岂不是又要变回去了？

她现在不得不承认自己之前一直不愿承认的东西。自从知道自己爱上信辉之后，她的心不再那么坚硬和冰冷。开始变得柔软、开始变得鲜活，甚至开始变得多彩。这种感觉很好，她不想变回去，更不甘心变回去。所以，即便心里动摇了，她依然准备努力一下看看。

第二十四章

伤心人

第二天玉蝶和王慈就来到她身边侍候。光听名字，就知道他们分别是玉钗和王德的亲属，是信辉亲信中的亲信。对此杨真并没有感到如何荣幸。他们固然是来保护她照顾她的，但也是来监视她的，大概还要防止她溜到下人那里打听安信郡主的事情。一想到这里杨真的心里就像有毒虫在钻，不仅仅是嫉妒心使然，她同时还挺愤怒。他以为她一得自由就会因为争风吃醋要弄心机吗？她现在最想做的可是揪出下毒的幕后黑手！她最在意的可是他的安全！

虽然心里很愤怒，但她表面上依然不动声色。她瞟了一下玉蝶一眼，在心里冷笑了一下。不是不让她出去打听吗？她不需要打听。她直接问玉蝶有关安信郡主的事情就是了。即便她不说实话，她也可以从玉蝶和王慈的反应来汲取信息。这和她不把吃醋放第一位的自白不矛盾吗？不矛盾。因为她仔细想了那则谣言，那则谣言其实也算是一种猜测，只是未经查实就为了某种目的散布出来了而已。其实仔细想想，雅琪的这个推断很有道理。杨真自己是女人，正在处于嫉妒之中，也看过很多嫉妒成狂的女人。虽然她不会因为嫉妒而伤害信辉的性命，但是她知道，一个女人，如果得不到自己深爱的男人，又只能眼睁睁地看着他娶妻纳妾的时候，可能想要杀死他，不仅仅是因为恨，同时也因为只有杀死他才能完全拥有他。所以她怀疑安信郡主真是对信辉下毒的幕后黑手。当然了，这也许是女人的嫉妒心使然，想要找个消灭情敌的理由。不过是不是想当然，也只有确认后才知道。

她不动声色地朝玉蝶一瞥，真的是不动声色，脸上的每一寸皮肤都很淡定，“这次雅琪夫人竟然传安信郡主的流言，真是胆大包天啊。”

玉蝶一听她提到安信郡主便紧张起来，偷眼看她，见她一脸淡定，像是不经意问起。她要是不接话，倒显得其中有什么问题一样，只好犹疑地应了一声，“是。”

“不过信辉大人一定不会怀疑安信郡主的。安信郡主对信辉大人如此痴情，即便是我，听了也不禁心头酸楚。她如此爱慕信辉大人，自然不会下此毒手了。”杨真一边说，一边从眼角审视玉蝶的表情。玉蝶听到她说“安信郡主痴情”的时候一副心有戚戚焉的样子，但听到她说“安信郡主绝不会对信辉下毒”的时候却是眼珠一转，接着竟微微有些惊恐的样子。

杨真顿时心头一紧：眼珠一转是代表否定，表现惊恐证明想起了什么事情……难道安信郡主之前对信辉下过什么毒手？即便如此信辉还相信她？难道信辉这次已经猜到下毒的人是她，还愿意担待下来？既然如此还查个什么？难道他只是想查出自己身边还有哪些人在帮安信郡主办事？即便查出，也只打算清除门内贼，而不追究门外贼头吗？

想到这里她又醋意大动，几乎不能正常思考。她强迫自己冷静下来，又是感慨地一笑，“我知道，信辉大人一定觉得我对安信郡主有敌意，其实怎么会呢？安信郡主对信辉大人如此痴心，简直算是一位奇女子，我崇拜她都来不及。我虽然没有看过安信郡主，但在我看来，她一定长得超凡脱俗，美貌动人，如果有机会，我真想去拜见一下她呢。”她说这话的时候依然在注意玉蝶的表情。玉蝶在听到她说“崇拜安信郡主”的时候眼珠一转，这是否定，代表她不相信，这是当然的；听到她说“安信郡主美貌”的时候露出了些许不忍，这恐怕代表安信郡主因为求爱不得，已经气恼成疾，形容枯槁；听到她说“要去拜见安信郡主”的时候则露出了惊慌的神色，这十有八九代表安信郡主现在心情依旧愤懑，恐怕依旧歇斯底里，见人不得，或是已经对信辉的女人们恨入骨髓，一旦和她们见面就会做出失控的事情。想到这个后杨真反而更想看看安信郡主的样子，好不容易才压制住这股冲动。今天已经不能再继续问玉蝶了。再问下去说不定玉蝶就会觉出她是在通过品度玉蝶的表情获得信息。要是她向信辉禀报，就不好了。

但即便如此，她还是不甘心就此结束。毕竟她只算是验证了谣言的内容，和获得一个“信辉对安信郡主做什么都愿意担待”的猜测。这个猜测让她心里如被蚁噬，忍不住又说了一句，“总而言之，说安信郡主对信辉大人下毒那是绝对不可能的事情。相信你们也这么想吧？”

玉蝶一怔，就露出了心虚和恐惧的神情，比刚才要明显得多。杨真一激灵，接着心里立即翻江倒海：难不成他们都怀疑是安信郡主找人下毒？还是信辉已经查出什么来了？

想到这一点后杨真更想查清楚一切，但现在是非常时刻，又被很多人看着，根本不能行动。为了平复躁动的心情，她又坐在花园里绣花。就在这时，听到东面骚动了一下，但很快就平息了。她一激灵，不小心用针在指尖上刺出了一粒血珠：这是发生了什么事吗？

之后杨真就感到府里的气氛不一样了，虽然很多事务还是一应如常。杨真开始不动声色地清点府中的人，却发现自己根本无法得知府中有多少人。以信辉的身份，身边总会有几个不见阳光的人。

对此她还是迷茫，但还是很快便得到了线索。第二天在吃饭的时候，她发现所有的蔬菜都有了些许的变化，没有以前肥壮，口感也不如之前爽口。她问丫鬟，才知道定时来府中送蔬菜的庄头被换了。所谓庄头，就是信辉拥有的田庄的负责人。这位庄头是信辉最好的田庄的庄头，每天都会从农庄出产的蔬菜中挑出最好的蔬菜，送来给信辉享用。他每天五更天送来早饭和午饭用的蔬菜，下午的时候则送来晚饭用的蔬菜，这些事情杨真都是知道的。现在听到庄头被换，她立即想起昨天她听到骚动的时间正好是庄头下午送菜来的时间。

她眼帘一垂，默默地夹了片青菜放进嘴里。她明白了。这个庄头就是和孙泰接头并为他提供帮助的人，也是信辉要查的人。既然找到了他，就可以顺藤摸瓜，查出府里哪些人是孙泰的同党。现在府中气氛缓和，证明信辉已经确认府中没有孙泰的余党，或者有，但已经被抓到了。供应蔬菜的田庄被换，则证明信辉认为田庄里还有孙泰的余党，要对田庄进行彻查。她仅凭一点点迹象就能推知发生了什么事，就算是信辉，恐怕也会为之惊叹吧。不过此时她一点都没有感到自豪。因为即便她有这种本事，也没法窥知更多有关安信郡主的事情。

既然府里不再戒严，杨真就可以出去逛逛，她也必须出去逛逛。彻查安信郡主的冲动越来越强烈，她知道这样下去她迟早会失去冷静，必须出去逛逛，平复一下心情。她要出门，王慈和玉蝶自然要跟随。王慈请她坐轿子，她却坚持步行，不活动血脉，不呼吸新鲜空气的话，心情是平复不了的。再说她只是想在附近逛逛而已。

这里虽然算是城郊，但也是人来人往。杨真慢慢地在铺满青草的泥地上走着，一边走一边深深地吸着含有绿色香气的空气。就在这时，她看到不远处的柳树下有一个代写书信的摊子。摊主戴着斗笠，还把斗笠压得低低的。杨真第一眼看到他就觉得他挺奇怪，慢慢地走近，发现的疑点越来越多。首先，作为一个代写书信的落魄人，他的衣服过于光鲜。其次，他一点都不招徕生意，似乎对过往的行人也视而不见，正呆怔怔地朝信辉府邸的方向看。

那人把头转了过来，发现了杨真，竟猛地坐直了身子。杨真一惊，仔细看他斗笠下的眉眼，顿时惊得险些趔趄：他是柏杨！

只用一瞬间的功夫，杨真就都明白了，原来柏杨还没法对她忘情。何止是不能忘情，简直是相思成狂，天天守在信辉府外，就是为了见她一面。他怕引人怀疑，就假装成代写书信的人。

杨真心头一麻，接着五味杂陈。首先，她为柏杨的痴情感到震惊、感动，也有些愧疚，但也感到麻烦。不管他对她如何痴情，她爱的人不是他。他继续纠缠下去，一定会给她带来很多困扰。其次，她为他感到担忧。信辉是一个嫉妒心很强的人，对他来说，恐怕想一想他的女人都是死罪。柏杨要是被他发现了，十有八九会吃不了兜着走。想到信辉的时候她忽然心头一酸，接着心头便狂风乍起，波澜杂乱：为什么信辉不能像柏杨这样对她呢？

这许多感觉一起袭来，使她心头陡然乱成一团。她深吸了一口气，把乱七八糟的感觉全部咽下去，佯装无事地朝柏杨走去。她对柏杨无恶意，不希望他出事，也不希望他纠缠不休令自己出事。她要想办法劝说柏杨，至少让他回家。当然了，当着王慈和玉蝶的面儿，她不能直接劝，得想个迂回的方法，还得装作不认识柏杨。柏杨虽然可能不够机灵，但应该不是白痴，看到有信辉府里的人跟着，应该也会装作不认识她吧？

柏杨看到她后很激动，但还是勉强压住了情绪，装作不认识她，对她笑道："夫人要代写书信吗？"

"不。"杨真微笑着摇头，正在思忖该如何隐晦地和他对话，柏杨却抢先提出了办法，"小人其实还会测字，夫人要不要测一个？”

“还会测字？”杨真从心里笑了，“这不错。那我就测一个字。”微微思忖了一下，提笔在纸上写了一个“真”字，“就测这个字吧。”

柏杨假装专注地看了“真”字一会儿，再开口的时候声音已经有些嘶哑，“这个字表明夫人你现在身不由己，心情苦闷，希望得到解脱，却一直找不到办法，不过你不用担心，”说到最后声音已经无法控制地颤抖，“解脱的方法总会来的，只要你耐心等待就可以，在那之前一定要照顾好自己。”

杨真听他竟然有带她私奔的意思，赶紧说，“你是如何得知的呢？”

“一目了然。”杨真否定他的话让他有些激动，煞有介事地指着“真”字说，“首先，你‘真’字头上的一撇写得不够长，就证明你心里非常苦闷，就像被按在水里出不得一样。你‘真’字里的两横写得过短，就是证明你心头郁闷，如被卡物，又是心头迷茫，空白一片。”

杨真没想到他竟然能拿着这个字生造出这么多理论来，不禁哭笑不得，同时也感到他的执着非同小可，只好盯着他的眼睛说：“先生，其实，有时候眼睛看到的，未必是实情。”

柏杨一愣，正要说话，忽然看向杨真身后的方向。杨真赶紧朝身后一瞥，顿时心头一紧：糟了，信辉竟然在这个当口来了，不是来抓柏杨的吧？

她赶紧使眼色叫柏杨低头，自己则微笑着朝信辉迎过去。信辉骑着他的大宛良马，带着几个随从一脸喜气地朝她走过来，不像是来抓人问罪的。杨真稍微放了点心，赶紧朝他行礼。

“拘什么礼啊。”信辉微笑着下马，把她扶起来，然后拦住她的腰，“今天出来逛啦，是因为心里烦闷吗？”

“不是。只是想出来活动一下筋骨。”杨真之前还为信辉对她的感情是否笃实而疑惑忧伤，此时看到他亲昵的样子，心里竟甜得像融化了一样，一时间什么都忘了，“大人办完公务了？累不累？”

“还好吧。”信辉把杨真抱上马，自己坐在她身后，用牵着缰绳的双臂环绕着她，“忙了半日我也闷了，我带你去逛逛。”说着神秘而又调皮地一笑，“我可是知道很多好玩的地方？”

“嗯。”杨真幸福地一笑，忽然省悟自己这一笑一定十分甜蜜，不由自主地慌张而又心虚地朝柏杨看了一眼。柏杨侧着身低着头，但从他的姿态可以看出他一定在偷看她，肩膀微微颤抖，一定非常惊诧和痛苦。

杨真心里黯然：他一定觉得受到了背叛吧。自己心爱着、一直被认为是品性高洁的女人竟然爱上了“霸占”她的男人。他一定会很生气，甚至会对她很鄙夷。不过这样也好，这样他就不会再痴恋她了吧。

杨真不再看他，甜甜蜜蜜地和信辉去了。她这样既是自然反应，也是做给柏杨看的，想进一步让他断念。殊不知对于痴恋中的男人来说，就算把真相放到他面前，他也看不懂。柏杨乍一看到杨真和信辉甜蜜的样子的时候很震惊和怀疑，但看到杨真那心虚和慌张的表情后，他竟然认为杨真是因为“不得不在他面前心口不一、强颜欢笑”才会心虚和慌张，甚至还从里面品出了不存在的求救信号。他目不转睛地看着杨真和信辉远去，在原地跺脚了半天后才恨恨地离去，结果在路上碰到了燕如飞。

看到燕如飞的时候他立即定住，接着呆木无言。燕如飞也站住看着他，两人就这样一声不吭地对立了好久。燕如飞的脸颊消瘦，眼下挂着黑眼圈，往日的神采已经不复存在，甚至身体都佝偻了。他听到杨真和信辉在一起后大受打击，之后竟感染了当地的疫病，绵延成一场大病。其实他武艺高强，内力深厚，已经算是百病不侵，之所以会感染疫病，完全是因为心里伤痛，内息不调。地方官怕他在当地病死，便请示上级，是否叫他回京养病。信辉已经把杨真弄到手，对他已经不那么忌恨，便大笔一挥允了。燕如飞回京又调养了数日，依然没有完全痊愈，只能勉强出门走走罢了，没想到不知不觉就走到了信辉家门外。

柏杨知道他也恋慕杨真后，便和他闹翻了。虽然知道燕如飞没对杨真做什么，但就是觉得遭到了背叛。他当时发誓一辈子都不再见燕如飞，即使不小心见着了，也要大声痛骂他。然而此时和燕如飞再见面，心里却有种说不出的滋味，不仅不想骂他，甚至还有几分同命相怜的感觉。

“你来看她的？”燕如飞低声问他，声音就像风中的朽叶。

“是。”柏杨的声音则像朽叶沾上了苦露，“我……终于看到她了。”

“是吗？”燕如飞耸然动容，“她怎样？”

“不好。”柏杨的声音变得像从喉咙里拧出来的苦汁。“她在强颜欢笑，看起来很痛苦。”

“什么？”燕如飞剧烈地颤抖起来，眼中几乎要滴出血泪。

第二十五章
祸起枕席

此时信辉正带着杨真往山中去。山里虽然草木繁茂，但也没有什么新奇悦目之处，不管再往里走多深，恐怕也只能看到“荒山野岭”。杨真不知道信辉要带她看什么，对此也不再抱有什么期待，但依然甜笑着，装出一副很期待的样子，并决定哪怕信辉让她看乱葬岗也要做出很开心的样子。

世上的事经常是“山穷水尽疑无路，柳暗花明又一村”。信辉策马绕过一处平平无奇的山坡，眼前竟然出现了一大片长满鲜花的草地。这些花朵通体嫣红，大如海碗，既像玫瑰，又像牡丹，不知是什么花朵。草地一直到那边山崖为止，环拱着一个池塘。这个池塘形如蝴蝶，水碧如玉，上面一线瀑布雪流一般流下，池塘却不漫溢，看来底下还有孔窍通往别处。瀑边山石盘根错节，堆积而上，真是鬼斧神工，颇有几分惊人骇目的气象。

信辉把杨真抱下马，带她到池塘边坐着，微笑着搂紧她的腰，“这不比园子里好玩多了？”

“是啊。”杨真又是惊骇又是欣喜，也因此更加迷醉，甚至都有些忘我。“这花真是美丽，叫什么名字？”

“我也不知道。”信辉摘了一朵鲜花，插在杨真的鬓边，“不过很配你。”盯着她端详了一会儿，魅惑地一笑，“也只有你配得上它。”

杨真的心里顿时甜得像被灌满了蜜糖，却又忽然恍惚起来，不敢相信信辉真会对她这么好，露出了些许迷惑的神色。信辉发现了，不由得皱眉一笑。“你这是干嘛啊。搞得我像是虚情假意，马上就要干什么坏事一样。”

“啊！”杨真立即红了脸，又是羞惭又是惊慌，“妾身只是受宠若惊，觉得自己不配让大人如此宠爱。”

“这种客套话就别说了。”信辉把杨真揽入怀中，让她的头靠到他的肩上，几乎把嘴唇贴到她额头上，轻轻地说：“你该不会以为，我只是把你当作小猫小狗，寻开心时才逗你几下，之后就把你甩到一边？还是以为我只是把你当作玩具，高兴了才抓过来玩一玩？我看起来像那样的人吗？”

杨真只有尴尬苦笑。说真的，信辉说的每一句话都是她心中所想，而且他真的很像那样的人。

信辉知道她的想法，笑得有些尴尬。杨真怕他生气，心打鼓般地跳了起来。还好信辉没有计较，笑了一笑后便转过话锋，把她搂得更紧了些，“你知道我为什么要在这个地方建房子吗？小时候，我是个很顽皮的孩子，什么都喜欢看，就是不喜欢读书。我爹怕我这样下去玩毁了，就天天逼着我读书。他怕我会被京城中的繁华所吸引，就在这附近建了个书斋，把我撂在那里，还拨了几个亲近侍从，在这里看着我读书。我哪受得了那个闷，经常通过各种花招偷跑出来，在这附近玩，这里自然也没什么好玩的，只不过是采采花，抓个蟋蟀什么的。但就算只是采花捉蟋蟀，也要玩一玩。这个地方，就是我那时到处乱钻的时候发现的，当时真觉得进入了人间仙境，即使在这里呆坐着，也是很开心的。后来长大了，见识了很多新鲜好玩的东西，但依然觉得这里好。所以我想在这里建房子，当我在朝堂上被那些尔虞我诈的事情烦得透顶的时候，经常会来这里坐坐。”

杨真听他口气，竟是说他在把自己心中最宝贝、最美好的东西跟她分享，不禁喜得全身发热。因此忍不住想了解他更多，忍不住问：“这么说，那个书斋也在附近了？”

“是啊。”信辉微笑着，目光似乎看到了很远的时空，“现在已经荒废了吧。哈哈，说起来，那里也算是我的伤心地呢，不知多少次被家奴们堵在屋里，满头大汗，膝盖乱跳地读书。”

他说得很幽默，杨真也忍不住笑了，赶紧劝他，“父亲大人那也是为你好……”忽然想起她身为妾室，是不可以直接称呼信辉父亲为父亲大人的，赶紧住了口。

信辉却没有在意，继续说：“我也知道父亲是为我好。但是当时孩童心性，就算心里明白，也无法全心全意地读书，对他也不免有所怨恨，后来我总算成才了，他却忽然得急病去世了，太突然以至于我都来不及和他享受父子天伦，更别提报答他了。”信辉的语气忽然由晴空万里变成山雨欲来，杨真也不由自主地紧张和怀疑起来，“父亲大人竟然如此不幸，他得的是什么病？”

“好像只是小病。”信辉的语气由山雨欲来变成雷雨交加，甚至还有下冰雹的意思，“也许根本不是病的事情，他其实一直都不爽快。”

杨真紧张得全身紧绷：听他的意思，似乎是说他父亲之死另有隐情，又似乎是说他父亲死于心情郁结，这样说就似乎有对她透漏家庭隐秘的意思，一时间她紧张到难以言喻。

信辉却在这个时候停止了说话，语气也很快转回晴空万里，又跟她说起其他趣事来了。杨真赶紧陪笑着应和，心里却已经无法如之前那么顺畅。

因为白天玩得还算顺心畅意，信辉晚上睡得很香，杨真却总是想着白天的事情，一直闭着眼睛假寐。她也不知道为什么要想，眼前总是闪过白天的画面，似乎是在为信辉的柔情蜜意而兴奋，又似乎在感到可惜，她感觉，信辉白天差一点就向她透漏身世的隐秘。如果信辉能向她透露心中的隐秘，就证明他把她当成了最亲近的人，可惜信辉最后还是没有说。她的感觉不亚于即将登上山顶却一脚滑下，心里郁愤到极点。

其实她也知道，期望信辉对她说这些无异于痴人说梦，但是她就是忍不住幻想。她真的很想成为他心中最重要的人！

就在这时，杨真忽然听到有人轻轻走进房来。她害怕来了刺客或是别的，正要转身叫醒信辉，却听到王德的声音在轻轻呼唤，“大人，大人！”

信辉虽然在熟睡中，但依然警醒，立即醒了过来，披起衣服走出帐外，“怎么了？”

杨真知道这个时间叫醒信辉一定是重要的事情，赶紧闭紧眼睛假寐，却竖起耳朵听外面的动静。

王德似乎在对信辉悄悄耳语。之后信辉一声长叹，声音稍微大些，“真的是病入膏肓了吗？真是可惜，她陪伴我长大，对我来说她等于半个娘，我是无论如何都不会伤害她的，她就是不信，竟然吓出这场病。唉，之前自己跑出去，再被弄回来，惊吓劳顿，身体肯定也被损了些。这样吧，你多请几个大夫来给她治，最好能把她救回来。”

信辉一来是觉得杨真已经睡着了，二来觉得自己说得很隐秘，觉得即使杨真没睡，听了去，也不知道他在说什么，所以才敢在这里说。而杨真偏偏是知道内情的。听到他这样说话，不由得吓得全身僵木，心却几乎要撞破胸腔跳出来。天哪，信辉所说的这个人，显然是白如霜！白如霜竟然已经被抓到了！天哪，她竟然想当然地以为信辉没有抓到白如霜，还在这里高枕无忧！

在这一瞬间，她心里的柔情蜜意、幻想期望一扫而空，陡然清醒到极点。不管信辉多宠爱她，知道她已经洞悉了他的身世隐秘后，一定也不会另眼相看。被关在哪里幽禁一生，恐怕已是她最好的结果。说不定信辉知道实情后会立即杀掉她灭口。一想到灭口后她顿时骨髓都冷了，似乎感到了利刃加颈的痛感。

要是旁人，此时恐怕就会久久地陷入狂乱，而杨真是在宫里久经历练的人，很快便冷静了下来，开始思谋对策。从信辉之前对她的态度来看，白如霜应该没有供出她。不过她现在不供出她不等于以后不供出她。虽然白如霜已经病入膏肓，但也有可能被救回来。就算注定要死，如果白如霜回光返照的时候觉得自己该把所有的事情都说来，杨真依然会完蛋。所以唯一的方法，只有想办法让她什么话都留不下来，尽快死去……

想到这里杨真心里忽然一阵翻涌，下意识地抿紧了嘴唇。其实，她是最不情愿杀人的。更何况白如霜没有对不起她，至今还在为她保守秘密。不。她咬紧了牙关，警告自己不要心慈手软。白如霜为她保守秘密，只是因为不知道她是信辉的妾侍罢了，想来她一被信辉抓住就与世隔绝，一定不知道信辉纳妾的事情。如果知道了，难保不会说，像白如霜这种忠奴，心理最是矛盾。一方面害怕主人迫害，对主人疑忌；一方面又怕主人遭到其他人伤害。她救过她，还知道信辉的隐秘。白如霜要是知道她已经是信辉的妾侍，说不定会担心她对信辉不利，十有八九会把她供出来。另外，如果白如霜发现她是信辉的妾侍，说不定会以为是她告密导致她被抓，会把这个当作真相跟信辉说起，事情照样会完全暴露。所以她绝对不可以对白如霜心慈手软！在这世上，有什么比保住自己的性命更重要呢？

想到这里杨真心里忽然“咯噔”一下，接着心里漫起难以言喻的酸楚。当然了，她还要保住自己的爱情。即便那爱情不是多稳固，她依然想保住。

要想把白如霜灭口，首先得知道她在什么地方，以及如何接近她。但是信辉不让她乱打听人的消息，还命人看着她。可这个难不倒杨真。信辉不是不让她问别人吗？她就直接问他。

即便现在暗流涌动，信辉依然有不少时间陪她，这天就陪着她在亭子里赏花。亭子构造精巧，装饰古雅，外面花树堆霞，风一吹就有花瓣红雨般落下，在这里赏花，的确很享受。

杨真却没有一点心情享受。她现在要做的，是想尽一切方法套信辉的话。但是信辉心思机敏，又久经历练，要套他的话可不是什么容易的事情。她已经陪信辉在这里坐了一段时间，依然没有想出法子。然而就在她苦恼焦急的时候，一个丫鬟用托盘托了两盏碗茶来。杨真立即有了点子，去拿茶的时候假装无意，把手镯在桌边上一磕，然后佯装紧张地看着手镯。

"你干嘛啊。"信辉笑了，"镯子要是磕破了，扔掉就是了。这种东西你想要多少我就能给你多少。"

杨真假装尴尬地一笑，"它毕竟是玉做的啊，大人别见怪，其实妾身小时贫苦，对所有的东西都比较珍惜，有点小家子气了。"说着佯装忽然想起了久远的往事。"妾身小的时候，父亲的生意还没有做出名堂，家里并没有多少闲钱。但是生意场的人，面子总是要的。父亲便花大价钱，给我们母女都做了名贵的服饰。我娘和姐妹们因为没穿过这样的衣服，在家里也穿着不离身。我也很喜欢这些衣服，但怕穿破了，所以就小心翼翼地收着，只到节庆或是出场子的时候才穿。结果就我的衣服好好的，娘和姐妹们的衣服都穿破了。我爹夸我最懂事，最能顾全大局，他又怎么能知道我其实只是比其他人吝啬呢？"

"你这是过谦了。"信辉从心底笑了出来。他笑并不是因为杨真讲得幽默，而是因为他想起当初囚禁杨甲，由此知道了她的喜好和童年的种种事情。现在再听她主动谈起此事，那感觉可是相当的奇妙。

杨真不动声色地瞟着他，心里有种隐隐的痛楚。她可不是随意和信辉谈起她的童年往事的。她的目的就是也引信辉谈起他的童年。听昨天信辉说，白如霜是陪伴他长大的。那么他聊起童年必然会提起白如霜。如果他有所提及，她就可以诱引他提起现在的白如霜，再由此获得蛛丝马迹。这个方法讲起来容易，但施行起来有些难度，更何况她现在心里还像被粗石磨砺般一样糙痛。爱侣微笑对谈，一起畅谈童年的趣事，那是何等的美事，她却利用它来套话，进而杀人，是多么令人痛心和嗟叹的事情。但是现在形势紧迫，由不得她多愁善感。

她暗暗提了口气，面上却笑得依旧甜蜜无比，“可能就是因为我比较吝啬吧，大家都叫我‘小大人’，我信以为真，便自我感觉良好地和二娘一起管家里的杂事。我二娘，她人比较苦命。当初我爹娶她进门，就是想叫她生个儿子。没想到她进门后反而不能生，倒是我娘一个接一个地生了下去，临老了，还生了我的四妹。虽然我娘生的都是女儿，但依然让我二娘很尴尬。我爹也因此冷落了她，打发她去管杂事。我娘和姐妹们也都不理她，我和她相处得倒好。因为她人其实不坏，说话做事也挺有趣味。现在想起来，相比要分心辅助我爹管理家事，照顾家里其他人的娘来说，倒是我二娘陪我陪得久些。”说完就不动声色地瞄着信辉。

信辉果然有所感触，沉着嗓子说，“是啊。说起童年，总会想起一两个特别亲近的人，我娘是公主，因此不能一直陪着我，也许你觉得不可理解。皇家的规矩很是繁复，我娘虽然没有什么事情做，整天闲坐着，也不可以天天陪着我，只能指定心腹侍女天天照顾我。被选定照顾我的，就是雪华姑姑。”

杨真立即省悟这才是白如霜的真名，心头微微一动。原来“白如霜”这个化名还是和她的本名有点联系的。

信辉并没有发现她心里的小波动，继续说：“我小时候是顽童一名，贪玩，也不愿听她的话。还好雪华姑姑又耐心又聪明，还是把我管住了。现在想来，她可以算得上是陪我最多的人，也算得上是我最亲近的人。”

“哦。”杨真感到自己马上就能诱引他提起雪华的现状，心里一阵窃喜，却又猛然感到心头一阵刺痛：信辉和雪华如此亲近，却又不得不因为身世隐秘而猜疑她，并施以监禁。从信辉昨天的语气来看，他对这件事是非常遗憾的。生于皇家，无奈至斯。

杨真再度提醒自己不可以多愁善感，又悄悄地提了口气。微微一笑，“那这位姑姑现在身在何处？她对您这么好，我也想和她亲近亲近。”

信辉脸色一暗，声音也艰涩起来，“她现在身体不好，正在病着，而且病得很重。”

“啊！”杨真佯装惊诧和关心，“那您要好好为她治病，闲暇时也多看看她！”

“嗯。”信辉的表情更沉重，重重地点了点头。

杨真端详着他，小心翼翼地说：“大人，请恕妾身无礼，妾身知道大人是挤出时间来陪我的，大人何不利用这个时间，多去看看那位姑姑呢？听大人口气，那位姑姑似乎病得不轻，如果哪天不在了，大人却没来及好好陪她，岂不是会留下终生的遗憾？妾身一直在这里，少见大人一面两面，没有关系的。”

信辉感到这话很有理，点头答允，但没有立即去，还是陪杨真赏完了花。从第二天开始他就频频探望雪华。杨真就是想叫他频频去看雪华。这样他的衣服和随身用品上总会沾染到，那里的蛛丝马迹。这些东西别人也许看不到，但是她能看得到，也知道该如何利用。

第二十六章
如临绝壁

蛛丝马迹很快就来。这天信辉回来后，杨真发现他肩上和头发上沾了不少洋槐花粉。这就代表他至少是经过了一大片洋槐花林。于是杨真就假说她要按照某个方子配些保养药，叫秋霜去为她收集花料，尤其嘱咐她要注意洋槐花，并要准确告诉她洋槐花所在的地点。这话她是当着玉蝶说的，她应该听不出什么蹊跷。但是相信秋霜一定能听出她的弦外之音，并且加紧去办。秋霜果然不辱使命，很快就告诉她，在离这里五里外的山坳里，有好大一片洋槐花林。在洋槐花林的附近，有一处房舍，戒备森严，她没敢靠近，远远地看一眼就回来了。

听到这话时杨真并没有什么明显的反应，只是微微点了点头，心里却猛地紧绷起来：是了。那个房舍就是软禁雪华的地方。因为雪华对信辉来说事关重大，所以他一定不会让她所处的地方离他太远。之后她就想着该如何接近这个地点，再将雪华灭口，但完成这件事阻碍极大。要想将雪华灭口，十有八九要下毒。既然要下毒，就要混进房舍。听秋霜说，即使只是接近房舍都是挺困难的事情。就算秋霜能混进去，她也不认为她能完成下毒的任务。而她自己又出不去，她对此焦头烂额的时候，便在宅院里一圈一圈地逛。玉蝶则寸步不离她左右。杨真的理由是她最近消化不畅，需要多走几遍顺气活血。在外面走容易遇上杂七杂八的人，在宅院里走省点心。玉蝶虽然觉得她有点奇怪，但她的理由无懈可击。即便如此，她依然觉得不能让杨真放开了走，依然跟着她。

因为有玉蝶相随，杨真无法全神思考，自然也想不出对策，依旧焦头烂额。就在这时，她忽然发现厨房外放着一个红底金漆三层食盒，盒盖上沾着点洋槐花粉。杨真顿时心头一振，走过去打开食盒，发现里面有几个空盘子，盘子里还有些甜点的残渣。是了，肯定是信辉见雪华病得重，叫这里的大厨专门做糕点和饭食给她送去。这个食盒就是拿来装它们的，用过了还没洗。她用指头捻起残渣看了看，发现这应该是一种以各种水果汁和糯米粉做成的米糕。玉蝶自然知道这些是送给谁的，见杨真对它们特别感兴趣，不由得有些不安，“夫人，这些东西脏。”

“我只是看看。”杨真假装不以为意，“上次的事情还清清楚楚地印在我的脑子里呢。”说着不动声色地把些残渣藏进了手心里。之后她说着闲话从食盒边走开，再趁玉蝶不注意，把糕点粉末塞进戒指镂空的花纹里。

杨真借“依旧对厨房不放心”为名，走到厨房里看了看，发现厨房的小灶边放着一小筐水果，灶上放着一小箩糯米，便知道厨师又在做这糕点，这糕点必是雪华爱吃之物，并且是每天必备的。因此她得想法子在糕点里下毒。重病之人饭量很少，会吃什么不好预料，但是爱吃之物她多少必吃上一点，在这里下毒最为保险。

回到自己屋里之后，杨真就假说自己倦了，想要躺一会儿，把玉蝶支了出去，然后悄悄地研究这些糕点粉末。这些糕点粉末颜色极浅，味道酸中带甘。想要下毒，必须要用无色无味的东西。要说无色无味的毒物，砒霜最为适合。但是砒霜毒性太烈，而且中毒表征明显，也极容易被验出来，其实只要下毒，都会被验出来的。杨真过于小心，想让雪华看起来是自然病死，但这样几乎不可能。想到这里杨真不禁又焦头烂额起来，信辉偏偏又在这时候回来了，慌得她赶紧起来迎接他。

信辉今天的脸色有些发青。杨真以为是雪华药石罔效，不禁生出一丝期盼：若是如此，她就少做点孽，小心翼翼地问他，“大人……雪华姑姑怎么样？”

“还好。”信辉眉头一舒，说的竟然和杨真的期盼完全相反，“今天虽然很凶险，但还是挺过来了。大夫说只要挺过来了，就有五分转好的希望。不过也说怕是回光返照，叫我不要抱太大希望。”

杨真心头一沉，几乎要站不住，但脸上却得装作无事。这一瞬间她苦恼之极：没有办法，看来天命如此，只有对雪华痛下杀手了。可是又该如何痛下杀手呢？

可能是因为今天忧心太过，信辉用手指按压眉心。杨真忽然发现他的袖子上有一块脏污，立即心念一动，赶紧命婢女帮信辉换掉衣服，自己则偷偷拿着那个衣服仔细看。

这块脏污应该是药剂。也许信辉对雪华特别在意，亲自给她喂药，所以沾上的。她对着那块污迹一闻，仓促间闻不出是什么药方，但是闻出里面有肉桂。接着婢女便过来，要衣服去洗了。

杨真不慌不忙地把衣服交给婢女，嘴边浮起一丝隐晦的笑容，她已经有办法了。能够不用毒就让雪华死去，而且会被当成是自然病死！

在中医用药的时候，有一个禁忌中的禁忌，那就是“十八反”。简而言之，就是有些药物相冲，决不可用入一味，否则病人必死。而这些药都是治病救人的药，即使相冲导致病人死亡，用银针也验不出什么。杨真记得在“十八反”中，肉桂和石脂相冲。石脂粉大多呈黄白色，味道或甘或酸，也不明显，正好可以将它下到糕点里。这样即使信辉命人对糕点验毒，也验不出所以然。之后雪华将石脂吃下肚子，哪怕只有一点，都会和她喝的药中的肉桂发生剧烈反应。以雪华的身体状况，必然毙命。

主意打定之后，杨真便找了个借口把秋霜叫了进来，假装和她谈点闲话，趁玉蝶不注意的时候塞给她一张字条。里面叫秋霜趁人不注意去买一包石脂，把它捻细了，再趁人不注意，放到雪华的糕点里。杨真知道这点事秋霜还是办得成的，而且会立即去办，她估摸雪华最迟会在明天晚上毙命。她就竖着耳朵等消息，没想到一直到第三天早上都没有动静。杨真感到十分迷惑：是雪华毙命信辉没说？不会。如果雪华毙命，信辉的表情里一定会有蛛丝马迹，绝不可能完全若无其事。那就是秋霜遇到了什么事，没有下成药？十有八九就是这样。杨真感到十分焦急，因为办事受挫十有八九是因为被抓住了。而秋霜今天也迟迟没有来应差。坐着瞎猜也不是办法，杨真便铤而走险，佯装无意地问玉蝶，秋霜去哪里了。玉蝶答说秋霜说今天头痛，告假了。杨真心头一沉：说“奴婢告假”，可是把她抓住关起来后的最常用的借口。杨真接着便要求去看秋霜，如果玉蝶阻止，那秋霜就肯定被抓起来了。

玉蝶却没有任何异议，还主动带杨真去。杨真很狐疑，连忙跟着玉蝶前去，结果发现秋霜好好地躺在床上，只是脸色有点苍白。虽然她的样子很像生病，但是绝没有这么巧的道理。杨真便请玉蝶去为秋霜请大夫，把她支开。

玉蝶肯定不会自己去请大夫，一定是到二门外叫其他人去请，很快还会回来，杨真和秋霜说话的时间不多。即便如此，杨真也发现自己不能直奔主题。不知为何，她觉得自己和秋霜的关系有一些不一样了。

“你……一切都顺利吗？”即使无人在旁，杨真对秋霜说话也很隐晦。

秋霜没有说话，却暗暗地咬起了牙关，腮边出现了两个小小的凹痕。

一看她这样，杨真立即明白了，淡淡一笑，笑容却甚冰寒，“你没有去，是不是？”

秋霜依旧没有说话，眼圈却开始发红。杨真感到很挫败和恼恨，大部分是恼恨自己。她怪自己度人不实，以及过于急躁，导致失策。即便如此，她也只是淡淡地说了一句，“这是我的错，不该叫你做你做不到的事情。”

“不是！”秋霜猛地翻身起来，“我不是做不到，也不是不顾你的恩情，只是我不想闷头受你的指使，你到底为什么要我这样做？和信辉大人有关吗？是不是很不好的事情？”

杨真眼珠一转，没有回答。

杨真的迟疑让秋霜以为自己认为的是真的，顿时愤懑到了极点，“你为什么要这样做？这样信辉大人会怎么看我？”

杨真立即听出最后一句话颇有玄机，忽然什么都明白了，语气和神情都冷淡到了极点，“你爱上他了，是吗？”

如果不是因为爱上他了，绝对不会首先在意他对她的态度。因为她爱上了他，才不愿意受杨真指使。一来是出于嫉妒，二来是怕自己会糊里糊涂丢掉自己在信辉那里的前程。

秋霜的脸陡然变得铁青，又涨得血红。

杨真冷冷一笑，然后深吸了一口气，这一点都不奇怪。秋霜也只是个普通的小闺女，长期和一个高高在上的，又十分英俊的男人处在一个宅院里，难免不会对他动什么想法。最关键的是，因为冉玉的关系，秋霜之前一定把信辉想得很坏，后来看到他对杨真很好——在外人看来，那的确是好到天上去了——这种前后感觉的误差会让她产生一种信辉非常好的错觉，也最易让她滋生爱意。不过即便她给秋霜找了这么多理由，她依然对秋霜是那么的排斥，觉得她简直不可原谅。于是她什么都没再说就拂袖而去。

秋霜叛变之后，她可用的就是胡丙了。但是此人在二门外，要与他见面已是不易，更别说办事了。再说他其人本性驽钝，巧活儿肯定做不来。要想再对雪华下药，要么得另外找人，要么得自己亲自动手。这两样从目前来看都几乎是不可能的事情。更糟的是，秋霜因为嫉妒而叛变，之后十有八九会成为她的死敌，以后她在信辉府中，等于四面都是绝壁。

杨真回到房中，呆坐了许久依然没有想出办法。她在心里叹了口气，准备起来倒杯茶喝，忽然看到信辉已经来到了她的身后，差点手足无措。

“大人……”杨真赶紧露出笑容，却发现信辉表情十分不对，笑容也顿时僵在脸上。

“你坐下。”信辉的声音低得就像从地底下发出来的。

杨真心里惊疑不定，但依然佯装无事，慢慢地坐下了。

信辉目不转睛地看着她，目光并不锋利，但似乎能刺到她的心里去，“那边的洋槐花有什么特异吗？”

杨真全身的血液都涌上了头顶，几乎要晕倒，但依然强装无事，“大人，什么洋槐花？”

“哈。”信辉冷笑了一下，几乎让她冷得心里发颤，“你不用狡赖了。我身边的人告诉我。有人在那边的洋槐花林看到秋霜。是你叫她去的吧。”

杨真感到心猛地坠向深渊，几乎是在等待审判，信辉接下来的话却让她的心暂时止跌。

“你是不是想打探雅琪的事情？”

听到这句话后杨真全身的血液又活络起来，大脑也开始高速运转。看来信辉还不知道她的目标是雪华，更不知道她和雪华间的内情。他误以为她是叫秋霜刺探雅琪的事情，是因为雅琪夫人也被软禁在那个院子里，虽然雅琪夫人也是罪人，但与雪华关在一处院子里，还是有点蹊跷，这是表示雅琪夫人和他出身的隐秘也有什么关系吗？

这一点很值得探究，但她现在没工夫管这些事情。信辉正用冰冷而又犀利的目光打量着她，让她几乎要窒息，“你为什么要打探雅琪的事情？是对她还有恨意，觉得我处罚得不够？还是怕她再对你不利？”

杨真一声不吭地听着，她知道自己现在不开口最好，却在信辉问她“是不是不安”的时候眨了一下眼睛。这样会让信辉以为她是因为不安才刺探雅琪，而且因为是他发现的，所以不会怀疑。

信辉果然如此认为，沉默着看了她一会儿，面色缓和了些许。杨真赶紧趁机喘口气，却听到他的声音依然冰冷，每一句都砸进她的心里去，“好吧。也许这样对你太严厉了，但你还是好好地给我听着。你既然在我身边，就要相信我。我不会让你受到任何伤害。你没有再用心计的必要。因此从此之后不要再耍弄心计。另外，这样的错你虽然还没犯，我也预先提醒你，在我身边，也不要太好奇，有很多人和事，是你不可以知道的，否则就会遇到很大的祸事。如果你遭遇了这种祸事，我恐怕也不会保护你。所以在我身边，一定要安分守己，不该看的不要看，不该听的不要听，明白了吗？”

“明白了。”杨真低低地应道，全身已经僵硬如同岩石。

信辉冷冷地盯了她一眼，转身离去。杨真呆呆地看着他离去，许久都无法动弹。信辉这话的意思，是说她要是知道了不该知道的事情，他也不会担待她，甚至会杀死她吧。这个不该知道的事情，就是雪华的事情和他的隐秘身世吧。可这些她早就知道了，那该怎么办呢？

杨真深深地吸了口气，感觉从头凉到脚，每一滴血液都结成了冰，心里更有种所有东西都被连根拔起的感觉，心头血淋淋的满是洞。她不知道自己该怎么办。当然了，信辉认定秋霜是被她派去刺探雅琪夫人的事情的，证明他并没有问秋霜情况，之后也不会再问。而秋霜那边，因为不知道杨真叫她下石脂做什么，肯定也不会告诉信辉此事。她知道杨真的厉害，知道如果在不知内情的情况下去告密，一定会被反咬一口。所以杨真认为自己暂时是没有危险的。但那也只是暂时而已。雪华那边没什么动静，证明她被救回来了。天知道她以后会不会忽然说起自己在庆喜岛的“奇遇”。那样信辉恐怕立即会照他所说的那样，把她杀了灭口！

第二十七章

爱人的心

第二天的午后。时间沉重得像被灌入了铅块。杨真的房里静悄悄的。玉蝶据说是被风吹了头，喝药睡着了。其实她即使不舒服也不愿轻易离开，但是不胜药力，坐在椅子上就睡着了。现在杨真也没有心思再耍什么花招，只是呆呆地坐在窗前，看着窗外黛染般的天空。老一辈的人说这种天气是“天边挂雨”，最是阴湿压抑，像极了她现在的心情。她已经无暇再顾及自己的爱情了，能保住自己的性命就已经不错了。看来现在想要保命，就得出逃，否则不知道哪天就会变生肘腋。但是正如她所知，她现在的处境如对绝壁，要出逃几乎是不可能的事情。

她深深地吸了一口气，感觉胸口已经滞涨如石，连口气似乎都吸不进去。她赶紧出门去散步：她绝对不可以垮掉！

在阴天里，即使是花木山石看起来都心怀叵测。杨真在花间走了一会儿，不知是精神过敏还是怎么的，感到有人跟在她身后。杨真心头一紧，佯装无疑地整理发鬓，忽然一回头，赫然看到一个黑影猛地缩往山石之后。

杨真的心猛地缩成了一团，接着猛地爆出鲜血：是信辉派来的人吗？难不成他已经认定她不可留，准备将她处理掉？

在这一瞬间杨真简直想要飞起逃窜，却站在原地没有动。如果信辉要杀她，她是怎么逃都没用的。她理智渐复，心想这样的命运绝不会来得如此之快，仔细回想刚才所见的身形，忽然想起一个人来，不仅心头大动，“燕捕头，是你吗？”

山石后面那人慢慢地转了出来，果然是燕如飞。他一脸的憔悴，一双眼睛就像深潭中颤动的星星，似乎有很多话要说。看到他后杨真的心里简直要翻江倒海，但表现得却极淡然，“你有什么事吗？”

见她如此燕如飞倒不知道该如何应对，半晌后期期艾艾地说：“我只是来看看你，我听说你过得不好，很担心。”然后忽然间情感爆发似的，三步并作两步地冲上来，一下抓住杨真的肩膀，“对不起！直到现在我还是这么窝囊，半天都说不出真心话！我不再窝囊了，我现在就跟你说！我喜欢你，我以前怕信辉大人，现在不怕了！我们一起逃走吧！”

杨真吓了一大跳，本能地想要挣脱，身体却僵木着一动不动。燕如飞盯着她的眼睛，眼中几乎要喷出火来，火焰却也是凝固的。

“那该怎么逃呢？”许久之后，杨真才开口，声音很低很沉，但是没有一点犹豫。

燕如飞没想到她会这么爽快便答应一起逃走，一时间竟久久说不出话来。杨真轻轻叹了口气，接着说：“想必你进来的时候也不是太顺利吧。你武功高强，可以飞檐走壁，但是我不行。就算你背着我出去，依然十分累赘，说不定两人都会被抓住。因此这件事还需要从长计议。这样吧，”她皱紧眉头想了想，“你还是好好地回官衙应差吧。我记得在官衙外面有一个糕饼店，你叫那里的老板为你收消息，要是有丫环模样的人来买八宝什锦糯米菱粉糕，那就表示我要约你见面，晚上三更，就在这里。不用担心，这种糕点茜香国没人会做，所以要是有人来买，只可能是我传的信息，不会有错，你回去慢慢等消息吧，这件事急促不得，得慢慢地想办法，我会想出办法的。”

燕如飞服服帖帖地应了，隐没在花丛里。自从杨真答应了他之后，他就觉得自己变成了一个牵线木偶。不过即便是牵线木偶，他也觉得幸福。

杨真怔怔地看着他离开，心头竟然有点恍惚。她感觉刚才的话几乎不是自己说出来的，但是既然说了，就变得十分坚定。她该抽身离开了。有权有势的男人身边本来就是漩涡，这是她一早就知道的。至于那段所谓的爱情，也只是一段自欺欺人的幻梦吧。

虽然打定主意要离开，但如何离开她可是无丝毫头绪。仔细想想，恐怕得先让信辉转移注意力。信辉现在对她的美色依然很感兴趣，一天到晚腻在她这里。他腻在这里，所有的精英随侍就会在这里随时待命。她作为他最宠的姬妾，也自然会成为所有人注意的焦点。如果信辉注意力转移了，比如说，爱上别的女人，想到这里她心头抽痛，却假装没感觉到，那样的话恐怕没人再会着意看管她。在她逃走后，信辉恐怕也不会着力寻找一个自己根本不再宠爱的女人。

看来就得让他尽快爱上别人。杨真开始物色人选，却发现脑子和心里都像被塞上石头，根本动不得念，还痛得难过。看来心念也不是随意转的，就像拆骨时总会连着肉一样。正在这时玉蝶慌慌张张地找了来。杨真赶紧装作什么事都没发生一样，微笑着迎了过去。

原来是信辉回来了，但是没有直接来找她，一听这个杨真就感觉不对，听到玉蝶之后的话更是脑中一晕。原来是杨眉来了。

杨真急急地赶到厅上，发现杨眉正打扮得花枝招展，坐在信辉的身边。信辉也对她颇为亲昵的样子。见杨真来了，信辉便跟她说明情况。原来是杨甲要给杨眉许配人家，杨眉不愿意这么就离开家，和父母吵翻了，从家里跑了出来。她本来是想到杨真这里寻求安慰的，结果进门的时候正好遇上信辉。信辉见她激动，满脸泪痕，便问她怎么了？她只是抽噎着说要见杨真。信辉便把她带到正厅里坐着，然后细声细语地问发生了什么事。杨眉便如此这般地说了一遍，信辉则软声细语地安慰她，已经把她安慰好了。信辉说这些的时候气定神闲，面不改色。听他这样说后杨真的心里就明白了九分。杨甲大概觉得自己已经凭借三女儿笼络上了信辉，应该再用四女儿笼络其他贵胄。而杨眉却不愿意，她对信辉依然念念不忘，就跑到这里来，嘴上说要见她，实际上是要获得信辉的怜惜。

虽然杨真知道杨眉小小年纪，对信辉怀有幻想一点都不奇怪，也知道二女共侍一夫总是被说为佳话，杨眉有这样的想法也不算过分。但她就是感觉有条毒蛇在撕咬她的心，一时间简直不想再认这个妹妹。

杨眉看到杨真来了，又哀哀地哭了起来。杨真可以清晰地感到她在表演，而且非常担心她看出她的心虚。她不由得心中更怒，脸上却表现得一应如常，做着姐姐该做的事，说着姐姐该说的话。

杨眉便继续朝信辉撒娇卖痴。信辉轻拍她的后背以示安慰，叫她不用担心，回去跟父母好好沟通。如果她父母依然逼她，可以找他帮忙。杨真静静地看着他们，一丝冷意裂纹般地从心底往上爬，爬过的地方全部绽开血口，里面不仅流出鲜血，还在流淌毒液。她对信辉的感情果然是一场幻梦。信辉显然是见异思迁了。虽然她自信杨眉无论哪点都及不上她，但是男人往往就是爱新鲜，爱年轻。她的心痛得僵木了，却也因此非常坚定。她的决定没有错，她一定要逃出去！既然杨眉这么想得到信辉的宠爱，那好啊，就让她来引走信辉的注意力好了！

杨真本以为信辉会就势把杨眉留下来，以便接近，没想到信辉把杨眉“安慰好”后就把她送回去了。杨真很是意外，但忽然又想起来他很会对女人“欲擒故纵”，不由得暗骂自己没有记性。既然信辉“不着急”，杨真也不着急。等了几日之后，才把杨眉从家里叫出来，仔细地为她梳妆打扮。

杨眉长得比较快，身量已经和杨真差不多了。杨真便把自己漂亮的服饰全找出来，一件件地让她试。杨眉不知道杨真要干什么，心虚地瞟着她，最后终于忍不住问她，“三姐，你这是做什么？”

“当然是偿你的心愿啊。”杨真淡淡地一笑，“我知道你想要信辉大人的心。不打扮得漂漂亮亮的，怎么可以呢？”

杨眉吓了一大跳，忍不住哆嗦起来，之后却呆怔了，半晌才说，“姐，我这是在抢你的男人，你不在意吗？”

“哈。”杨真晦涩地笑了笑，“姐姐可是在宫里待过的人，怎么会这么目光短浅。”

杨眉不知道她是什么意思，瞪着眼睛呆呆地看着她。

杨真没有看她的目光，只是拿起一个白银镶柄的乌木梳子，慢慢地给她梳理头发，“王侯将相的家可与平常百姓家不同。没有任何一个女人可以长久得到专宠，姐姐我也一样。虽然他今日对我比较中意，但难保哪天不会看上别人。姐姐我也会老，现在年纪也已不小了，是得考虑一下失宠后的事情。与其让信辉大人以后被别人抢去，倒不如把他送到你，我亲妹妹手里。”

杨眉喜出望外，却也不敢相信，还是呆怔怔地看着杨眉。

“你不用奇怪。”杨眉想展露平和亲切的笑容，嘴角却不由自主地乱颤，竟没有笑出来，“你肯定是无法相信我怎么这么高风亮节，我其实也是为我自己打算。在宫里，一个妃嫔如果年华凋零，往往会引荐自己家族里的年轻美貌的女子给君王。这样君王就会继续看顾妃嫔的家族。后来者也可以照顾引荐者。”说着她盯向杨眉的眼睛，“姐姐以后可要指望你了。你愿意看顾姐姐吗？”说这些话的时候她心里有些异样。其实这不完全是为了取信杨眉而编出来的说辞。她其实也偷偷地想过用这个方法维持信辉对她的宠爱，之后却被自己坚决否决了。

杨眉这才敢相信杨真的话，一时激动得难以自已，对杨真也无比感激，赌咒般说：“姐姐，你放心，只要我能受宠，绝对不会让任何人欺负姐姐，我也保证，我一定不会让人夺我的宠，我会是他最后一个女人！”

见杨眉上套，杨真本应该露出舒心的微笑，却依旧没有笑出来。杨眉的最后两句话很刺她的心。她之后就不再说话，把杨眉打扮得如同天仙下凡，然后告诉她信辉现在正在书房看书，叫她悄悄地过去，之后就看她自己了。

杨眉兴匆匆地去了。杨真不知为何心里又乱又慌，竟然想对菩萨祈祷。以前在宫里的时候，她再难都没有向菩萨祈祷过。但她又马上想到自己其实在做下作之事，怎么可以对菩萨祈祷，便又把这个想法打消了。在发现自己的荒唐之后，一股疼痛的歉疚和悔恨，慢慢地从心底涌上来，把她的心淹得生痛。

她叫杨眉去诱惑信辉，其实等于推她进火坑吧。之后她就要像宫里那些妃嫔一样殚精竭虑，巩固宠幸，谋算他人，在她逃走后一定还会受到信辉的责难，不，只要她足够受宠，就没有关系。

一股相反的力量，迅速照亮了她的心，使她渐渐觉得自己完全没有错误。她所厌恶的，其实是杨眉渴望的。她不就是希望得到信辉的宠幸，然后斗败他身边所有的女人吗？她为了达到自己的目的，恐怕也是不惜一切的吧。她送杨眉去做自己渴望的事情，有什么错呢？

她主意打定，微笑着转身，准备到信辉书房外窥探一下，却猛然发现信辉站在她身后！

信辉一脸铁青，鄙夷而又愤恨地盯着她，“你这是什么意思？”

杨真已经惊得脑中一片空白，呆呆地问，“您……要问我什么？”

“我问杨眉为什么会打扮成那样潜入到我的书房里！她说是你叫她去的！”

“啊？”在这一瞬间杨真彻底迷惑了：他怎么一副真的很生气的样子？她的舌头都几乎要打结，“您不是很喜欢杨眉吗？我怕您是不好意思明说，才叫她去侍奉您。”

“喜欢？”信辉一副气不打一处来的样子，“你把我当成什么人了？我告诉你，我对她好，只是因为她是你的妹妹！我把她也当作亲人，对她完全是长辈对晚辈的亲善，你竟然以为我要对她……你脑子里装的都是些什么东西啊！”

杨真简直不敢相信自己的耳朵，一时间不仅脑袋僵木，连身体都不能动了。

“不！不对！”信辉用力抹了抹额头，一副气恼到极点的样子，忽然一把抓住杨真的肩膀，“我最生气的不是这个，你为什么要做这种事？女人不是宁死都不愿别人碰自己的丈夫的吗？你怎么能主动引荐别的女人给我？你到底把我当成什么？”

杨真早已懵了，半晌后开口，眼泪随声而出，“只是我自己无法一直合大人心意，所以就想，如果大人也宠爱我的妹妹，一定会爱屋及乌，这样我在大人身边的日子也会长些……”

信辉怔住了，盛怒的神色慢慢消退，开始露出心痛和尴尬的神色，但是那股怒气始终都在。他想要说什么，但是没有急着说。斟酌良久，才说：“好吧，我承认我是反应过激，你这样做也情有可原，主要原因是我的所为有所欠缺。”说到这里他顿了顿，然后示意杨真靠到他的肩上。

杨真犹豫着靠到他的肩上。信辉搂住她，轻轻地抚摸着她的头发，继续斟酌词句，“我希望你知道，你对我来说，不是普通的妻妾，更不是工具般的东西。我可以毫不讳言地说，你对我来说，是宝贝一般的存在。我绝对不会随意丢弃你。如果不是做了什么不可原谅的错事，我也绝对不会对你不利，你好好记着，不要怀疑。这全是我心底的话。”

杨真闭着眼睛，一副很幸福的样子，心里却有一只眼睛始终睁着。“不可原谅的错事”应该就是指“雪华事件”一类的事情吧。

第二十八章
弄巧成拙

虽然信辉没有说“无论做什么都不会伤害她”，杨真的心里还是发生了动摇，又不打算逃了。虽然信辉爱她没有到“爱美人不爱江山”的程度，但是把她看得比其他女子重要，已经很不容易了。虽然觉得自己的选择很愚蠢，但杨真还是想搏一搏看看。反正信辉不知道她的计划，她完全可以找个机会，把石脂下入糕点，弄死雪华。

杨真第二天早上才去安抚杨眉。没办法，她和信辉刚刚和好，缠绵时可不能有丝毫分心。刚看到杨眉的时候她真被杨眉吓了一跳。她的脸色漆黑，表情也十分沧桑萧索，简直像老了几十岁。

“妹妹……”杨真又是心痛又是歉疚。

杨眉却“唰”地一声站起来退开老远，不仅不看她，还用手挡住自己的脸，“我都知道了！什么都别说了！好吗？现在让我走吧！趁我还没有羞死！”

杨真只有送她离去。看着轿夫抬着她的轿子离去，她心里沉得像被灌满了铅。这件事她没有错，但是有时就是没有错才会招人恨。她和杨眉的姐妹情分，也许就这么完了，之后也可能变成敌人。没办法，以后小心面对就是了。

这天晚上杨真和信辉早早地就寝，却很晚都没有入睡，因为刚刚和好，信辉非常热情，一直折腾到后半夜都不愿结束。杨真虽然有些疲累，但也十分快乐。忽然信辉停止了动作，侧耳细听什么。

“您怎么了？”杨真还有些迷迷糊糊。

信辉的目光忽然犀利如鹰，低声对她说，“你待着别动。”然后披衣而起，抓起剑一跃而出。

杨真不知道发生了什么事，茫然地坐起，忽然看到一缕鲜血溅上窗棂。

“啊！”杨真吓坏了，不由自主地冲出去，发现信辉站在外面，正在左顾右盼，看她出来立即嗔道，“不是叫你别出来么？”

杨真没有回答，只是扑向他，“您受伤了吗？”

信辉的身上没有丝毫血迹，只是剑锋上有一缕红意。

“没事。”信辉宽慰她，“是刺客受伤了！”

接下来便是合宅搜捕。信辉叫来王德等心腹保护杨真，自己亲自带了人搜捕。搜了一圈后没有发现人，信辉很是愤愤，调来兵丁在宅子里一寸一寸地搜。他自己回来陪着杨真，叫王德带人继续搜。

信辉本以为杨真会十分恐惧和慌乱，没想到杨真丝毫没有惊乱，只是关切地问他是否受伤，感动之余也大感诧异：看不出她还真有胆识啊！

这种事情当然不能让杨真惊乱。在宫中她早遇过相似的事情，比这个可要凶险得多。当时为了生存，她和几个宫嫔一起，对皇后晨昏定省。一天皇后高兴了，便留她们下来刺绣。当时她们共绣一条绣帐，准备等皇帝大寿的时候献给皇帝当寿礼。绣着绣着，杨真忽然觉得气氛不对，自然而然地向左一偏。就在这时一根羽箭呼啸而过，径直射向端坐在她斜对面的皇后。皇后身边自然伏有大内高手。几个侍卫一同跃起，抓住那根羽箭，而那副绣帐也被侍卫踩得乱七八糟了。

之后侍卫便去捉拿射箭之人。杨真呆站在原地，心头砰砰乱跳。虽然刚才就算她坐着不动，羽箭也未必能射到她，但仔细想来还是凶险之极。转眼间那射箭之人就被抓来，原来是皇后宫殿里的一位宫女，早年习过骑射，因为一件“小事”被逐去干苦役，心怀怨愤，自制弓箭，意图刺杀皇后。

皇帝知晓此事后勃然大怒，下令将宫女处以剐刑。剐刑的地点很令人意外，就在宫里僻静处，这更证明有很多事情不得见光。宫女被处刑的时候杨真因为好奇，偷偷地跑去看了，结果被吓得跑了回来，接着大吐。杨真记得自己当时吐得翻江倒海，但之后胆子分明大了。

杨真正在分神回忆往事，忽然听到王德来报：在后花园的桂花树下有一片踏乱的脚印，可能是刺客留下的。如果是刺客留下的，证明他曾在那个地方踯躅很久，也许在等什么人，宅里可能有内奸。

杨真刚听到桂花树的时候觉得这个地方十分耳熟，仔细一想后顿时全身都起了鸡皮疙瘩：这好像是她和燕如飞见面的地方吧，也是约定“日后见面”的地方，难道什么人假借她的名义传信息，燕如飞被骗来了？天哪！被信辉砍伤的人是燕如飞吗？信辉有看到他的脸吗？即便信辉没有看到他的脸，凭鞋型和砍伤也可能抓到他，如果燕如飞被抓住，不仅他百口莫辩，她自己岂不也会被说成“与刺客里应外合，意图杀害信辉”？

“大人！刺客抓到了！”王德忽然来报。杨真顿感热血猛灌入脑，手中瞬间沁满冷汗，咬了咬牙，朝刺客看去。

咦？不是燕如飞。是个从没见过的小个子，穿着黑衣服，全身湿漉漉的，被绳子绑着，被王德等人按跪在地，脸上如花岗岩般没有表情。

“大人，他藏在花园的湖里，一直用芦管呼吸。”王德说道。

信辉从鼻子里哼了一声。杨真呆呆地看着刺客，心中无比茫然：不是燕如飞？她猜错了？可是如果不是燕如飞，他干嘛要在那棵花树下踯躅！和信辉遭遇的那个人被砍伤了，这个人有被砍伤吗？

没有。这个人全身无伤。杨真心里一股凉意散布开来：难道说“刺客”有两个？另一个是燕如飞吗？

信辉也发现了，咬着牙齿冷笑，朝四周看了一眼，忽然问道，“玉蝶呢？”

他的语气很是平常，杨真却感到其中非比寻常，也下意识地看了看四周。对啊，玉蝶不在。在这合宅反乱的时候她竟然不在？

“玉蝶感染了风寒，躺在床上起不来。”王德赶紧回报，“奴才已经派人搜过她的房间了。”

“是吗？”信辉冷冷地瞥了他一眼，“不对吧。今天晚饭时她还好好的，怎么忽然就病了呢？带我去看！”

大家都有些惶惑，不知道这是为什么。杨真却很快就明白了：玉蝶之前无病无灾，忽然说病了，不出门，肯定是有必须藏在房间里的理由。而现在还有一个刺客没有抓到，那她很有可能是在掩护某人或是遭人挟持。王德之前没有搜到什么人，可能是搜漏了，信辉现在是要亲自去搜。

因为这件事可能有凶险，信辉不叫杨真跟着。杨真如何肯依，只有偷偷地、远远地跟在后面。信辉不许人给玉蝶通报，然后带着王德等人直接走进玉蝶的房间。玉蝶果然躺在床上，见到信辉下意识地一缩头，然后“挣扎”着准备下来行礼。

“不必了。”信辉一挥手，然后目光如炬地打量四周。

“奴才刚才已经把整个屋子都搜过了。”王德觉得信辉有些过于谨慎。

信辉不答，继续打量四周。玉蝶为人简朴，整个房间如雪洞一般，只有床、桌子、凳子，以及一个小孩都塞不进的小箱子，的确没有什么藏人的地方。而他把目光移到床帘上的时候，忽然眼睛一亮，“床上也搜过了吗？”

“是的。”王德回道。“奴才命人把床下、甚至玉蝶身边的被窝都看了，没看到任何可疑，就差把被子掀起来看了。”

“哦。”信辉沉吟着，走到床前，忽然冷笑一声拔出了剑，“你下来吧！”

众人大惊，却都迷惑不解。只见床帘间慢慢滑下一人，站在当地。原来这个人一直用壁虎功藏在玉蝶的床顶上。人在搜床的时候都有个心理盲点，一般只会搜床下和床里面，几乎想不起来朝上看。信辉府中的床仿造宫制，床顶极高，又有床帘遮挡，因此里面十分阴暗，如果不是留心查找，很难发现那里藏着人。

大家看清那人的长相后顿时爆发一阵无声的骚动。杨真赶紧冲到门边，从门缝里往里看，顿时如遭雷击般动弹不得。此人就是燕如飞，穿着黑衣，左臂上有一道血印，满脸都是惊恐。

杨真的眼睛不由自主地向上翻去：他肯定是在花树下等她不见，忍不住到了她的房前，结果被信辉发现砍伤，然后冲到玉蝶所在的侧屋，强迫玉蝶掩护他。他被信辉抓住，会招出一切吗？由不得他不招，信辉肯定有办法让任何人开口。

“大人，开恩哪！”一直被以为是遭人挟持的玉蝶忽然扑下床来，抱住信辉的腿，“是我与燕捕头情投意合，相思难禁，才会约他夜里相会，奴婢死罪！”

大家全都惊呆了。杨真更是惊得差点晕倒，仔细盯了盯玉蝶，如坠梦里：燕如飞是来找她的？不可能！绝对是来找她杨真的，为什么玉蝶要替他掩盖？她现在已经不在他的挟持之下了，而且自认与人私通，罪名极大，她这是为什么？

不过杨真瞬间就明白了，因为她也是痴恋中的女人。不早有人说京城内外有无数女子，无论贵贱老少，都对燕如飞暗暗倾慕吗？玉蝶肯定也是其中之一。她现在是铤而走险想保意中人的性命，同时也看看能不能为自己挣个被爱的可能。杨真这样想着，忽然想起了一件事，不禁全身悚然，暗骂自己愚蠢：燕如飞是谁骗来的？会不会是玉蝶？要是她把他骗来，还玩了这一手好戏，会是什么目的？她是怎么骗他来的？她怎么知道他们之间的暗语？

信辉看着玉蝶，一时间无话可说，过了半晌才一边嘴角上扬，冷冷一笑，“好吧，这是我的疏失……你也大了。”然后命王德带人把燕如飞看起来，自己没有再说一句话，转身离开。大家惶恐不安地看着他，不敢出一声。

玉钗为了玉蝶的事情，树桩般跪在信辉面前谢罪。信辉只说“没有你的事”，挥挥手让她走了。对玉蝶的处罚则出乎所有人的意料：他把玉蝶逐出了府邸，也革去了燕如飞的职位，却令他们两人成婚。燕如飞虽然被革除了职位，但家里颇为殷实。玉蝶被逐出时也蒙相熟众人馈赠银两，今后日子也可以过得颇为舒适。大家既惊诧又为信辉的宽大而感动。杨真却知道这是统治艺术：永远不要轻易让曾经和你相熟的人对你萌生怨恨，尤其是知道你很多事情的故人。

不过她现在最关注的不是这个。那个被从湖中抓出的刺客没听说被杀，也没听说被放。这很不正常，她觉得她有必要弄清楚。其实这件事和她无关，她本可以放开手，但她就是为信辉挂心，已经到了神经过敏的程度，害怕他会有什么疏失，因而伤害到自己。

无奈信辉严密封锁消息，她一点都打听不到。就在这时，她听说信辉要给晖照亲王送礼，不禁大感惶惑。近日晖照亲王家里也没有什么喜事，而他和晖照亲王关系不睦，已经许久没有往来，这也是众所周知的事情，他为什么会忽然在这个时候送礼？

异常的事情往往都会和另一件异常的事情相联系。杨真很快就恍然大悟，心里顿时像被浸满了冷水。这个刺客是晖照亲王派来的吧？信辉打点礼品给他，其实是一种刺探。如此算来，那个下毒案也和晖照亲王有联系吧？没想到那个谣言歪打正着，竟然戳中了真相？会不会这些只是安信郡主干的呢？

要是往常，杨真肯定会想都不想就斥自己呆傻，但现在却有些迷惑。痴情女人的心是最难以捉摸的。她现在也成了痴情的女人，因此反而对安信郡主的心捉摸不透。不过她不相信安信郡主会狠心对信辉下毒手。一般女人只有到了真正山穷水尽的时候才会对心爱的男人下杀手，而安信郡主显然没到那个时候。从这两次刺杀行动的布置来看，也绝不可能是一个乱了心神的痴情女子可以布置得出来的。由此看来还是晖照亲王的可能性大些，原因也肯定是权力纷争。

第二十九章
故人

晖照亲王得到礼物后如何应对，并没有消息传出来。杨真只有想办法刺探。就在这时，秋霜来给她报讯，说燕如飞和玉蝶在城里开了一间糕点店。自从发现秋霜对自己有二心后，杨真就对秋霜丢开了手，她基本上处于自专状态。现在又听她来报讯，杨真不禁侧目。她知道杨真和燕如飞的“故事”，来报讯是想刺激她？还是想引她做什么能让她趁虚而入的事情？

不仅秋霜的心思难以捉摸，燕如飞和玉蝶的想法也令人玩味。为什么要开糕点店？杨真不由自主地想到了他们之前的“暗语”，忍不住想去店里查探查探。

但这是不行的，她知道，现在正是非常时期。不过也因为她注意到了这点，使她发现了一件事情。一天她去信辉的书房，发现王德站在门口。她立即明白“内有机密”，便避在一旁查看。不一会儿就看到一个半大女孩从书房里出来，她穿着粗布蓝花的衣服，这是民间下等仆妇才会穿的衣服；袖子上还沾有面粉，更有一些五颜六色的细丝。

杨真一开始不明白信辉为什么要和这种人密谈，仔细一想却恍然大悟：这是燕如飞家里的仆妇吧。那些五颜六色的细丝是南瓜丝，和面粉都是做糕点的材料。信辉果然不会就此丢开手。信辉果然对他们的事情有所怀疑，想要查个清楚啊。他会查出杨真和燕如飞的“故事”吗？应该不会吧。燕如飞发现自己受骗后，一定会绝口不提。如果是玉蝶骗他的，这涉及欺瞒信辉，一旦被发现，后果不堪设想，她应该会守口如瓶。这边她暂且可以不必担心。至于燕如飞为什么被骗，以及谁骗的他，她只能慢慢地查，越急越可能招来麻烦。

她现在最担心的依旧是刺客的事情，无奈信辉瞒得十分紧，她什么都打听不出来。看来她现在只有把目标先转向雪华。信辉现在忙于刺客的事情，对那边一定有所放松，她应该好下手些。她一边思忖如何下手，一边慢慢地走到湖边，攀着汉白玉的栏杆往下看。这个湖可不是普通的湖，是那刺客当初躲藏的地方。据说他当时潜在一丛荷花间，用芦管呼吸。杨真不由自主地看向那个荷花，忽然发现一荷花有萎谢的势头。这就奇怪了。这荷花还小，也刚开了一半，无论如何都轮不到它萎谢。这是为什么？

杨真觉得可疑，四顾无人，便跳下水塘，游到那棵荷花边查看。原来如此。这个荷花当中被塞了一个用蜡封住的小瓷瓶。她把瓷瓶拿出来。

游回岸上，她找了个僻静处把瓷瓶打开来看，只见里面塞了一张小小的字条，字体十分娟秀，“下毒之事，与我无干。抱歉毁你所爱。我这是对你好。”

这是什么意思？杨真皱紧眉头思索，不禁全身发颤，接着恨恨地冷笑。写这个字条的人是安信郡主吧，所以字体娟秀。之所以不说明是写给谁的，是因为她自信信辉永远都会记着她的字体。她写信来是要向信辉撇清自己，说明她没参与下毒之事。至于后面所说的，就惊心动魄了。信辉的什么“所爱”会让安信郡主无法容忍，一定要毁掉呢？那肯定就是杨真她了。由此算来，这个刺客要刺杀的人其实是她。所以这个刺客才没有去她和信辉的卧室查探，而是藏在花池里，恐怕是要等她落单时再伺机下手。没想到燕如飞糊里糊涂地撞了来，还被信辉发现砍伤，引发了搜捕，连累他也被抓住。这封信，恐怕安信郡主是要刺客得手后留在那里给信辉看的。但刺客提前被抓，这封信自然不能被信辉看到，信辉看到这封信后肯定会勃然大怒。如果杨真没死，信辉还和安信郡主决裂了，安信郡主就亏大了。所以他随手把信藏在了荷花里。而他被捕后十有八九没说自己的真正任务，否则信辉就会给安信郡主“送礼品”了，这个小瓶也不会一直到现在都被放在这里。

想到这里杨真忽然心头抽搐，紧紧地攥住小瓶，攥得她手心发痛。信辉会不会已经猜出了真相呢？只是因为对方是安信郡主，所以愿意担待下来，当作什么事都没发生？

“杨真夫人！”玉钗远远地来了。杨真赶紧把瓶子藏好。因为上次的和好也等同于一次剖白，信辉对她已经不再怎么猜忌，或者也是为了显示自己真会珍惜和宽厚地待她，所以已经不再命人盯紧她。但若是她有一段时间不见人影，玉钗之类的人还会注意的。

“哎呀，杨真夫人！”一看清她玉钗就大惊失色，“你怎么浑身湿漉漉的？遇到什么事情了吗？”

“没有。”杨真微微一笑，“我只是走到湖边看鱼，不小心失了脚，掉了下去。”说着朝没有栏杆的那一段一指：这里是留着给负责整理荷塘的人出入的。”

“哦。”玉钗半信半疑，并且依旧很紧张：对贵妇人来说，失脚掉入湖里已算是不小的事情了。“我去禀报信辉大人？请个大夫来看看？”

“不必了。”杨真朝她看了一眼，“现在是非常时期，信辉大人已经够烦扰了，如果因为这件事，引发他不必要的烦忧，就不好了。”她这些话可算是神来之笔。她的意思是，信辉现在最容易疑神疑鬼，怀疑亲信。玉蝶前阵子弄出了那种事，信辉很容易怀疑玉钗。如果这时候听说杨真落水，他难免不会浮想联翩。她这样对玉钗说，是表示自己愿意回护她。

玉钗听后脸上果然露出了感激的神色。要是平时，她绝不会这么容易被拉拢。但现在是非常时期，周围的人都对她另眼相看，只要有一点点示好，她都会有所感动。

玉钗随她回了房，侍候她洗沐更衣。杨真不动声色地把小瓶藏入了梳妆匣里，等没人时拿出来翻来覆去地看。她非常想试探一下信辉。她非常想把这个东西亲手交给他，看看他有什么反应。但是这显然是不可行的。因为这个东西不可能无意发现。信辉一看到她拿着这个东西就会明白她又做了“越界之事”，一定会生气，所以她不仅不能交给信辉，还不能让他看见这个东西在这里。想到这里杨真只有愤怒苦笑，把瓶子也攥得更紧了。

今天信辉回房的时候愁眉紧皱，没说什么话就躺下了。本来信辉事务繁忙，如此疲累也不奇怪，但杨真杯弓蛇影，就是觉得他是因为安信郡主心乱如麻。是捋旧情还是生新意？她猜测着，醋意难禁。夜里，她偷偷移灯看信辉的脸，发现他睡梦中也是愁眉紧皱，感到心痛之余，更感到心头醋意翻江倒海，紧紧地咬住嘴唇，几乎要把它咬破。杨真觉得自己不能只守不攻了，但是她现在没有帮手，一举一动也受到限制。正在愁闷的时候，秋霜又找来了。她表情很可疑，慌张不安而又心虚羞惭的样子，“夫人，派人刺杀大人和派人下毒的人是一个吧？是晖照亲王吗？”

杨真感到眉心猛地一抽：她竟然也能料到？笑吟吟地问她，“你为什么会这样想呢？”

“是……冉玉小姐家也遇到过这样的事情。”秋霜的脸上一红，“当时冉玉小姐被嫉妒她美貌的人在鞋里装了碎瓷片，冉玉小姐的母亲，卢夫人发现了，也知道是哪个人干的，但并没有声张，只是给那个人送了柿子饼和芝麻，表示她已经知道这件事，并且嘲笑那个女人的脸像个柿饼。”说着她变得异常急切，“信辉大人抓到刺客后立即给晖照亲王送礼，而他已经有很长时间不和晖照亲王往来了，是不是代表幕后黑手就是晖照亲王？”

杨真暗暗冷笑？没想到秋霜还挺不简单的。不仅触感敏锐，还能举一反三。“是不是晖照亲王，我们是无法得知的。因为信辉大人恐怕不管结果如何都会担待下来。”

秋霜的脸猛地青了。她知道杨真所指何事，她也听说过安信郡主的事情，却依然问道，“为什么？是因为晖照亲王位高权重吗？”

“呵呵。”杨真大声冷笑。秋霜如此，肯定是无法接受信辉对安信郡主“一往情深”的事实。没想到她的醋意比她还大，“你既然已经知道真正的缘由，又何必再问？我们都知道信辉大人对安信郡主是一往情深，无论她家里人干什么都会担待！”

“可是这已经事关性命了啊！”秋霜脸涨红了，“信辉大人不会再心慈手软了吧？如果到这个时候还心慈手软，不就是愚蠢了吗？”

“这就不是我辈所能窥知的了。”杨真轻蔑而又冷酷地盯着她的眼睛。“不过信辉大人要是真对晖照亲王痛下杀手，把他弄个家破人亡，说不定就能把安信郡主娶来家了。当初他和安信郡主未成眷属，就是因为晖照亲王从中作梗。如果安信郡主不念父恩，说不定会高高兴兴地嫁过来呢。”

她肆无忌惮地刺痛着秋霜，其实也在刺痛自己。

“怎么会？”秋霜的脸涨得几乎要滴血，“不是还有华英夫人吗？安信郡主不可能当侧室的！”

杨真从鼻子里哼了一声，“那不是问题。安信郡主怎么说都是皇家人。华英夫人无论如何也不能和她抗衡。信辉大人完全可以捏个错，把她给休了。就算休不了她，让安信郡主作为平妻，也未可知。”

秋霜彻底绝望了，呆呆地盯着杨真。杨真看着她眼中的光彩渐渐湮灭，看着她渐渐变得像沉在死寂水底的石头，片刻后，忽然又见她眼中透出了别样的光彩。

“夫人，”秋霜小心翼翼地盯着她，“您是不会允许这件事发生的吧？您与大人情投意合，是绝对不会允许这件事发生的吧？”

杨真从心底笑了。想不到秋霜还挺会变通。她的意思，无非是她们两人联手，一起对付安信郡主。虽然杨真也无法和安信郡主抗衡，怎么着都比秋霜强大。杨真的嘴边漾起一丝冷笑。和秋霜合作吗？当然。不管怎么说，她现在都需要一个帮手。而且，因为前次的决裂，秋霜已经和她疏远了很久，很多人已经不再把秋霜当成她的人。再遣她办事，更加不引人注意。她有二心？没有关系。现在还有谁对别人没有二心呢？只要她们共同利益还存续，她就有能力驾驭她。

“看你的样子，是想帮我的忙喽？”杨真瞄着她，不温不火，不冷不热地说，“行啊。我现在也正需要人帮。当然了，要是一般情况，我也许会向你许诺，事成之后推荐你作侧夫人之类的。”

秋霜脸上立即透出欣喜的光彩，眉宇间却有些半信半疑。

“不过我知道这些话说了也没用。”杨真的目光渐渐犀利，冷笑着说，“一来最后谁胜谁负无法预料，二来女人历来不会乐意和别人分享男人，我知道就算给你许了诺，你也不会信。所以，我也不说虚的。我们就鼎力合作，把安信郡主拉下马来吧，之后就各凭本事！”

秋霜咬了咬嘴唇，用力地点了点头。杨真从心底笑了，脸上却没有丝毫表现。

第二天晖照亲王差人送了回礼，这多少出乎众人的意料，这代表晖照亲王面对信辉的怀疑和质问还挺坦然的。礼物到达的时候信辉恰巧不在。王德便命人把礼物放在空屋里存着，准备等信辉到来时交给他。杨真心念一动，便把瓶子再用蜡封好，命秋霜把瓶子放在空屋门槛拐角处，搞得就像不慎从礼品堆里掉出来一样。这些礼品是用朱漆盘托着的，上面盖着红绸，从里面掉出来个把东西也不奇怪。这算是杨真的一点任性吧。她就是想看看信辉发现安信郡主意图杀害她时会怎么做。

信辉回来了。他目光敏锐，如杨真所期待的那样看到了那个小瓶，并立即发现里面有文章，到书房去打开来看。杨真静静地等着他的反应，却等到了一个令她惊愕的结果。信辉看了小瓶内的纸条后就不再和她照面，晚上也只是在书房宿歇。一连几天都是如此。杨真为此惶惑不安，一方面猜度他是不是心头为难无法见她，可为什么要为难？一方面又觉得不止如此。更糟的是，虽然只是小小的别离，她的身心都开始抗议。她想念他的唇，想念他的肌肤，想念他的气息，想念她的肌肤在他的抚摸下锦缎般舒展的感觉……嗯？杨真忽然想起一件事，所有的遐想都烟消云散。会不会就是那张纸条出了问题？说起来，安信郡主的最后一句话是“我是为你好”。“我是为你好”“我是为你好”……杨真一开始以为安信郡主是说她是红颜祸水，才说铲除她是为信辉好。但仔细想想，其中应该另有隐情……杨真坐了起来，不由自住地捏紧了自己的被头：难道出现了有关她的谗言吗？

杨真对此惶惑不安，急于就此打探消息。然而就在这时，一个宫中的旧人前来拜访。这个人在宫中的时候和杨真关系不错，但杨真一点都不想见她。因为在宫里谁还能有真正的朋友啊。而且她还牵连到诸多血腥的隐事。这个人却非常急于见杨真。在宫里待过的人，攀龙附凤已经成了习惯。

这个人名叫浮兰，是皇后身边的嬷嬷。说是嬷嬷，其实也没多大，她今年才不过二十三岁。因为宫女基本未经人事，侍候龙子凤裔时总会有一些不到之处。所以皇室经常会让一些出生高贵、成过婚的女子进宫服侍。这个浮兰十四岁成婚，十五岁生子，之后就进宫服侍皇后，把夫君和儿子全都抛得远远的，一心只想着攀附权贵。杨真离宫的时候她还在宫里混得风生水起，现在却也跑到茜香国来了，要么是在皇宫里混失败了，要么就是另有目的。

刚一看到浮兰的时候杨真真被吓了一跳。她在刚离宫的时候还见过浮兰一次，那时她还有二十多岁人的样子，现在看起来却似乎又老了十岁。看来真是在皇宫里混失败了。杨真礼貌而又生疏地同她打招呼。浮兰却腆着脸靠了过来，拉着她的袖子，很亲热地靠着她坐着。

杨真命丫鬟倒茶给她喝。浮兰端起杯子一口吸了小半杯，然后大加称赞，“不错，这简直比在皇宫里还好，其实皇宫里那帮采办，天天欺上瞒下，盘剥克扣，供应的茶叶早已不是什么顶级的了。你说是吧？”她一上来就扯旧事，完全在以老友的口气在说话。

对此杨真也只是矜持地淡淡一笑。浮兰见杨真不理睬她的热络，微微有点惊慌，讪笑着又靠近了些，看到她腕上戴着一个油光水绿的翡翠镯子，立即大惊小怪起来，“哎哟，就算是在宫里，也没有这等宝物啊！你可真有本事啊！”

杨真知道她要说什么，只是不置可否地一笑。

“现在看来，还是你最有本事。”浮兰朝她挤挤眼，“知道凡事担虚名没用，就算能当先皇的妃子，又能如何？还不是早早就当了太妃。就算先皇还在，也只能得一阵子的宠幸，还要天天担惊受怕的。哪比得上你，偏安一隅，数一数二的风光体面。而且，”说着窃笑起来，“而且信辉大人可是‘年轻’有为，听说还是茜香国数一数二的美男子呢！”

杨真的嘴角微微上扬，线条却极为锋利冰冷。浮兰本意是想奉承她，却令她想起了这几日的独守空房和惶恐不安，真是马屁拍到马脚上去了。

“我也没什么本事，也不是数一数二的体面。信辉大人有正室，也有姬妾，我只是排行最末的那个。要体面也轮不到我。”

“哎哟，这个……”浮兰不以为然，“怎么都比‘佳丽三千’少吧？再说这些人，谁能是你的对手啊？”

杨真没有回答，脸上的肌肉也丝毫没有动，心里却燃起了熊熊野火。一开始她就告诫自己秉循安分守己的原则，和信辉妻妾的几次交锋也都是以静制动。她现在处于逆境，按理更应该如此，但不知为何，她现在想要主动出击，轰轰烈烈地扫平自己所有看不顺眼的人。她对自己的这种想法很惊骇，也感到很危险，只有竭力压制。

浮兰见杨真就是不接自己的话茬，感到十分无趣，便去拿碟子里的点心吃，一边吃一边说：“就是这点心比宫里差了些，不过最好吃的不是宫里的，哎哟，我可真想念宫门外那家的八宝什锦糯米菱粉糕，虽然用料不名贵，只是全凭手艺，但那味道，真是登峰造极了。”

嗯？如雷轰电击一般，杨真想起了很多事情，心里浸了冰水般冰凉一片。她明白了燕如飞为什么会糊里糊涂地撞来。当初她和燕如飞约定暗号的时候，只是随口说了个茜香国没有的糕点，没有想起它是浮兰喜欢吃的糕点。现在想来浮兰一定是前些日子到达茜香国后就找糕点店，订做自己喜欢吃的东西。而官衙外的那个糕饼店算是京城比较出名的糕饼店，可能浮兰遣人去那里询问过。而燕如飞正在等消息，见有人询问这种糕点，便以为是杨真约他去见面，才会深夜潜入信辉的府邸。他没想到在约定地点左等右等不见杨真，忍不住到杨真和信辉的卧室查探，才会被信辉撞个正着。

这种阴差阳错真是令人哭笑不得，外加又气又恨。杨真满腹愤懑，却又不得表现，只能恨恨地拿出一块糕点，狠狠地一咬。殊不知这糕点嵌有酸梅，她猛一咬上，登时被酸了一个激灵。陡然想起一件事情来：说起来，这一连串的蹊跷事（燕如飞犯错，安信郡主遣人来杀她，信辉疏远她）都是从浮兰来了之后才开始的。这些会不会和她有关呢？如果是，浮兰背地里又做了什么呢？

第三十章
波谲云诡

因为感到形势波谲云诡，杨真格外注意宅里的任何事情。有一天玉钗陪着她，从假山群边经过。不知是不是精神过敏，她总觉得这里似乎残留些烟火气。仔细闻闻，似乎是烧冥纸的味道。杨真留了个心，故意说渴了，请玉钗去端茶给她喝，自己则循着烟火气寻找，结果并没有找到烧纸的残片，但在一个假山的山洞里发现了叠在一起的三块石头。看到这个后杨真一凛：要知道在某些情况下，这些可以作为最简单的墓碑。她正要细看，玉钗却已经用托盘托着茶碗来了。杨真赶紧出来，道了声谢后喝茶，一边喝茶一边想：难不成山洞里埋的有人？因为这里一般只有女眷可以来，杨真就格外注意这里的丫鬟，尤其是负责管理这片的。结果在一位丫鬟的衣服上发现了一个指盖大的烧洞。估计就是烧纸钱时溅上了火星。杨真留神打量她，见她的衣带上绣着红莲碧水，五色鸳鸯，便找了个借口，说自己见她针线活儿做得好，要和她一起做活，“切磋技艺”。

在这里杨真就是女主人，那丫头岂有不从的道理。杨真叫她坐在榻上，一边绣花一边问她话。得知她叫翠墨，今年十七岁，一直在信辉府中当差，新宅建成后就被调了过来。因为一直做些下等的粗活，所以杨真没有见过她。至于她绣花的技艺则是无师自通，十根白嫩嫩的手指灵巧得令人叹为观止。

杨真觉得火候差不多了，便找了个借口支走了其他丫鬟，一边绣花，一边偷瞄着她，佯装随意地说：“我看到你在那边假山的山洞里烧纸钱了，祭拜谁呢？”如果她说自己只是闻到了气味，看到了石块，翠墨完全可以一推二六五。倒不如诈她一下，说自己亲眼看到了，说不定可以诈出所有的实情。

翠墨果然吓得身体一抖，针尖在手指上刺出了一个血珠，呆了片刻后强笑着说：“那是我在祭祀花神，希望她能保佑花园里的花朵生长繁茂。”

“是吗？”杨真冷笑着说，“祭祀花神不大多使用水酒、果品和香火吗？那堆起来的三块石头又是什么？”

翠墨的脸黑了，却还在强辩，“那……是因为奴婢手头没钱，办不起供品……”

“哦，原来如此啊。”杨真冷笑，像要把目光刺到她心里一样看着她的眼睛，“祭祀花神是为府里办事，我可以禀报信辉大人，让他命王德拨点银两给你。”其实这些事情告诉王德即可，她却故意说要告知信辉。

翠墨吓得脸都青了，绣花绷子和针一起掉在了地上。她弯腰去捡，却忽然扑向杨真的脚，紧紧抱住，“夫人……请您开恩，请您千万不要告诉信辉大人！”

杨真在心底冷笑，脸上却没有丝毫表露，“你起来说话……”

翠墨站了起来，全身都在打战。杨真看了看四周，忽然拿起一支笔来，“我描个花样子给你吧。你先坐下。”

翠墨不知道杨真干吗忽然要描花样，依言坐下，呆呆地看着她。只见杨真拿过纸笔，在纸上飞快地写了几笔，然后递给了她。翠墨一看，发现上面写着，“你把事情都跟我说吧。如果是情有可原，我可以不告诉信辉大人。”

翠墨的脸先变白，然后转红，僵笑着说：“这个花样子真是别致，我也画个花样子给夫人吧。”说着便拿过一张纸，在纸上写了起来。杨真冷眼相观，发现她写的是，“我是在祭奠和我同屋的姐妹。当初她在信辉大人的书房当差，有天忽然消失了。估计是冒犯了信辉大人被处死了。我感念姐妹之情，便在她生前最喜欢的山洞祭奠她。请夫人千万不要告诉信辉大人！”

杨真静静地看着，眉头慢慢皱起。她慢慢地点了点头，挥挥手叫翠墨离开，然后把那两张纸仔细地叠起来，揣在怀里。信辉对自己的下人还算比较仁义，轻易不会处死他们。而翠墨口中的“姐妹”如果真是因为冒犯了信辉被处死，信辉也完全可以将她公开处刑，根本没必要让她“消失”。如此说来，这位“姐妹”有可能是因为发现了什么秘密而被灭口了。信辉已经权倾朝野，什么样的秘密能让他慌得把自己的婢女灭口呢？弑君？谋反？

暗影重重，灯影幽幽，信辉坐在书房里，若有所思。杨真微笑着走进来。向他问了个安。

“哦，你来了。”信辉表面上随便朝她看了一眼就不再看，却一直在用心看她。

杨真不可名状地微笑了一下，从怀里掏出那两张纸，放到信辉的面前，轻声说，“大人若想问我什么，直接问我便是。没必要费心试探我。”

信辉呆住了，这对他来说可不多见，半晌后才强笑着问：“什么啊？”

杨真淡淡一笑。“那个叫翠墨的丫头啊。是您叫她告诉我那些的吧。是想看看我会不会调查您‘私密’的事情，对您有没有二心。”

信辉没有回答，只是咬了咬嘴唇。在杨真看来这是默认。为了诱引他说话，杨真就慢慢地说自己是如何识破的，“您知道我是怎么看出来的吗？首先是翠墨的腰带。那上面绣的是五色鸳鸯和红莲碧水。鸳鸯暗示男女之事，绣这个就代表她内心萌动思春。而丫鬟一旦思春，就可能做出有伤风化之事。因此任何持家之人都非常忌讳这个，见到她戴着这种腰带必然斥责，并且不许她再戴。她能戴到现在，就证明她得到了默许，或者是受人指使。她应该是为了吸引我的注意吧。您知道我喜欢刺绣，而且对鸳鸯也很喜欢。您是怕您让她特意烧在衣襟上的烧洞太小，我发现不了，所以才让她戴着这个腰带，引我注意她，留神打量她的衣饰。当然了，让我怀疑的不是这一件事。翠墨自称是干粗活的丫头，手指却又白又嫩，一点都不像做粗活的人。这两件加起来，我就认定翠墨是受人安排，来对我说那些话了。再想起当初我是被玉钗领着走到那里的，便一切都明白了。”

信辉冷冷地一笑，表情中颇有些恼怒和羞惭。杨真淡淡地看了他一眼，然后垂下眼帘，“我不知道大人为何要试探我，仔细想来，只可能是大人觉得我心机深沉，不可信任。大人，其实我也不想富有心计，我宁愿只是一个无知妇人，每天浑浑噩噩地过日子。但是我偏偏被我父亲送往中华宫廷，在那里如果心机不够，性命真的是只在呼吸之间的事，随时都可能死无葬身之地。为了生存，我只有把自己变成这副样子。不过，大人，”她本来想十分淡然地说完这些话，却不知为何越来越激动，“我是富有心机，但是我也会分亲疏，也懂忠诚，也懂爱慕，我对大人绝对没有二心，永远不会做一丝一毫不利于大人的事情。之前使用心机，也只是为了自保！我……”

“不是因为那个才怀疑你的！”信辉打断了她，声音十分厚重，就像里面含着苦血，“是因为别的事情……”

杨真一凛，接着全身的肌肉都紧绷了：果然有谗言吗？而且看信辉的表情，这谗言应该非同小可。

信辉说完那句话后却沉寂了。就像冰封的河面，里面却似乎有激流在涌动。

“算了。干脆都跟你说了吧。”他苦笑着说，“就算不告诉你，你最终也会都查出来的吧，我这次不就被你彻底看透了吗？”

听到这里杨真僵住了。先是感到全身冰凉，然后就觉得脚下空了，身不由己地往下急坠。她失策了，她不应该自己来找信辉的。她应该假装懵懂，让他试探不出什么，现在她把信辉所做的一切全部参透，还让他知道，绝对会让他忌惮她，即便证明了自己的清白，结果也好不到哪里去。想到这里她无比的痛悔，心越揪越紧，越来越痛，却又忽然释然了，心头凄然，但沉定地看着他。就算她“假装懵懂，完美过关”，又能怎样呢？那样之后他们势必依然是相互猜疑，见招拆招。爱人之间，这样相处，又有什么味儿呢？不如都说开了，坦然相对，也许有消除所有误会的可能。

“既然如此，大人不如把一切都说开了吧。”杨真苦涩地一笑，“你是为了什么，对我起了猜疑呢？”

信辉没有说话，只是看了她一眼。

杨真心头乱涌，其实，仔细想想，就知道信辉是为什么猜疑她了。肯定是雪华醒来，对他说起了出逃期间的事情。信辉觉得她对他隐瞒了这么一大段事情，一定心怀叵测，所以才会设计试探她对他是否忠诚。既然已经被窥破了，干脆主动说了吧。先说也许还能被看作主动剖白，如果让他先问起，反倒不美，顶多只算是老实交代了。

“其实，我在出逃期间，遇到过一个中年女子，她自称叫白如霜，是您的乳娘。”她目光下垂，努力夯实自己的语气。“她可能和您有什么误会，非常害怕回到您身边。我一开始以为她只是个饥饿的流民，便收留了她。这时她却生病了。她在昏迷期间，因为高烧，口中无所不言。我因此知道了她是您的乳娘，也知道了您出生的时候的一些事情。因为这些事情不便谈论，到了您身边之后，我便没有跟您说。不知道大人，是不是因为这个怀疑我。”

说完这些后她便等着信辉说话，却半晌没有回音。她抬眼相看，却立时懵了：信辉竟是一脸惊诧？难道不是因为这事儿？她料错了？

然而信辉的惊骇神色只是一闪即逝，看往别处，沉着嗓子说，“你都知道了是吗？你怎么看？”

杨真的脑子里懵懵的，只说了自己最直接的想法，“历来英雄不问出处。这没什么关系。”在有些人看来，有中华皇帝的血统，绝对是了不起的事情。对于某些喜欢攀龙附凤的人来说，即便和中华皇帝没有关系，也会假传谣言，硬扯个关系出来。但杨真认为信辉一定不会为这段渊源感到骄傲。中华皇帝又如何？私生子就是私生子。所以她对信辉只有宽慰和鼓励。

一听这话信辉的眉头立即舒展，不可名状地一笑，“谢谢。不枉我喜欢你。”顿了顿后终于看向杨真的眼睛，“其实，我是接到密报，说中原皇室中有人不服现在的皇帝，准备找个幌子推翻他。无奈这个皇帝的兄弟们都很无能，否则也不会让他当皇帝。不知道是谁，打听到了那段隐事，觉得我偏安一隅，又手握重权，比那些过了明路的皇子实力还强些，便打算联络我，让我和他们一起推翻中华现在的皇帝。我才不想趟那浑水呢。我对中华的政权毫无兴趣，也根本不愿意承认我是那个老家伙的儿子。再说那些家伙也根本不是想‘帮’我登上皇位，其实就是想利用我为他们牟利而已。说不定一开始就已经想好了之后该如何算计我。我又不傻，怎么可能被他们唬住。”

杨真点了点头，“那想必是密使来和你洽谈的时候，说了什么令您误会的话吧？”

信辉的嘴边浮起一丝怒笑，却不是针对杨真，“他们聪明得很，并没有立即跟我联络。这些事是在中华都城的探子告诉我的。据说他们准备先派人来刺探，看我是否知情，看我是否有夺取中华政权的意图。但是我知道这些人绝对不会只是刺探，说不定想抓我的把柄，或是制造我的把柄来抓。所以我十分注意，就在这个时候，我……”说到这里忽然顿了一顿，“我又怀疑这个阴谋是不是老早就发动了。而你是中华宫廷出宫的妃子，来的时候又比较凑巧。所以我就有些怀疑你，不过现在不怀疑了。如果你是这个阴谋的一份子，一定会竭力否认你知道我的身世隐秘，即便是为了撇清自己，也是不敢承认的。因为此事关系过于重大，即便与阴谋无涉的人，如果知道了这件事，也可能被灭口。如果你是这个阴谋的一份子，为了保证自己能继续办事，绝不会轻易让自己遭遇性命危机。”

杨真微笑了一下，喜悦只是一半对一半。信辉这话，是表示信任她了。不过还是试探出自己满意的结果后才打消的顾虑，让心里颇有些不舒服。不过即便如此，依然是破了冰了，她应该知足才是。

她正在沉思，却见信辉微笑着示意她过去。她惘然地走过去，立即被他拉入怀中。怎么？要亲热吗？杨真有些疑惑，看他的眼睛，果然充满魅惑。

杨真微微垂下眼帘，却用心眼看着他。虽说小别胜新婚，但他这么快就有兴趣，实在有些奇怪。她虽然没有类似的经历，但之前听中华宫廷里的老嬷嬷念叨过，说男人心里有愧，或者有事瞒着她的时候，就会格外热乎。信辉这个样子，是不是因为某种心虚呢？

一想到这里她心里就裂开了一大道裂纹，她努力忽视它。先别急着难受，她对自己说，等你找到了他心虚的理由，你再好好难受！

信辉这几天果然十分热络，对她尽心尽力，甚至可以说是在

“服侍”她。杨真本来可以好好享受，但想到他可能只是因为心虚，心里顿时像被卡进了东西，反而格外不舒坦。

杨真留心宅中的气氛，感到现在的政治气氛一定是暗流涌动。宫廷和王公大臣的家历来都是暴风雨中心的船舶，浪来了会晃，雨来了会湿。她现在也大概明白，晖照亲王为什么会对他下毒了。信辉有只为他效忠的探子，晖照亲王可能也有。他大概也知道了中华京城中的阴谋家的意图，觉得信辉会篡权，历来要当大皇帝，先当小皇帝。如果信辉针对中华的政权有兴趣，那他一定会先篡夺茜香国的皇位。至于为什么这么觉得？一点都不奇怪。茜香国朝野中不知道有多少老臣觉得信辉权力过大，忧心他会篡权。之前的孙贵妃她爹不就是吗？

几天后的夜里，信辉忽然从杨真身边离开。杨真从梦中惊醒，不知发生了何事。天亮后信辉回来，说自己昨天夜里有件紧急公务要处理，已经处理完了，叫她不要担心。他的面色和语气都很正常，但杨真就觉得他有所隐瞒。昨天晚上的事情肯定不会单纯。她在信辉离开后佯装无意地走到门口查看，发现门口有些地方堆着新土，不由得心头一紧：在宫里她见过类似的东西。当时因为中华皇帝来皇后的寝宫时对一个宫女多看了一眼，皇后就把这个宫女打得鲜血乱溅。大理石地面上的血迹容易被擦去，但渗到泥地里的血迹不好清除，只有用泥土盖上。杨真不知道这下面是否藏有血迹，想过去用脚把泥土拨开，却觉得自己无法避开看门人的目光，因此迟迟不敢行动。就在这时，一只苍蝇幽幽地飞了过来，停在一片浮土上。杨真的嘴角向上勾起，接着皱紧了眉头。昨天晚上在门口发生了激战？不像。如果那样，她在宅院里面也应该会知觉。什么人带着伤来到这里？投奔？

第三十一章

真心人

杨真想了一想，又走到府里存放垃圾的地方。垃圾里有一角白白的东西露出来。杨真用树枝一拨，发现里面有好些带血的绷带。府里可没有人受伤。如果昨夜来的是敌人，他们自然也没必要救治他们。看来昨夜是有人投奔无疑。会是谁呢？

目前来看，这些人应该是被藏在府里了。但是府里有很多地方是她也不能去的。杨真便叫秋霜在府里四下跑跑，看到奇怪的事情便来报告，虽然她能去的地方也有限，但总比她多些。秋霜在府里跑了一圈，回来告诉杨真，并没有看到什么可疑的地方。杨真感到惶惑不解，也越发感到不安，站在府里花园里的那条小河边发怔。在中华宫廷里也有这么一条小河，她在那里的时候，闲着没事的时候也喜欢在河边站着。那时有这种癖好的人可不是她一个。因为当时有个故事在宫里流传得很广。据说在很古很古的时候，宫里有个幽怨的宫女，她长得很美，也心灵手巧，却怎么都见不到皇上。有一天，她满心的烦闷难以排解，便在一张红叶上写了一首情诗，把它放在河水里，让它随着河水流到宫外。后来这片红叶正好被一位才子捡到。才子感叹此女的才华，也知道这是从宫里流出的，便也在红叶上题诗一首，把红叶放到这条河的上游，希望能让那位宫女看到。也许是上天安排的缘分，这片红叶真到了这位宫女的手中。两人便因此暗结情缘。后来几经波折，宫女出宫和才子结为眷属。这个故事让宫里的很多女人想入非非，忍不住到河边站站，投点东西让它漂出去，看看能不能撞到什么缘分。杨真当然不会这么天真，但有时也会到河边站站，只是不丢东西进去，即使只有几分遐想，也算是舒了心怀了。现在她再站在水边，自然别有一番滋味，在不知不觉之间，希望河水能给她答案。

就在这时，一朵花漂了过来，被水流掠在河床的拐角处，幽幽地打着旋儿。因为水流流向和河床的构造，较大的东西都会被掠在这里，而且需要一段时间才会被水冲走。这朵花过于完整，杨真觉得有些奇怪，仔细一看，竟发现那是一朵女人戴的纱花。杨真赶紧把它捞起来，发现它是用最上等的绛红纱制成，不仅薄如蝉翼，而且毫不吸水。它的式样，似乎是皇族的规制。杨真的心不由自主地揪紧了，手上也有根筋在跳动。这朵花的主人……不会是安信郡主吧？

当然了，皇族的东西不只是她才有。但是杨真一下就想到了她，便更加留心观察。第二天信辉又出去了，她又在河里捡到了一方锦帕，上面绣着一对鸳鸯。杨真已经明白了一半，慢慢地顺着河水，寻找小河的源头。结果发现河水是从东边引来的，从东边界墙的引芳闸流入。而东边界墙外不远处耸立着一座石屏般的石山。河水就从石山下面流出。杨真明白了。石山那边，一定也有房舍吧，而且藏在非常隐秘的地方。安信郡主应该就被信辉安顿在那里吧。

是的。几天前深夜来投的，一定是安信郡主。她大概是与自己的父亲决裂了。信辉也不是从自己的探子那里得来的消息，而是从安信郡主那里得来的消息。他当初不就是因为得到了安信郡主的纸条，才开始疏远她的吗？他和安信郡主青梅竹马，一定更有默契，一眼就看出了其中的玄机，然后和安信郡主秘密会面或是通以书信，知道了中华皇族权力斗争的内幕。接着安信郡主自感对不起父亲，或是出了其他什么变故，便趁夜来投奔信辉。信辉便把她安置在一处秘密的居所里，要不是她把东西丢在河里，她杨真还不知道她已经来了呢？不过，杨真忽然一个激灵，安信郡主为什么要把这些东西丢在河里呢？

杨真的嘴角慢慢上扬。她明白了。安信郡主弄这个把戏，肯定也是为了传情吧。信辉把她安置在那里的时候，一定没有常去看她。安信郡主相思难耐，才会用这种方式传达自己的情思。不过这个猜测杨真做得十分心虚，虽然按常理就是如此，但杨真总怕这是自己出于嫉妒的一厢情愿。

既然安信郡主已经来了，她就非常想去看看她，几乎要按捺不住，但还是克制住了冲动。她绝不可贸然前去，否则一切都会变糟，而且说不定安信郡主会主动来看她。

黑夜。一个穿着绿色短衫的人从河水里浮上来，蹑手蹑脚地往信辉的卧房那边走。冷不丁的，一个人从树后转了出来，用手遮掩着一盏灯。

“对不起，信辉大人不在这里。他外出办公，一直没有回来。”

“啊！”那人一声惊叫，语气中带有无限的失望和幽怨。

“您是安信郡主吧？”那人轻轻地问，然后把灯光对准她。

拿着灯烛的人正是杨真。她看清那人的长相后，着实惊了一跳。只见那人脸颊圆润，眉短眼小，鼻子不高，嘴唇厚大，脸上还有几点淡淡的雀斑，虽然皮肤白皙，但实在称不上美貌，只能算作一般。虽然之前已经料定此人必是安信郡主，但看到她长相如此平凡后，杨真实在无法相信。在她看来，能让信辉念念不忘的女人，必然是天姿国色。但见此女虽然衣物湿透，头发也湿漉漉地贴在脸上，但那种高贵淡然的气度，只有皇族女子能拥有。

看来此人是安信郡主无疑。看到安信郡主长相平庸后，杨真不仅没有松口气，更没有产生倨傲的情绪，反而感到心头如遭重压，几乎要喘不过气来。

安信郡主长相如此平庸，证明她有其他令信辉着迷和念念不忘的东西，这样的她才是最难战胜的。

安信郡主看清杨真的长相后也知晓了她的身份，不仅啧啧赞叹，然后自惭形秽，“我知道你是谁，你真美……真的很美！”

杨真苦笑了一下，不知道心头是什么滋味。正在这时，玉钗听到了声响，披衣张灯出来看，顿时惊叫了一声：她是认识安信郡主的，现在见她和安信郡主面对面站着，不禁惊得魂飞魄散。

杨真却很淡然，“你给安信郡主拿件干衣服来吧。顺便也倒杯热茶来。”

玉钗惊疑不定，赶紧去拿干衣服和倒热茶。杨真把安信郡主让进屋里坐着。安信郡主一见到屋里的陈设便露出被刺痛的神情，眼里更溢出了泪水。看到这一景象后杨真心里说不出是什么滋味。原来在她嫉妒安信郡主的同时，安信郡主也在嫉妒她啊。

到天亮的时候信辉回来了。他以为杨真应该未醒，蹑手蹑脚地开门进来，却看到安信郡主坐在屋里，顿时目瞪口呆。安信郡主一看到他就惊叫了一声，眼圈也红了，一副马上就要泪如泉涌的样子，却什么都说不出来。

三人就这样呆立了半晌。过了许久信辉才开口，声音沉重得就像被石碾碾过，“你不应该来这里，回去休息吧！”

“为什么不能来这里？我又没做什么！”安信郡主激动起来。她一激动就皇家气象全无，完全像个歇斯底里的小丫头。杨真感到心头被触动了，微微地垂下眼帘。她知道，只有信辉才能让安信郡主变成这样。

信辉没有回答，脸绷得很紧，似乎马上就要崩坏，转身出去了。安信郡主呆呆地看着信辉离去，气噎着般不说话也不动弹。接着玉钗便过来小声请杨真“回去休息”。

“我走了，不就没人陪着安信郡主坐了么吗，这好像不合礼数吧？”杨真还想多观察安信郡主一会儿。

玉钗没有回答，只是用忌惮的目光看了看安信郡主，然后用更低的声音说，“您回去休息吧。这样大人安心些。”

杨真知道玉钗一定是怕安信郡主歇斯底里，做出什么冲动事情来。杨真对这个是不怕的。不就是疯婆子嘛。她在中华的宫廷里见得多了，也知道该怎么对付她们。但想起之前信辉的神情，她觉得自己不可以悖逆他，便跟着玉钗走了。回去吃了盏红枣茶，小睡了一会儿，再探玉钗的口风，她得知安信郡主已经被送回原处了。听到这个消息后杨真感到一阵快慰，之后却意识到自己不可以高兴得太早。也许这不能证明信辉对安信郡主不在乎。真正的答案有可能恰恰相反。

之后信辉便没有再来找她，即便是在家，也只是住在自己的书房里。杨真站在花园的这边，远远地眺望着他的书房，感觉那里似乎陷在冰冷莫测的海底。

信辉心里一定是对安信郡主十分在意吧。她的到来彻底搅乱了他的心，所以他才会藏在书房里，无法面对安信郡主，也无法面对其他任何人，不，也许是再也无法顾及其他任何人。一想到这里杨真就难以言喻的慌乱和不平衡，恨不得钻到他的心里看清楚，如果他的心有所偏移，再把它扶正固定。但现在她却无法再朝他接近一步，因为她也彻底失去冷静，丝毫无法再试探、思谋和周旋。

又过了一日。杨真第一次起得很晚，就是懒懒地不想睁开眼，忽然间，她感到外面暗流涌动，起床后果然看到玉钗一脸惊惶。杨真忙问玉钗发生了什么事。玉钗迟疑了一下，还是小声对她说了。原来安信郡主昨夜服毒，信辉及时找来大夫给她催吐，又用针灸给她散毒，已经没有大碍。但是她坚决不吃汤药，真搞不懂她要干什么。

杨真默默地抿紧了嘴唇。她知道安信郡主要干什么。她服毒，大概是对信辉的抗议吧。想来信辉是真的没有去看过她。她被救醒后坚决不吃汤药，也是对信辉的抗议，同时也是为了拖住信辉，让他在自己身边多留一会儿。

又过了一会儿，王德一脸难色地前来，一见到杨真就一拜到底。杨真立即省悟可能是信辉有为难的事情让她办。果然王德小心翼翼地说，信辉请杨真去见安信郡主。

这一定是安信郡主的要求了。杨真的心揪紧了，表面上却若无其事。王德赶紧请她坐上一个密不透风的轿子。轿夫抬起轿子就一路小跑。

杨真摸了摸轿子的窗子，发现打不开，大概在什么地方被扣上了吧。再试探着掀轿帘，王德赶紧过来掩上，“小心外面风冷。”

杨真却不再有所动作，冰冷地笑了：信辉这是不想叫她知道安信郡主在哪里吗？

杨真一直被抬到内室前面才下轿。杨真走进内室，发现里面黑压压地站了半屋子人，信辉正站在床前，一见到她就表情复杂地转过头去。杨真知道他一定是没法面对她，便佯装没有在意。

杨真慢慢地走到床前，人还没到，就闻到了一股药气。安信郡主躺在榻上，脸蜡黄蜡黄的，目光也很暗淡，却有一种说不清的神气。

“你来了。”安信郡主对着她一笑。“我想跟你说说话，可以坐在我身边吗？”

杨真慢慢地坐到了她的身边，忽然感到了一丝异样，身体不由自主地抽动了一下。安信郡主凝视着她，满脸的艳羡，“你真美，全身上下都很美，你知道吗，我羡慕的是你的手。”说着看向杨真的手。“像羊脂一样白，一定也像羊脂一样软。可以让我握一下吗？”

杨真迟疑了一下，还是把手伸了过去，但伸得非常慢。安信郡主应该想要暗算她，因为她闻到帐中有股鹤顶红的味道。虽然很细微，但她知道绝对是。

安信郡主盯着她的手，伸手就去抓。就在她的手快触到杨真的手的时候，信辉却像闪电般抓住了她的手，并把她的手翻了过来。

“你这是干什么？你怎么就不明白？即使没有她，没有任何人，我们也是不可能的！”信辉低吼着，简直宛如一头受伤的野兽。

安信郡主的中指上戴了一枚戒指。现在指圈向外，大家都清楚地看到上面有一缕异样的光。指圈上赫然有一根细如牛毛的短针，上面还隐隐闪着红光。

杨真赶紧站起来。信辉见杨真不会再有危险，就松开了安信郡主的手。安信郡主默默地把戒指取下来。她这个戒指上镶了一个绿宝石和两颗珍珠。她在左边的那个珍珠上摁了一下，那根针就收了回去。原来这个戒指上有机关，一摁珍珠这根针就会凸出来。针头上则涂着见血封喉的鹤顶红。

杨真微微地垂下了眼帘。虽然表面上波澜不惊，但身上血液已经快速流转了一遍。她刚才已经发现信辉的目光落到了安信郡主的戒指上。她知道信辉是怎样的人。对一个东西特别注意，一定是觉得它有蹊跷。他既然已经看出它有蹊跷了，她还怕什么呢？

“你是怎么看出来的？”安信郡主盯着信辉，目光十分异样。

信辉脸上的肌肉猛地一抽，声音就像从地底下发出来的，“我记得你说过，你喜欢自由，你说过人手是人身体上最自由的地方，如果套上戒指，就不再那么自由了。所以你讨厌戒指。”

“哦，原来你还记得。”安信郡主露出了惊喜的神情，“我好高兴……”虽然说的是高兴，但那神情却比哭泣还要凄惨。

第三十二章
奋起

信辉无法再看她，带着杨真离开了。回到房中之后，久久不说话，也久久不看杨真。杨真就垂着眼帘坐着，也是一动不动，一声不吭。

“你……怎么想呢？”信辉终于开口了。

杨真没有回答。

信辉冷笑了一声，“很生气，是吗？”

“没有。”杨真低低地说。“我知道您也一定很为难。”

信辉一怔，忽然扑过来一把把杨真抱住。他抱得那么紧，杨真感到自己都要窒息了，却一点都没有反抗。她知道他现在需要安慰。让他抱着，就是安慰他的方式。

过了许久信辉才把她放开，脸色已经比之前好看多了。他深深地吸了口气，又深深地叹了口气，“你怎么看我们俩呢？”

杨真知道他口中的“我们俩”是指他和安信郡主，但她只是笑了笑，并没有说话。因为她知道关于这个事情她说错不得。而且也知道信辉这样问，其实是自己想说。

信辉果然开始说了。“我相信你也听说过关于我们的传闻。是的，我们是青梅竹马，也曾私定终身。之后却因为晖照亲王不同意，没能结为眷属。后来我娶了华英。她相思成狂，变得有些异常，这其实只是别人认为的。其实我们真正的问题是无法再爱了。”说着他深深地吸了一口气，把已经变得澎湃的心情压下去。“我小时候真的觉得她很好很好，甚至想过非她不娶。她也一定想过非我不嫁。但是后来，我们都变了，人既然都变了，那爱怎么还能存在呢？我不再想娶她，她却依然想着非我不嫁。其实晖照亲王阻止我们亲事的时候，我虽然也很伤心，内心深处却觉得轻松了。她却不……她提出要和我私奔，我不同意……其实让她疯疯癫癫的是我的态度，而不是别的，唉，我也说不清我对她是什么感觉。无法娶她，却依然把她当作很重要的人。既然如此，应该也不算负心罢。我依然很喜欢她，很关心她，只是不再爱她了。她却认为我‘负心’，让我很难过。但是更让我难过的是，她虽然认定我负心，但不惩罚我，而是针对我身边的女人，导致我都不敢喜欢谁。其实在那之后我也无法仓促喜欢任何人了。”想到这里杨真不由得心头一颤。她想稳住自己的身体不要颤，但还是不由自主地颤了一下。信辉应该感觉到了，却若无其事地继续往下说。“这是没有办法的事情。身在我这个位置，心怀叵测接近我的人太多太多了。也许也有真心待我的人，但是没法让我真正欣赏她们。既然无法真正欣赏，当然就无法真正喜欢。所以，有段时间对我来说，除了长相不一样之外，女人都是一样的。既然她们都是一样的，我就娶谁都可以。要娶，就要娶对我有帮助的。所以，我娶了华英，以及那几位侧夫人。结果导致她更恨我，对此我也就只有痛心遗憾了。”

信辉这是在剖白自我，也是在说明他与安信郡主已经没有可能，更是在隐晦地告诉杨真，她在他心中有着特别和超然的地位。但是杨真就是无法感到欣慰，甚至也无法感到放松。信辉的确是在剖白，但也是在试探。她可以觉出他抚摸她的手依然是紧张的。对此她只感到深深的郁恨，就像被压在深深的海底一样，不仅喘不过气，胸口还涨得像要炸裂。她一贯是能忍的，此时却觉得自己将要忍不下去了。

之后的两天平安无事。杨真的心里却不是平安无事。她觉得心里有块东西在慢慢地涨大，马上就要把她整个人撑裂，裂成碎片。这天午后，原本是晴朗的天，却忽然狂风大起，接着响雷鼓点般地砸了下来。杨真一边刺绣，一边静静地听着雷声。原本代表甜蜜爱情的鸳鸯，此时却被她绣得有些狰狞。

啊！她一不小心把线缠成了一团。她皱了皱眉头，用剪刀去挑，就在这时，忽然一个响雷炸起，这个响雷简直像压着屋檐炸响一样，震得人耳鼓都嗡嗡作响。杨真手一滑，剪刀刺到了指头上，鲜血立即涌了出来。杨真感到很痛，却没有吮它，也没有处理伤口，而是慢慢地放下剪刀，静静地看它流血。同时雷声也在不断地炸响，就像什么人在掷地有声地呐喊。

一滴、两滴、三滴……殷红的血滴在雪白的绸布上，慢慢地散开，就像一朵朵刺目的鲜花。杨真静静地看着它们，觉得心中的一些东西正慢慢流出，同时也有东西在火辣辣地绽开，就像这些刺目的血花。渐渐地，血不流了，窗外的雷也止了。杨真看着雨点渐渐稀薄的窗外，露出高傲的怒笑。她这一生都在安分随时，谨慎小心地保命。她现在不打算这样了。她准备铤而走险一次，奋力拼搏一次。也许会失败，也许会万劫不复，但是她还是觉得要拼一拼。就算失败又如何？她现在的处境简直像被困在枯井里，快要被渴死。如果怕失败，她就得永远待在这枯井里。而且她未必会失败，她也有自信自己不会败！

跟谁搏？当然首先要和信辉身边的女人们搏。第一步，就得确保她的触角能安全地伸到外面去。信辉虽然不再猜疑她，但是她依然很不自由。秋霜，不仅心怀异志，情绪还很不稳定，还是她一开始带来的人，肯定会格外受人瞩目。因此她还需要一个人帮她。这个人最好是信辉非常信任的人。

一想到信辉非常信任的人，她就立即想起了玉钗。当然了，这简直是异想天开，不过虽然是异想天开，在玉钗来服侍她的时候，她还是忍不住盯着她仔细看。玉钗被她盯得很不舒服，下意识地避开她的目光，忽然想起了什么，赶紧把袖子上的花粉掸掉。

咦？这个动作引起了杨真的注意。她为什么这么在意花粉？难道这其中有文章？她表面上装作毫不在意，却把这个动作深深地印在了脑海里。白天思虑过度的后果就是晚上睡不着。即便如此，杨真还得装作睡得很香。眼睛虽然闭着，脑子里却非常清醒。

“大、大人！”王德忽然走了进来，一副很惊慌的样子。

信辉立即翻身而起。王德便凑到他的面前禀报。因为隔得距离远了，杨真听不见他们在说什么，但是隐约听到了“郡主”“中毒”这两个词。

信辉急匆匆地去了。估摸他去得远了，杨真才爬起来，心头涌过一缕热血，又迅速地流转了一遍。

安信郡主中毒了？严不严重？老实说，刚有这个猜想的时候，杨真是感到高兴和轻松的。虽然安信郡主很可怜，但是她可能会让她杨真万劫不复。她要是中毒而死，很多事情就迎刃而解了。接着是怀疑：谁会对安信郡主下毒手呢？谁又能在信辉的地盘对安信郡主下毒手？最后，则是恐惧。她杨真不会因此惹上无妄之灾吧。难说。在很多人看来，她很有动机暗害安信郡主。在信辉的女人中，她离安信郡主最近，而且大家都见识过她出众的谋略。就怕信辉会怀疑她，以他们现在的关系，一个猜疑就足以致命！

杨真开始忐忑不安地等，同时也在思考，如果信辉怀疑上了她，她该如何自证清白。虽然心里受此熬煎，她还不能表现出来，天知道会不会有人藏在哪个角落里窥视她的行动。如果她在床上翻来覆去，说不定就会被当成心虚的表证。

天亮的时候，信辉回来了。杨真听到他的脚步声，不紧不慢地从床上坐起来，佯装诧异地看着他，“您已经起床了？”

信辉的脸是铁青的，目光似乎也有锋芒。杨真的心都要被提到嗓子眼了。

“是的。”信辉微微一笑，脸色转为温和，目光里也只有疲惫。“你睡得好吗？”

“睡得还好。”杨真的心立即放了下来，放得有些猛，简直让她有点眩晕。接着她留神打量他的衣着，看看有没有什么蛛丝马迹。

有。他的袖子上有点黑黑的痕迹。仔细看看，应该是润黑的木炭。杨真在心里笑了。她已经知道了八九分，只剩下另一个当事人出现，两相印证一下，大概就能确定事情的真相了。

婢女出来服侍他们梳洗，接着便由玉钗亲自用托盘捧来早餐。早餐是几样小菜，鹌鹑馅儿的莲花饼，一碗红米粥，还有一碗莲叶鸡汤。这碗汤是用鸡脯子和新下来的鲜嫩莲叶做成的，鸡脯和莲叶都被滤去，只留碧绿的清汤，为了增加香味，上面撒了两三片玫瑰花瓣。汤是绿的，玉钗的脸也有点发绿，连脂粉都遮不住。

杨真在心底冷笑起来。她已经知道怎么回事了。安信郡主中的毒是夹竹桃的毒吧。信辉的袖子上沾着润黑的木炭粉末，他肯定是亲自喂木炭粉给她解毒了。夹竹桃的花粉里有剧毒，如果不慎误食，体弱的人可能有生命危险，要想解毒，必先催吐，然后再喂他们喝木炭的粉末，最后再辅以药剂。当年在中华宫廷里的时候，皇后曾经用这招毒害贵妃。贵妃因为身边有懂行的太医扶持，所以逃过了一劫。这件事当初在宫里闹得天翻地覆，杨真很是了解。所以一看到木炭，再联想起“中毒”，她立即就明白是怎么回事了。

给安信郡主下毒的人，就是玉钗，所以她才会那么心虚地掸去袖子上的花粉。大概安信郡主居住的地方也有夹竹桃。她通过某种手段把花粉下在安信郡主的饮食里。安信郡主毒发，如果有人认出是夹竹桃的毒，恐怕也会以为是提供饮食之人不够小心，无意中让夹竹桃的花粉混入了饮食中。如果没人认出她是中了夹竹桃的毒，安信郡主就会被认为是因为之前的那番折腾，油尽灯枯而死，这样一切就省事了。在中华的宫廷里，都没什么人知道夹竹桃的花粉有毒，更不认识夹竹桃之毒引发的种种症状，在这里它只能是更加罕有的毒物。没想到天公不作美，不仅有人认出这是夹竹桃之毒，而且还会解毒。以信辉的精明，一定也觉出是有人特意下毒，已经开始彻查了吧，所以玉钗才会如此不安。

杨真虽然想了很多，但其实只是一眨眼的功夫。她佯作无事地用象牙勺子舀起汤来慢慢地喝，一边喝一边用眼睛瞟着玉钗。她不是想把玉钗收归麾下吗？此时正是时候！

信辉吃完早餐后就去办公了。玉钗也有事离开了，肯定是去善后。杨真则到花园里掐了一朵花，走到玉钗的房间里，把花放到桌上，然后便回房，静静地等玉钗来找她。她留花给她，就是告诉玉钗，“她已尽知”。花不同种？没有关系。以玉钗的精明，只要看到花，就应该知道她所指何事。至于玉钗为什么要做这种事，她心里也明白。历来忠仆都会不顾一切地替主人着想。玉钗也一定看出了安信郡主对信辉而言是个祸害，而信辉偏偏依然善待她。她一定觉得再这样下去对信辉很不利，所以才铤而走险想帮信辉除掉安信郡主。当然了，肯定还有“嫉妒”。历来女性忠仆都会对男主人产生一种说不清道不明的感情。如果男女都俊秀，则更是如此。如此看来她和玉钗有着共同的敌人，可以和她一起对付他的其他女人。但是等到其他人都被扫平的时候，她们两人就要对决了。

第三十三章
险滩

令她没想到的是，玉钗竟然毫无反应，不仅没有偷偷地见她，连当班伺候她的时候，表情也若无其事。杨真不怒反笑，在没有其他人的时候，语气平缓但是毫无征兆地说：“听说前日安信郡主中毒了？”

玉钗眉头微微一颤，但很快神色如常，“安信郡主那边另有奴婢服侍，那边的事情我一概不知，夫人您又是如何得知郡主中毒了呢？”

哼，杨真在心里怒笑，还想要倒打一耙啊。她分明是在暗示，大家都不知道安信郡主中毒的事情，她杨真却知道，是不是和此事有关呢？既然玉钗如此，她就必须狠毒爽利一点。她便冷冷一笑，声音刀子般朝她戳去，“我知道是你做的！”

即便要单刀直入，也不可以说的太清楚，以防隔墙有耳，被人抓住细节后大做文章。

玉钗的脸顿时白了，却依旧在死撑。

杨真冷笑一声，“我只要对信辉大人说我看到你掸袖子，大概就差不多了吧。”

“这只是你一人之言，信辉大人未必会信。”玉钗的身体绷得像石头一样硬，声音则是坚硬中透着颤抖。

“那不妨试试看？”其实杨真也不知信辉是否会相信她，但她知道自己必须表现得胜券在握。

玉钗果然垮了。只见她的眼中露出了恐惧的神色，睫毛纷繁地眨动，最后垂下了眼帘，蹲下来为杨真捻去了鞋上的草叶，并掏出帕子，替杨真擦去了鞋头缀的珍珠上的泥灰。

杨真由衷地在心里笑了。玉钗这个行为，已经表示她之后就会以她马首是瞻。当然只是暂时的。她微笑着用双手把玉钗的手拉过来，然后拿出花样子，让玉钗和她一起刺绣。这样即便有人发现她们坐在一起低声私语，也会以为她们是在讨论刺绣。

“玉蝶怎么样了？”杨真用最平静的语气问玉钗。虽然她自认已经猜透了玉钗的心思，但觉得还是确认比较好。“还好吧。”玉钗的手一颤，差点刺到手指，“出去单门独户地过日子，还更清闲些。”她说话的样子显然言不由衷，绝对知道信辉派人在监视他们。杨真没有说话，只是微笑地看着她。玉钗瞥见她的目光，立即省悟，赶紧坦白，“其实不清闲，信辉大人怀疑他们，派了一个人看着他们。当然了，如果是要对信辉大人不利，即便是我的妹妹，我也不能姑息养奸，只是心里挺不舒服，也不明白。”

杨真不动声色地打量了她一眼。看来她也对燕如飞和玉蝶的事情充满怀疑，应该不知道内情，便继续不动声色地刺探，“燕如飞和玉蝶真是令人惊诧呢。什么时候定的情呢？”

“我也不清楚。”玉钗露出了屈辱、愤怒、心痛和怀疑相混合的神情，“我不知道……我只知道她之前曾经对燕如飞很是推崇，没想到忽然，我什么都不知道，没办法，她小啊，太小了。”杨真知道她是什么意思。她显然是怀疑燕如飞是出于什么目的接近玉蝶，而玉蝶被他迷住了，然后为虎作伥。看来她真的是完全不知道内情，玉蝶一点事情都没向她透露。但是玉蝶知道多少，就不大清楚了。玉钗说的话中有一点格外让她注意。那就是那句“她小，实在太小了”。的确，她虽然不知道玉蝶的真实年龄，但玉钗就这么一丁点大，玉蝶肯定更小。不管她多么的心机深沉，心态老成，只要她还是个小姑娘，以后的心思就有剧烈变动的可能。而且年纪越小的女孩，越容易在某个时刻“忽然省悟”，完全否定自己的一段感情。如果有那个时候，她绝对会变成刺向她杨真的一把利刃。

“那……燕如飞最近在干什么？”虽然心中思绪万千，杨真的脸上还是波澜不惊。

“听说每天只是闷头练武，还在当业余捕快。”玉钗显得更气愤，“大概是当捕快当习惯了，无法丢下这个工作吧。据说他的后辈们一有疑难案子无法解决，他就义务帮他们调查……不过还好。”

杨真在心里冷笑了一下。这个“不过还好”，应该是指燕如飞没有做什么对信辉不利的事情，影响她妹妹吧。不过，凡事不能只看表象。燕如飞到底在做什么，现在还不得而知。

玉钗既然已经成了她的人，杨真再出去活动，就不怕有人多心和故作文章了。再过几天就是释迦牟尼的生日，茜香国的贵妇人们都要去上香，而且都集中在京城最大的尼庵——济惠庵，杨真也打算去。历来男人在外面再怎么守口如瓶，回家总会对女人们透露一点。要想打探消息，就要去女人们的聚会。佛祖生日显然是个大聚会。而且女人在做佛事的时候心理都会比较脆弱，更容易被刺探。

那天杨真并没有穿得很招摇，只是穿了一套素白色的衣衫，还用面纱遮住大半张脸，同行者只有玉钗一人，同样打扮得很低调。济惠庵里果然花红柳绿，玉动珠颤，到处都是贵妇人。玉钗忽然轻噫了一声。

“怎么了？”杨真立即觉出其中有文章。

“夫人，是月读夫人。”玉钗靠近她低声说，“是韩阳韩老爷的夫人。韩阳韩老爷是薛侯爷的外甥，家里是官商。不过他本人喜欢做些东西，给信辉大人做过一辆车。达官贵人也都喜欢用他做的东西，不知道您记不记得那辆车。”

“哦。”杨真当然记得。应该就是信辉一开始坐车和她相见，还打算胁迫她时坐的那辆车。她留神打量起月读夫人来。只见她眉淡口小，瓜子脸儿，削肩细腰，是个美人，但是不管是姿态和神态都不大气，应该是出身寒微。她现在脸色铁灰，眉头紧蹙，似乎有无数烦心事。杨真不由得心头一动：历来给达官贵人提供玩器用物的人最容易知道一些秘密，也最容易被卷入麻烦之中。看她的脸色，是韩阳卷入什么麻烦了吗？还是知道了什么了不得的秘密？

于是她不动声色地跟在月读夫人的身边。月读夫人到佛前烧香，一遍一遍地磕头，不知道磕了多少遍。她紧闭着眼睛，默默地祝祷。杨真知道当她祈祷到忘我的时候，一定会低声把自己祈祷的东西念出来，果然不久后便听她低声说道：“请保佑我家夫君一切平安，尽早全身而退。”

这里面果然有文章。杨真正打算继续听，却见一个身材高大的女人走来跪在了月读夫人身旁。月读夫人碰巧一遍祝祷完了，睁眼吸气，看到她后吃了一惊，赶紧站起来走了。杨真很是讶异，朝那个女人看去，而那个女人正巧也朝她看过来。

啊？杨真又惊又疑外加哭笑不得。这个女人也用面纱包住了大半张脸，只露出了一对眉眼。但是光凭眉眼她就能认出他。是的，他。这个人是燕如飞！他为什么要扮成女人？难道他在进行所谓的义务调查？

虽然心里很是惊诧，但杨真面上没有丝毫表现。她不动声色地朝玉钗看了一眼。玉钗只是讶异地朝月读夫人离去的方向看，看来并没有认出燕如飞。她便低声对玉钗说：“你跟着月读夫人，看看她怎么了。我不便去跟踪她。”

玉钗立即起身，躲躲闪闪地跟了过去。她也对月读夫人的行为感到奇怪，也想弄个明白。

见玉钗走了，燕如飞很是激动，似乎马上就要说话。杨真却把身体转向佛像，做了个拜佛的动作。燕如飞会意，连忙也朝佛像下拜，接着听到杨真低声说："你干吗扮成这样？"

燕如飞朝她瞥了一眼，发现她目不转睛地盯着佛像，连忙也照做，同时低声地说："我是在查案。"

"查什么案子？你不是已经不作捕头了吗？"

"没办法，闲不住啊。"说着燕如飞忍不住又朝她偷看，犹豫了片刻后说，"你最近好吗？"

"差不多吧。"杨真不想和他慢叙别情，故意顿了顿说，"你不是为了和我相见，故意这样做的吧？"燕如飞显然不会是来和她相见的，因为他不可能知道她的行程，她非常清楚。她是故意这样说的，想诈出燕如飞到底在做什么。"这个……"燕如飞果然有些忸怩和慌乱，犹豫了一下后说，"其实，我是受我的兄弟之托，查一查最近的贵妇人结社案。"

杨真微微一怔，"贵妇人结社有什么大不了的？是因为结社出了什么事情吗？"

"是的。"燕如飞飞快地朝四周瞥了一眼，压低声音说，"之前有一位书生，被人发现死在一口枯井里，是被人用锦缎勒死的。我们顺着这条锦缎，查到了一户官商，但这户官商矢口否认是他们杀的人。因为这种锦缎虽然是他家所产，却不是他家自用，他还卖给其他一些人用，因此无法作为他家杀人的证据。所以我们就只有调查他家所有人的行动，结果发现，官商的夫人，在参加一个贵妇人的社团。这个社团自称只是研究佛学，行动却非常秘密，只在初一、十五或者是佛教的特别日子，在这个庵里聚会，就在那边的碧水经堂。因为是贵妇人的聚会，我暂时无法混进去。"

“哦，”杨真微微有点奇怪，又问，“那你干吗跟踪月读夫人？她也是社团中的一员吗？”

“是的。她曾经参加过这个社团，但是没过多久就退社了。所以我觉得这其中很是蹊跷，所以就想查查她。”

燕如飞正在说着，冷不防看到玉钗回来了，便赶紧闭嘴，起身离开。杨真也赶紧装成什么事都没发生，目不转睛地看着佛像，然后在玉钗也跪下时问她，“看到了什么？”

“是的，看到了。”玉钗的眉头皱得紧紧的，“月读夫人去了一个经堂边，有好多贵妇人正往经堂里走，应该是聚集在一起讲经什么的，奇怪的是，月读夫人没有进去，而是藏在门口往里面偷看，我也就站在一边偷看。”说到这里她顿了顿，“我还看到了岚嬷嬷，还是个组织者的样子。”

岚嬷嬷？听到她的名字后杨真颇感惊诧。

“其实，岚嬷嬷和一些贵妇人在一起拜佛念经，为主子们祈福，府里的人都知道。可是……”玉钗顿了顿，眉头皱得几乎要缠成一团了，“气氛好奇怪啊。”

杨真的眉头微微一颤，然后抿紧嘴唇，仔细想了想，然后对玉钗说：“我们回去吧。”

经堂里坐满了穿红着绿，簪翠戴珠的贵妇人。她们都正襟危坐，鸦雀无声地听一位老尼讲经。这位老尼看起来已经有八十余岁，脸孔枯瘦得如枯木，但凛凛然有种不可侵犯的佛法气象。老尼讲完了经，行了佛礼后退出。一个戴着九凤攒珠点翠赤金钗的贵妇人说话了，“现在，就开始我们的修行吧。”她脸上敷着厚厚的粉，嘴唇上也涂着浓浓的胭脂。但因为她脸上的皱纹已如蛛网纵横，嘴唇也早已干瘪，所以这种装扮反而使她显得十分可怕。

她从袖子里拿出一个纸条，慢慢打开，朝坐在她左前方的一个妇人看了看，这个妇人穿着黑缎衣服，头上戴着素白银器，看起来只有二十出头。“金菊，今天轮到你了。”

金菊露出惊喜而又惶恐的神情，其他人则带着意味深长的笑容看着她。

“回去准备吧。”老贵妇人脸上的皱纹菊花一般绽开，笑容很是古怪。然后又看了看纸条，点出了一位夫人，说明天是她的份。然后又点出一位夫人，说后天是她的份，如此一共排了七天。

是夜。金菊夫人脱去了黑缎衣服，摘去了素白银器，穿上了色彩鲜丽的绸衫，带上了攒丝八宝髻儿和碧玉簪儿，脸上施了脂粉，忐忑不安地坐在灯下等着。她已经把守后门的仆妇调去做其他事情了，自己则悄悄拉开了后门的门闩，就等那个人来了。

一更了，没有人。二更了，还是没有人。金菊夫人坐不住了，不由自主地朝后门走去，那个人怎么回事，怎么还不来？再迟些恐怕就来不及了！

后门外静悄悄的。她伏在门缝上往外看。诶？巷子口转过来一个身影。金菊夫人心里一松，接着却又觉得有些不对劲。从身板来看，这个人应该是个赳赳武夫，不像是之前说好的书生。不过算了，武夫也没有关系。

金菊夫人打开后门，迫不及待地迎了出来，刚踏出一步就僵住了。因为这个人似乎有些面熟？接着就有火光亮了起来，几个衙差模样的人从巷子后面转了过来，其中几个人揪着一个被捆得像粽子一样的、嘴还被堵得严严实实的书生，另外一人打着火把。

第三十四章
险胜

“金菊夫人，我是捕头赵正，”最先走出的赳赳武夫说，“我们兄弟之前看到这个人在你的后门口鬼鬼祟祟地晃，像要进行什么不轨之事，所以就把他抓了起来……咦？深更半夜的，您还要出门吗？以您的身份，有什么事情还需要自己去办？诶？您为什么穿得如此艳丽？您不是在孀居期间吗？”

金菊夫人的脸顿时变得毫无血色。

那个书生被押回了京师衙门，金菊夫人也被带了回来。京兆尹打着哈欠往公堂走，面色虽然疲惫，但是双眼精光灼灼，他今天晚上一直在喝参茸提神，就是为了等捕头们抓住金菊夫人和与她见面之人后立即提审他们。

“大人……”师爷小心翼翼地说，“把这个书生抓来，学生觉得无可厚非，但是金菊夫人，她虽然有不守清规之嫌，但毕竟是翰林院侍讲学士孙周的妻妹。虽然孙周的官职只是从五品，但是他与大人同朝为官，弄僵了关系的话，之后相见时面上恐怕不好看。”

“这怕什么？”京兆尹一甩袖子，“我是按照那位大人的指示办事。他要恨，也只能恨那位大人。”

等到升堂的时候，那位书生和金菊夫人已经吓得面如土色。经过赵正他们的初步讯问，他们已经确定那位书生叫金书立，是一个教书先生。

“大胆金书立！半夜三更在良人寡妇的后门晃悠，准备行何不轨之事？快点从实招来！”京兆尹拿出了他招牌的黑脸，大声怒喝。

“大人……小民……学生没有任何不轨之心，只是偶然路过……”金书立吓得牙齿都在打战，却依旧在狡辩。

“大胆！事到如今还敢狡辩！给我打！”京兆尹立即命令衙役用刑。如狼似虎的衙役把书生按倒就打，没想到书生过于脆弱，一下就被揍晕了。京兆尹顿时哭笑不得，外加下不来台，难不成要等他醒来继续拷问？可那样就赶不及那大人要求的进度了。打金菊夫人？这怎么能行呢？

京兆尹皱紧了眉头，朝金菊夫人看了一眼。这只是他在想对策时的下意识举动而已，没想到金菊夫人被他的目光吓得哇哇大哭，立即什么都招了。京兆尹大感惊喜，接着竟有些飘飘然。这个看似意外，其实不是意外，还是他为官有道所致。

金菊夫人虽然已经被吓得浑身筛糠，但口齿还算清楚，事情说得也很明白。原来她参加的那个讲经社，其实是诸多贵妇人集结起来解除自身寂寞的社团。参加者有不少达官贵人的遗孀，当然更多的是达官贵人的夫人。达官贵人们喜新厌旧，身边广续姬妾，除了正得宠的一人或几人外，其他都等于在守活寡，身份最高的，也就是主持者，是罗丞相的夫人辛氏。她们结社的目的，可不是读经以畅心怀，而是她们每次的“自我修行”。什么修行呢？就是辛氏物色英俊而又懂事的青年男子，为她们陪宿，一共有七人，酬金由参加社团的妇人们共同承担。这种事情自然不能声张，所以她们以结社学佛作为幌子，而且每次只在初一、十五和有佛学意义的日子结社，在那时指明哪天哪人能有份儿。为了掩人耳目，还把结社地点选在佛堂。至于之前死的那位书生，就是嘴不够严，把陪宿人的信息泄露了不少，被那位官商小姐协同奶妈和几个亲信的丫头用锦缎勒死了，并一同抬着扔到了井里。她干了这件事后非常慌乱，寻求社团其他人的帮助，因此全社都知道。全社的人经过协商，决定为她保守秘密，如果情况失去控制，她们就一齐动用关系，打压京兆尹。她们以为捕快们找不到证据后就会撒手不问，便继续进行社团活动，没想到这一次被抓了正着。

师爷将金菊夫人的证词整理齐全，让她签字画押。金书立还没醒，衙役便拿着他的手按了印泥，在供词上按下手印。一切刚刚处理停当，就有人报晖照亲王来了，京兆尹赶紧整理衣冠，笑脸相迎。

虽然他表现得无比谄媚，晖照亲王却连看都没看他，只是冷冷地问，“信辉来了吗？”

“信辉大人？”京兆尹颇为讶异，想问晖照亲王，却又不敢。正在纠结的时候，忽然又有人来报，说信辉来了。京兆尹更为讶异，如陷五里雾中。

信辉来了，带着一脸似笑非笑的神情，给晖照亲王作了一揖。晖照亲王却没有用正眼看他，只是冷冷一笑，“监国大人，你做的一手好戏！”

信辉的眉头动了动，并没有说话。

“若是旁人不知，恐怕还会以为你是性格刚直，为了维护京城的风纪，才将这群伤风败俗的女人一网打尽，但是老夫却知道你只是想保护自家的声誉而已。”晖照亲王看着信辉，眼中似乎要扔出刀子来，“其实老夫已经接到密报，你家的岚嬷嬷也是社团中的一员。而岚嬷嬷，又是你夫人华英身边最亲近的嬷嬷，如果她被查出涉案，你家华英难免会受到怀疑。历来夫妇一体，如果华英夫人被人捕风捉影地猜疑，你监国大人的声誉也会受到影响。所以你干脆命人把这群女人都抓起来。其实捕快们早已查明这个社团的一切，只是因为参加社团的女人大多身份高贵，迟迟不敢动她们。你对此早已心知肚明，对吧？你把这群女人都抓起来之后，就可以命令京兆尹，把你家的岚嬷嬷提出来，然后再命令那群女人，对这事守口如瓶。条件嘛，自然是对她们从轻发落。这样快刀斩乱麻，省得日后此事被他人发现，闹得不可收拾。哈哈。信辉大人，你这算盘打得甚巧，但还是打错了算盘。一来你没算到老夫信息灵通，二来你没想到，这样你虽然能保全你家的嬷嬷，保全你家的声誉，但那些大臣们不免颜面扫地，日后也难免恨你。即便你是一人之下万人之上，但千夫所指的话，日后日子恐怕也不会好过。”

信辉没有答言，只是不可名状地微笑了一下。就是这一笑激怒了晖照亲王。晖照亲王想要发怒，想了想后还是把怒气按了下去，转而厉声质问京兆尹，“老夫说的没有错吧？你身为京兆尹，就该秉公办事，怎么能因为信辉大人一句话，就徇私枉法呢？你可知罪？”

然而令他骇然和不解的事情发生了。按理说京兆尹此时应该惶恐不堪，但此时他脸上分明是惊骇和不解。

“怎么？”晖照亲王立即发现有事不对。

京兆尹看了看信辉，朝晖照亲王凑近了些，“王……王爷……下官，明明是按照您的命令，抓捕这群伤风败俗的女人的啊？”说着便从袖子里掏出了一个东西，正是晖照亲王府的令牌。

“啊？”晖照亲王宛如高楼失足。

“王爷，”信辉冷笑着开了口，“王爷关心京城风纪，命人抓捕伤风败俗之人，下官其实是非常佩服的。不过，正像王爷所说，岚嬷嬷那个贱婢涉案，会让我家夫人受到无妄之灾。华英虽然脾气不好，但嫁于我之后恪守妇道，让她惹上无妄之灾，我实在于心不忍。其实我是特来向王爷讨情的，不止是为我家的岚嬷嬷讨情，也为其他大人的夫人女儿们讨个情。她们不守妇道，固然可耻，但把她们交由自己的夫君、父亲教化惩治便是。把她们暴露在阳光之下，除了让她们自己以后不得见人，她们的夫君颜面无光之外，并没有什么益处。而且，如果让民众和国外之人知道我朝大臣们的夫人女儿们作此羞耻之事，整个朝廷和国君的声誉也会荡然无存。所以依下官愚见，只将杀人之人按律惩处便是，对外也只宜宣称是普通情杀。对于其他人，就放过他们算了。不知大人意下如何？”说完他朝外面看了一眼。跟在他身边的王德会意，立即走了出去。片刻后罗丞相等妻女涉案的王公大臣立即鱼贯而入，一齐向晖照亲王作揖。原来信辉也把他们带了来，让他们等候在衙外，此时他们一并进来“讨情”来了。

晖照亲王脸色苍白，气得浑身乱抖。他原来的计划，就是先引信辉为了保全自家声誉，秘密抓捕这群女人，再秘密捞出岚嬷嬷；他则及时来这里，制止信辉。他的目的其实不是把所有人都暴露在阳光之下。他真实的目的，是以“他们徇私枉法”为目的，拖住信辉，制住京兆尹，然后再命自己的亲信把家属涉案的王公大臣都找来，“秘密开会”，表面上是商讨该如何处理这件事，其实是让大臣们看看，抓捕他们家女人的是信辉，想让他们颜面扫地的人也是信辉。然后自己再做个和事佬，让信辉“秘密了解此事”，这样所有的大臣不仅会记恨信辉，还会对他晖照亲王感恩戴德。没想到信辉不知通过什么方法窥破了他的计谋，还让京兆尹以为是他下命令抓这些女人，他到底是怎么做到的？

“请王爷给这些愚蠢妇人们一个机会，也给诸位同僚一个机会。诸位同僚也不希望发生这种事情。他们为了国家兢兢业业，如果因为这种事情声名尽毁，实在是不值得。”信辉见晖照亲王气得发懵，故意补了一句。

晖照亲王如梦初醒，接着看到那些官员看着他的目光里固然有期盼和乞怜，但也有难以言喻的愤懑。他知道信辉已经成功地把他变成了众矢之的，而且成功地让众官员以为他信辉是带领和帮助他们讨情的恩人。如果刚才官员们听到了他和信辉的对话，乖觉点的也许能看出其中有文章，但信辉也许早料到了这一点，所以让官员们全部等在衙外。总而言之，他现在已经回天乏术，怎么做都无法扳回局面。他只有恨恨地一甩袖子，“你们想怎么办就怎么办吧！”说着便颤巍巍地走了出去。

晖照亲王走出衙门，上了自己的轿子，脸色已经变得像死灰一样。他不仅愤怒，还想不通信辉到底是怎么让京兆尹以为是他下的令的。忽然想起一事，他顿时气得浑身冰凉，“这臭丫头。我没这个女儿，我没这个女儿！”

这件事到底怎么回事呢？这要从杨真和燕如飞的那次会面说起。杨真发现燕如飞说得太多了。如果他只是想解释自己不是特意来见她，没必要把案件说得如此清楚。感觉他是想特意让杨真注意到这个案子，以及这个社团。等她注意到了这个社团，应该就会联想到岚嬷嬷。如玉钗所说，岚嬷嬷参加社团研究佛法是全府皆知的事情。

所以，杨真觉得燕如飞是刻意告诉她这些的。既然刻意，就一定有问题，可以告诉杨真岚嬷嬷涉案，就等于刻意告诉信辉岚嬷嬷涉案。按理说，告诉信辉岚嬷嬷涉案，是提醒他赶紧未雨绸缪，有帮他的意思。但是燕如飞和信辉可以说是死敌，他不会想要帮助信辉的。因此唯一的可能，就是燕如飞想对信辉下套。至于下什么套，杨真就把自己当成信辉，猜度他该怎么做。大概就是把那些女人抓起来吧。把她们抓起来有什么坏处？那就是会成为这些女人的丈夫和父兄的众矢之的。即便是信辉，遇到这种事情也会很难应付。当然，信辉不会傻到得罪所有人，可能会把这些女人先抓起来，秘密训斥，或是命她们社团内部的人带信，恐吓劝说，叫她们守口如瓶。只把杀人的人治罪，把这件事秘密了结掉。而那个下套的人，就要及时出现，制止他，然后再把涉案的人都找来，造成信辉要修理他们，他及时通知他们来处理问题的假象。这个人可以通过燕如飞做手脚，也一定会熟悉捕快的行动，因此应该可以及时出现。而这个想要下套的人到底是谁，她心里也有所猜想。应该是晖照亲王吧。因为目前最仇恨信辉的就是晖照亲王，敢动他的人也就只有晖照亲王。至于信辉会有什么方法反击，她也猜到了。现在最好的方法就是以其人之道还治其人之身，让京兆尹误以为是晖照亲王令他抓人，信辉再扮演晖照亲王的角色。至于如何做到，也很容易。安信郡主仓皇逃至信辉这里，一定会有下人们，否则她自己逃不来，一定会带有很多晖照亲王府的东西。对于王府的下人来说，王府的令牌是不可离身的。只要有王府的令牌，就可以派人假传号令。杨真虽然把一切都算清楚了，却只是把自己发现的事情告诉信辉。信辉略一思忖，也立即想到了对方的图谋和对策，和杨真算的一毫不差。

第三十五章
依旧有隔膜

信辉这次不仅把晖照亲王修理得七孔冒烟，八处冒火，还几乎摧毁了他的政治人脉，心情非常好，回到房间的时候脸冒红光。杨真也非常高兴，由衷地，容光焕发地迎接他。

信辉真的是非常开心，拉着她的手把自己做的事情一五一十地跟杨真说了。杨真抿着嘴微笑着，一边听一边点头。

“真是了不起啊。”信辉上一秒还在愉快地诉说，下一秒却有了近乎天翻地覆的转变，“听我说这些的时候，你一点都没有惊诧和意外的样子。看来你都算到了，真是太厉害了。而你只把你发现的告诉我，不对我说明你的猜测，更没有对我献策献计，无疑更加厉害。我真有点敬佩你了。”

他的语气依然是愉快的，却让杨真从头凉到脚，接着心里像火烧一样滚烫了起来。信辉还是在猜忌她。因为知道她怕他觉得她聪明而伪装，觉得她实在太过心机深沉，所以猜忌她。

“这还不是因为您自己？”杨真忽然发作了，让她自己都吓了一跳，“我知道您一直嫌我聪明，所以才要伪装。是的，我不蠢，这是无法改变的事情。您要是因为我聪明而猜疑我，我也没有办法，可是我是真心实意为了您的。我知道您会嫌我聪明，但又不愿意假装愚钝让您受到伤害，所以才小心翼翼地。没想到最后还是这个结果，您知道我心里有多难受吗？”说到最后她的眼泪潸然而下，眼睛冒火般盯着信辉。

信辉没有想到也没有见过她发脾气，一时间被吓怔了。呆怔了片刻后想要安慰她，她却在被碰触的前一刻把身体转过去了。她知道自己应该生气。想让信辉之后对她毫无猜忌，就必须向他强调她是个以最真实的面目对待他，会对他真情流露的女人。不过她这样做并不是因为心机使然。她是真的觉得自己该卸去假面了。既然已经决定拼一拼，就要铤而走险一下。如果对自己的爱人，还要天天戴着假面跳舞，那还有什么味儿？

信辉抿了抿嘴唇，脸色有点阴。想把杨真的身体扳过来，最终却没有这样做。“既然如此，”再开口时他的声音已经非常低沉，简直像从地底下发出来的，说到这里又顿了顿，“你先好好休息，我先有事出去了。”

杨真身体紧绷地坐着，连根肉丝儿都没有动，心里却已经颤得不成样子。信辉也许是在表达歉疚，但不知道这份歉疚会不会变成愤怒，然后再引发疏远。如果信辉之后向她示好，那他们的关系就会真正地再进一层。如果不是，那么……

杨真正在忐忑不安地出神，玉钗进来了，对着她深深一揖，“感谢您保全我妹妹。”

杨真没有说话，只是微微地垂下了眼帘。她知道，当信辉发现燕如飞被晖照亲王所用的时候，一定不会放过燕如飞。而玉蝶因为她的特殊身份，一定会格外受到牵连。玉钗作为姐姐肯定会心痛，而且说不定不会怨恨信辉，只会怨恨她。所以她干脆作个顺水人情，教了玉钗一件事，在信辉明说自己已经想到幕后黑手是晖照亲王之前，找准机会，装成忽然想起“一件要紧的琐事”，对信辉说上次玉蝶告诉她，燕如飞最近身上有股稀奇的香味。她存了这个记忆在心里，忽然想起来这可能是亲王级别的人用的熏香。这样做无非也是暗指操控燕如飞的人是晖照亲王。而信辉不需要这个提示也能想起幕后黑手就是晖照亲王。杨真叫她这样做，是想暗示信辉，玉蝶依然对信辉忠心不二，发现燕如飞身上有任何不对的地方，都会向信辉报告，以此来保全玉蝶。燕如飞身上是否有晖照亲王家的熏香，不得而知。但身上的香味这种东西，只有夫妻枕席之间才能察觉。即便是信辉安插过去的那个人，无法察觉也属正常。而玉钗又是信辉臂膀般的人，信辉绝不会去找玉蝶查证，自然不会发生穿帮之类的事情。之后玉钗再对玉蝶对下口径便可。

"不用谢我，"杨真幽幽地说，"都是女人，我明白。"她保全玉蝶，并不仅仅是想笼络玉钗，而是真心可怜她。因为她和她一样，都爱上了一个无法揣测、而且无法真正领略她们心意的男人。而玉蝶比她还惨些。燕如飞对玉蝶，应该是毫无情谊。想到燕如飞的时候，杨真微微觉得有些胸闷。燕如飞及时逃走了，对此她并不意外。她知道燕如飞有多恨信辉。之前肯定误以为信辉必败无疑，所以一定会在信辉和晖照亲王交锋的时候藏在某处观看。等他发现晖照亲王大败之后，知道信辉一定已经知道了他的图谋，之后肯定不会放过他。晖照亲王大败之后，肯定无暇管他。他必须赶紧逃走自保。身为公门中人，这点机智还是有的。

老实说，燕如飞逃走，其实让她松了口气。燕如飞只是喜欢她而已，但是他想利用她对信辉下套，绝对应该知道也会让她惹上无妄之灾：信辉如果落入圈套，一定会责怪报讯之人。他为什么要这样对她呢？想来真是令人心寒。

杨真的这句话让玉钗也心有戚戚焉，一时间眼中竟开始沁泪。杨真明明是她的头号情敌，此时她竟隐隐有种和她肝胆相照的感觉。想起信辉刚才脸色阴阴的出去，有点为她担心，"你和大人之间……没有关系吧？"

“他会回来的。”杨真只说了这么一句话。其实他回不回来，她根本没把握。

到了晚饭的时候，信辉没有回来。到了掌灯的时候，信辉依然没有回来。到了就寝的时候，信辉依然没有回来。杨真一声不吭地坐着，感到身体像浸在冰水里一样冰冷，心也像一块巨石一样向无底的冰渊下沉。

就寝的时间过了，杨真轻轻地叹了口气，准备卸妆就寝。她的心已经凉透了，脑子也像石头一样僵硬。她慢慢地挪到梳妆台前，开始脱卸珠珥，忽然一个东西伸到了她的面前。

“啊！”杨真一惊，发现信辉正似笑非笑地站在她的身边，而他的手里，赫然是一个糖人。

“你这是？”杨真一头雾水。

“你喜欢吃糖人，对吧？”信辉说，“我特地去你家，问了你父亲你喜欢什么。”

“啊！”杨真此时的感觉已经不能用受宠若惊来形容，只觉得心头和脸庞全部火烫。“那他……有没有失礼？”

“还好吧，除了话讲不清楚，让我听了好几遍才听懂之外。”信辉揶揄地说。

杨真可以想象到杨甲见到信辉驾临时的激动样子，不由得又幸福又尴尬。

“我可是找很多人打听，”信辉接着说，“才知道城北有个糖人师傅，可以把糖人捏得和真人一样。我好不容易才找到他，让他捏了这么个糖人。所以才会弄到现在。”

杨真这才注意到这个糖人是完全按照信辉的样子捏的，不禁错愕异常。

“来，把它吃了吧。”信辉柔声说，“你吃了就代表我们和好了。”

杨真的身体微微一颤，一时间竟有点眩晕。信辉把糖人捏成自己的样子，是有很深的寓意的。他是等于把自己当礼物送给她，也代表他的心完全属于她，更代表他也打算卸下假面，以最真实的态度对她。老实说，她真的很想说“这个太珍贵了，她舍不得吃，要把它存起来”。但是信辉说了她吃了才算不再怪他，而且再说这样的话又有见外之嫌，便不客气地把糖人接过来吃了。

超越甜味的味道，杨真知道她尝到的其实是她心里的滋味。然而在这妙不可言的滋味底部，还有一股苦涩和辛辣的味道。因为她知道自己还是需要背着他用心机的。即便会被他责怪，她也要用。她感觉他身边有隐患，而他好像没有察觉，或是察觉了并没有打算清除。当局者迷。她不能让他因此遇到麻烦。她要查清楚，必要的话，帮他清除！

天垂青黛，清风微凉，一副快下雨的光景。对弱不经风的贵妇人来说，此时早该回房休息了，而华英却坚持要留在花园里的亭子里“玩投壶”。既然是“投壶”，那肯定是要往壶里投东西了，但她却对着一个泥像投飞镖。那个泥像有半人高，底座放在一个花盆里，捏成一个女人的样子，耳边挂着一对真人用的耳环。华英每次都要用飞镖把它的脸和身体搞得稀巴烂，然后再喝令丫鬟帮她捏好，以备第二天再投。每次投的时候，除了亲信丫头外不许别人上前，对外只许说是“投壶”，只是怕被人发现她是诅咒外加泄私愤而已。她诅咒和泄恨的对象是谁呢？自然是杨真。那个耳环，就是杨真用来设局套她的耳环。

“夫人。”她的亲近丫鬟书云脸色古怪地靠了过来，“有客。”

“有客？”华英很是诧异：什么样的客能直接到花园来找她？再看书云身后，赫然看到了一个戴斗篷的女人。斗篷垂下来，盖住了半张脸。只见她不慌不忙地走到华英面前，把斗篷轻轻一掀。

“啊！”华英差点跳起来。来者竟然是杨真？她竟然敢来找她？

“这可真是稀客，”华英赶紧收敛惊骇的神色，冷笑着说，“你一个人来的吗？”

“是的。”杨真微微一笑。和玉钗一起来也许更为安全，但是她觉得还是暂时不让华英知道玉钗已是她的人比较好。

“哼。”华英不由自主地咬紧了牙齿，嘴角也向上扯去，“你不怕我对你不利吗？”其实心里已经存了对杨真不利的心思。

“夫人您的威严，我当然是知道的。”杨真哈哈一笑，“我既然敢来，自然有所准备。实际上，信辉大人还有两个时辰才会回府。我在离开之前，夹了一张纸条在信辉大人常看的一本书里。告诉他我来见您了。如果我能及时回去呢，我就在他回来之前把纸条抽走。如果不能及时回去的话，他恐怕就要过来了。”

“你……”华英夫人的脸顿时青了，悻悻地说，“你可真行啊。怪不得能勾住他，那你来是做什么？向我示威吗？”

“当然不是。”杨真微微一笑，“我是来请夫人跟我联手。”

“联手？”华英的下巴差点飞出去。“你没发癔症吧？”

杨真没有正面回答，只是高深地说道：“夫人，您看过中华的《战国策》吗？”

“当然看过！”华英虽然不知道杨真是什么意思，但是为免杨真把她看作无知的女人，还是说自己看过。其实她只是在幼年时，听家中大人说过几个其中的故事而已。

“那您一定知道，两个有仇，甚至有世仇的国家，只要有共同的敌人，就可以在一段时间里成为盟友。”

杨真话已至此，华英夫人也不算笨，立即明白了，“你是说我们现在有了共同的敌人吗？是谁？安信郡主吗？”

杨真“扑哧”一笑，“看来您也知道大人收留了安信郡主。”

“这个，”华英的脸红了红，然后悻悻地说，“他没有告诉我，不过我知道。我只是听人说安信郡主消失了。虽然晖照亲王没有对外说，但是之前安信郡主每隔三天就会叫一个女说书人去给她说书解闷，但是前阵子忽然停了，也没人对女说书人说为什么，所以我猜她是从家里跑出来了。而她要跑出来，肯定是找我家那个。”说到这里她的脸忽然涨得血红，抿了抿嘴，没有再往下说。看来她对信辉的行为不是一般的愤怒，以至于无法宣之于口。

杨真在心底冷笑了一下，脸上却丝毫没有表示。

“是安信郡主，对吧？”华英继续说，“她想把我们两个都干掉？”

“不是。”杨真轻轻地叹了口气，“安信郡主似乎对您没什么敌意。她只是想对付我……”

华英听了这话反而更怒，其实她也知道安信郡主没把她放在眼里。因为她知道信辉一点都没把她放在心上。安信郡主在意的只有信辉的心属于谁而已。

杨真瞥了她一眼，并没有立即告诉她此人是谁，而是跟她慢慢道来，“其实，岚嬷嬷那事儿，想必您已经知道了。是晖照亲王想设计陷害大人，想必您也知道了。”

“你想说什么？”华英的目光立即变得像刀子一样，脸也涨得发紫，她听出杨真这话里有很大的玄机。

杨真高深莫测地笑了一下，“我怀疑晖照亲王在府里有内应。首先，岚嬷嬷参加社团学佛，虽然是府里人尽皆知的事情，但也是‘府里人尽皆知’，不是府里的人是不知道的。另外我在庵堂里遇见燕如飞，实在是太过凑巧。所以我觉得，一定是有人事先告知燕如飞我要过去。而这个人，能在两边府里安插眼线，必定是有一定地位的人，而且平日不被注意，没人想到去防她。要想布置这个骗局，知道庵堂里的勾当是前提。所以这个人一定和庵堂有某种联系。这次大人如果中计，固然会遇到很大的麻烦，我们两人必然也会被大人狠狠怪罪。这个人对大人，对我们都有仇恨，这几个条件一卡下来，夫人您认为她是谁呢？”

华英夫人脸立即变得毫无血色，半晌后才踌躇地说：“你是说……莞晴夫人？”

第三十六章

真正的危机

杨真的眉头微微颤动了一下。她一开始听说莞晴夫人只是官商的女儿的时候，就觉得她的身份一定不止于此，现在华英夫人如此表现，证明莞晴夫人的身份恐怕大有文章。如果她身份低微，华英夫人一定破口大骂，说要惩治她了。而她的反应分明是害怕和疑惑。莞晴夫人竟然能让她害怕和疑惑。难道身份比她还要高？她完全动不了她？

“看来莞晴夫人的身份非比寻常啊。”杨真冷笑了一下，“方便跟我说说吗？”

华英夫人盯了她一眼，犹豫了半晌才说：“老实说我也不清楚。她之前是一个庵堂里的尼姑，据说没有任何亲人。不知为何，被大人弄到府里做了侧夫人。做了侧夫人之后，她的亲人们就忽然冒了出来，大人又赏了他们官商的资格，我觉得她很奇怪，便问大人为什么要娶她。结果大人不说话，只是盯了我一眼，那目光真吓人，我从来没见过，我就再也不敢多问了。大人把她弄来府里后，就在她过门那天在她那里住了一晚，之后就不再去了。而她之后也是潜心学佛，与世无争。虽然她很奇怪，但是只要她不抢男人，我就不管她了。她现在竟然搞出了这种事情，为什么呢？”

杨真怔怔地听着，额头上有根血管突突直跳，似乎马上就要爆。她竟然错了。虽然只错了一点，但有时错了一点就足以致命。她原以为这个莞晴夫人是长期独守空房，才对信辉和他身边的女人产生怨恨，再加上别的什么动机，才会想设局陷害信辉和她们。而听华英的描述，她更像是被信辉弄到府里加以保护的。娶她做侧夫人只是掩人耳目，而她的家人，恐怕也是信辉临时找来做戏的人。否则信辉弄了个无依无靠的尼姑回家，肯定会引人注目。既然她是被信辉弄来保护的，那和他应该没有男女之事，也更谈不上因独守空房而心生怨恨。而且既然是受他保护，自然也不会想设局陷害他，那她为什么要做出这种事呢？

此时她心里的变动不亚于翻江倒海，天翻地覆。她忽然瞥见华英直直地看着她。那目光与其说是审视，倒不如说是求她解惑。她心头一动，忽然打算再冒一次险，“您带我去见见那位莞晴夫人，可以吗？”

华英夫人立即应允，叫杨真再用斗篷遮住半张脸，自己也弄了个不起眼的披风戴上。屏退左右，华英自己亲自带着杨真去见莞晴夫人。她一直带着杨真走到了花园的界墙，打开了一个小门。门口是一片翠绿欲滴的竹林，一条小径穿林而过，在竹林的尽头，有一个圈着三间房舍的小院。这个小院全由原木搭就，粗朴中颇显雅致。华英夫人朝杨真暗暗招手，带着杨真绕到围墙角落的小窗边，和她一起躲躲闪闪地往里看。院子里有个穿着月白绸衫的女人，头上绾了一个简单的发髻，暂时背对着她们。杨真只能看到她光可鉴人的乌丝和雪白的颈项，身段也极是窈窕。光看背影就能看出她年轻貌美，而且气质高贵。不一会儿，那女人转过身来，却让杨真大出意料。只见这位夫人虽然容貌清丽，皮肤百腻，但眼角已经微有细纹，看起来已有四十岁许。杨真其实也悄悄怀疑信辉虽然是她的保护人，也可能和她有什么情愫，但见她已如此年纪，这种怀疑顿时烟消云散。她要是再大个几岁，都能做信辉的妈了。她再看她头上的头饰，顿时像有火炭直溅到眼里一样，心头剧烈地抖了起来。这位夫人戴的是素银攒丝蛟龙吐水头饰。她认识这类的首饰。她记得在中华宫廷中的时候，一位老太妃曾经夸耀过自己和茜香国的皇后很有交情。当时这位皇后还是王子妃，到宫中朝见中华皇后，与她甚是投缘。她当时正巧手中有皇帝赐予的蛟龙吐水头饰一对，便送给王子妃留作纪念。后来王子妃成为皇后，送了她一枚夜明珠。对老太妃来说，最得意的，并不是得了如此贵重的回礼，而是她“慧眼识人”，结识的朋友母仪天下。每说到得意处，她就把自己手里的那副头饰给小宫人们看。那副头饰的确很是精巧别致。而那位老太妃已经年逾八十，她虽然记不清送首饰的年份，但这首饰至少有六十多年的历史，所以杨真多看了几眼，也深深地记住了。莞晴夫人戴的头饰和老太妃的一模一样，难道她是茜香国皇族的后人？

一想到这个杨真便如遭雷轰电击般想到了之前那个所谓的夜叉杀人的案件。仔细想想，当时曾有太监高手模样的人出现过。而说人被鬼神所杀和被鬼神所掳，其实是助人金蝉脱壳、掩人耳目的一种说法。看莞晴夫人的年龄，也完全可能经历夜叉杀人案。夜叉杀人案发生的时候，她应正属盛年。难道当初所谓的夜叉杀人案，只是一部分茜香国的皇族为了金蝉脱壳而玩出的把戏？而那些人金蝉脱壳后竟然藏在信辉的府邸？这其中到底有什么秘密？

杨真想到这里就如身陷惊涛之中，但也知道现在不是冥思苦想的时候，赶紧敛住惊骇和怀疑的神色，不动声色地朝四周扫视了一圈，却因此发现华英夫人正一脸渴望地看着她。她知道她一定是希望她给她解惑，但此时她却觉得华英夫人实在不可以与她一起分担如此重大的问题，便故意说，“从这位夫人的仪表看，一定大有来头，关于她的身份，您真的不知道一点蛛丝马迹吗？”

华英露出了失望和恼怒的神色，悻悻地说：“我目前还没有发现……”

现在时间已经不早，杨真和华英道别后就匆匆赶回了那边府里。一进门她就感到心头沉重，回到卧室里后心头已不仅是沉重，还像被两块石块从两边碾压。该不该把自己对于莞晴夫人想害他的猜测告诉他呢？这样就势必得问莞晴夫人是不是茜香国的皇室成员。如果她要问这个问题，就暴露了她又背着他活动，甚至还和华英联合，他一定不会高兴。只告诉他最初的猜测？不行。当非常关心一个人的时候，就格外觉得他会犯错误。她必须得直到所有的事情弄清楚，才能帮助他，只是这样十有八九会遭到他的厌恶和再次猜疑，她该怎么办？信辉回来了，好像心情很好的样子。

杨真一看到他，心里的一大堆话全部涌上喉头，最终却又滑了下去，之后就一直压在心底，再也无法开口，但是不开口又不是办法。她纠结了几天之后，决定还是对信辉实话实说。然而就在她打算开口的时候，信辉却有了很吓人的表现。

那天他回来得格外早，一进门就怔怔地坐着，一双眼睛就像两个黑洞，里面什么东西都没有。杨真知道一定出了大事，便没有去招惹他，只是悄悄地去问玉钗。

果然出大事了，杨真听到这件事后全身都抖了起来。安信郡主死了。原来晖照亲王上次受了那一气，回家便发起高烧，几天便被传不行了。安信郡主听到这件事后大哭不止，觉得自己十分不孝，无论如何都要回家见父亲一面。信辉虽然担心安信郡主的安危，但她执意要去，又想到晖照亲王之前最疼的就是安信郡主，应该不至于对她下什么毒手，就派人把她送了回去。没想到她和随从们在半路受到伏击，随从们全被利刃杀死，她则在轿子里被石块砸死，脸上血肉模糊成了一团。

杨真知道信辉有多么在意安信郡主，他得到这个讯息后一定是悲愤欲死，她很担心他会不会因此伤了身体。她还担心自己的安危，无论怎么说，她是有动机伤害安信郡主的人。即便没什么势力，但她出色的智谋，难保信辉不会怀疑上她。再说当局者迷，信辉在极度悲愤之下，难免不会乱找罪犯，如果他怀疑上她了，她该怎么办？

她忐忑不安地回到卧室，发现信辉已经不在了，之后就是三天没回。第四天傍晚的时候，他终于回来了，脸色是青的，双眼却灼灼放光，嘴边还带着一抹狠笑。看到他这种神情，杨真的心立即打鼓般跳了起来。这一定代表他有所发现，还打算有所行动。

信辉一进卧室就坐了下来，盯着她看。杨真被他看得心里发毛，但不能不看他，也许是当局者迷的关系，她看不出他的目光里有什么，只是非常非常惊慌。

“我已经确定是哪个人害死了安信。”信辉恨恨地说，“真是凶残狠毒……”

杨真的心立即提到了嗓子眼，为什么他对她说？难不成认为是她？

“是华英……她一直都这么蛮横和愚蠢！只有她会想做这种事，只有她会笨到做这种事，也只有她有能力做这种事……这条毒蛇！”

杨真大是惊诧，心头一松后心里却疑云大起。华英？她会这么做吗？应该不会……想到这里她的心猛地揪成了一团。虽然她对华英毫无好感，她被当作罪犯对她来说也很有利，可是她更关心信辉的安危。信辉应该是错了，如果她不告诉他，他就会中了别人的计。目前来看这个设伏的人一定有很深远的目的，说不定还设下了连环毒计。可是如果告诉他，岂不是暴露了她偷偷背着他活动？岂不是又会被他厌恶？

“我实在忍受不了她了。”信辉恨恨地说，“我已经把她关起来了，我至少要把她休回家。”他的目光已经散乱，完全失去了往日的冷静，似乎已经失去了理智。

看他这个样子，杨真忽然下定了决心，一字一顿地说：“应该不是华英夫人做的。”

“什么？”信辉猝不及防，呆呆地看着她，

杨真用力地吸了一口气，嘴里似乎含满了石子，“华英夫人知道安信郡主不想对付她。”

当初她对华英说“安信郡主不是主要针对她”的时候，可以看出华英心里也是有数的。安信郡主即便已经从家中出走，毕竟还是晖照亲王的女儿，信辉又对她这么在意，如果不是生死相搏，华英没必要铤而走险对她下杀手。安信根本不怎么想对付华英，她即便是吃错了药，也不会出此昏招。

“你怎么知道？”信辉抬头盯向她。他觉出其中有文章，眼睛有些发红。

杨真有些胆怯，但还是鼓起勇气说：“因为我和她见过面。我对她说明安信郡主并不如何想对付她，而且看她的表现，她心里也非常明白。”

“哼哼……”信辉冷笑起来，“你竟然去见华英了……真是了不起啊……”他猛地站了起来，袖子把一个花瓶带到了地上，摔成了千片万片。“你是想和她联合吗？看来你们成功联合了？我还真想不出你们怎么能联合，你真厉害，能做人所不能及的事情。真是太厉害了！”他接着咆哮起来，“你为什么总要在我背后搞这些勾当？你还怪我不信任你？你总是玩弄心机，你这叫我怎么信任你！”

杨真冷眼看着他，虽然她已经预料到他会如此，但此时心里依然如遭斧凿刀割。她等他咆哮完，努力忍住眼泪，冷声说：“我这是为了你好，我知道你会很生气，甚至会因此厌恶我，但是我还是对你说了。因为我怕你会判断错误，误中别人的奸计，所以必须跟你说。我要是还是对你玩弄心机的话，干吗自招倒霉呢？”

信辉不说话了，但是目光和表情依然很凌厉，喉结还在微微地上下颤动。杨真盯着他的眼睛，冷笑一声，“看来我告诉你是非常必要的，你已经完全失去冷静了。”

“怎么说？”信辉沉着嗓子说。

杨真微微一垂眼帘，不再对他直视，“你有没有发现？安信郡主可能没有死！”

信辉没有说话，但脸猛地涨得通红。

“你想想看，你派去的随从都是被人用利刃杀死的吧。唯独安信郡主是被石头砸死的。为什么要换两种武器呢？而且用石头杀人无论怎么看都太麻烦了。袭杀最重要的就是时间，哪怕耽误一小会儿，都可能横生枝节。所以杀手们完全没必要用石头砸死她，为什么必须要用石头砸死她？那是为了毁坏尸体的面容。他们为什么要毁坏尸体的面容？就是因为怕你看出她是谁。而如果用刀子剁烂尸体的脸，又会显得太刻意。所以安信郡主应该还活着！”

信辉聚精会神地听着，脸色渐渐不再那么青，眼中也恢复了理性的神采。要是别人遇到这事，他说不定比杨真明白得还快，但是因为这次是安信郡主，所以才会一时失去了判断能力。杨真垂着眼帘，又把自己发现的有关莞晴夫人的事情告诉了他，把自己看出莞晴夫人是皇族的事情也一并坦白。听了这些后信辉的面孔紧绷，眼珠快速地转动。杨真看不出他是否对莞晴夫人的事情有所察觉，也看不出他对莞晴夫人的事情是何看法，也看不出他对她自己有何看法，她现在也到了当局者迷的阶段了。她感到自己现在也已管不了太多。

“其实，”杨真轻轻地叹了口气，她现在的感觉就像心里积满了淤血，一叹气就会变成血雾喷出来。“关于安信郡主的事情，要是往日的您，一定能第一个看出这其中的问题。可是您现在，您叫我怎么放心呢？”

信辉抿了抿嘴唇，半响后慢慢地说：“是的。你想象的没错。莞晴夫人，就是西香国皇族，而且是正统的皇族。西香国现在的皇帝，其实是旁系子孙。是他的父亲杀了上上代的皇帝，也就是当今皇帝的叔祖，夺取了皇位。当然了，对外说是上上代皇帝重病身亡，而他是合法继承人。莞晴夫人，其实是上上代皇帝最小的女儿，知道皇位更替的内情。因为是女孩所以没有被清洗，但是依然日夜被人监视。她怕日后遭遇不测，便假装生病，借口要到海上念经，求海神续命。她命忠于自己的死士杀死监视她的人，逃入民间，然后再散布谣言，说她们全船都死于夜叉之手。当时她有一个死士已经罹患重病，只有数月生命，索性便叫他装成目击者和唯一生还者，故意说错‘夜叉杀人’事件发生的海域，引得各路人马去错误的地方寻找。令人啼笑皆非的是，很多对被篡位的皇帝尽忠的人也被这个信息所误导，到那片海域寻找。我还去和他们会晤过。“说到这里他便不再说下去。他口中的那个“忠义人士”，就是那个在杨真躲藏的庙宇里挂单的可疑的老和尚。他去找他，却意外发现了杨真的踪迹，然后就成功地把她据为己有。现在提这件事很不适宜，他转变话题，“老实说，我虽然扶植了一位皇后，但不能光指望她。所以我通过寻访，找到了莞晴，加以保护。如果当今皇帝失控了，我就铤而走险揭露他的皇位来路不正，其实她算是我的一个护身牌。”

“您不用对我说这些。”杨真静静地听完，深吸了一口气，然后直直地盯着他，脸上寒得似乎要结出霜来。“您是想表示您信任我，是吗？您说我用心机，其实您这何尝不是？”说到这里她又深吸了一口气，“其实，我们无法互相信任，不是我的问题，我以前一直以为是我的问题，其实是你的问题。因为你根本无法相信别人，总是在自己和别人之间设置一道看不见的屏障，即使别人对你卸下了假面，你依然无法相信。你可以让别人接近你，但是那屏障总是不撤，所以我才会不安，才会一直戴着假面，一直戴着……”说到这里她的眼泪再也忍不住，如断了线的珠子般掉了下来，脸却依旧绷得像冰壁。

信辉呆呆地看着她，抿了抿嘴。他似乎很受触动，他似乎也很羞惭，但分明依然在拒绝。杨真感到心头凉得无法言喻，背过了身去，再也不说话。信辉在她背后站了一会儿，最后默默地出去了，然后一连几天都没有再出现。这是很令人不安的，但是杨真宁愿不见他，因为她现在根本无法面对他。

第三十七章
乾坤倒悬

也许是情绪之前受了很大的伤害，伤到了身体，杨真感到有些不舒服。她没有叫信辉请大夫，不知为何，她现在不想让他知道她生了病。她自己出去寻了一个好医馆，请坐堂大夫给自己把脉。大夫只是稍微把了把脉，就翘着胡子笑了，“恭喜夫人，你怀孕了。”

怀孕了？杨真顿时呆如木鸡。按理说她应该欢喜，却一点都欢喜不起来，甚至心乱如麻，这个孩子竟然在这个时候来了……合适吗？

杨真虽然不知道莞晴夫人和安信郡主失踪案有什么牵扯，也不知道是谁、有几个谁在设计信辉，但她确定之后一定会出现一连串的事件。果然如此。数天之后，晖照亲王的王府忽然失火，合家数百人竟然没有一个逃出来。大家都认为他家是被人所害。但是他是被谁所害呢？紧接着就出现了两种谣言。一种是针对信辉的。说他和晖照亲王一直有仇，是他对晖照亲王痛下杀手，皇族对此非常愤怒。一种是针对皇后的，说晖照亲王曾经私下责问皇后为什么不准其他后妃生子，据说皇后自己迟迟没有生下皇子，怕其他后妃先她而生出皇长子，就明令其他后妃吃含有阻止人怀孕药粉的食物，还美其名曰是“赏赐”。这件事皇后的确在干，信辉也知道。据说晖照亲王还密谋在自己府中为皇帝养一位后妃，皇帝可以去临幸。她有了孕后就由他保护，一直到她分娩，以此为皇室留种。皇后知道了这件事，便命大内高手将晖照亲王灭门。但因为皇后是信辉扶植的，所以这两种谣言其实都可以说是针对信辉的。

这些事是玉钗告诉杨真的。因为玉钗真的是对信辉赤胆忠心，也看出杨真真的是智谋过人，所以把这些告诉她，看看她有什么见解。杨真在中华宫中见识广博，一听，就明白大体是怎么回事了。把安信郡主秘密掳走的是晖照亲王，是因为他之后要金蝉脱壳，不放心把女儿放在信辉身边。是的，晖照亲王家的火灾是他自己所为。他是诈死，目的就是为了激起皇室成员的愤怒，上次因为信辉的计谋，他已在官员之间人心尽失，只有转而发动皇室。而之前因为他玩的大乌龙，皇室中人对他有些鄙夷，也不大信任。所以他只有用诈死来刺激他们，应该还有知晓内情的皇室成员在台前帮他主持一切。

之前虽然也有一些皇室人员反对信辉，但不是全部。现在晖照亲王诈死，皇室成员肯定会非常愤怒并担心自己的安危。晖照亲王可算是皇室的元老，信辉如果能对他说杀就杀，那其他人就更不用提了。如果是皇后干的，他们无疑更加危险，皇后在皇室中可是掌握着更高的权力。因此他们一定会铁板一块地反对信辉。这些谣言，其实是为了在对信辉发起攻击之前在朝野和民间造足舆论。

杨真为什么能知道这是有人在故意造舆论呢？就是因为这两个谣言出现得太快，太系统，而且说法也太统一。一般这种谣言，都应该是什么人事先准备好的。既然能事先准备好谣言，就证明他们知道晖照亲王一家会在什么时候“死”。既然知道什么时候“死”，那他们的“死”一定是被安排好的。联系之前的形势，只有晖照亲王诈死一种可能。而安信郡主被掳，也能侧面证明这一点。至于皇室成员们该如何反对信辉，杨真觉得应该是对皇后下手。无论如何，阻止皇室血脉的延续是大罪。而且她阻止诸位宫妃怀孕也是事实。历来玩政治的人在打击对手的时候都是“真真假假”一起算，只要一个罪名是实，他们就有本事把所有的罪名都做实了。虽说皇后母仪天下，但毕竟也是皇室的媳妇。因此皇后的废立，归根结底是皇室的家事，那些支持信辉的大臣们不便过多过问。而且只要是朝中人，都知道不可轻易得罪皇室，也不敢如何过问。只要信辉不明着站出来反对，基本没人敢作声。

信辉无法明着站出来反对。因为皇后阻止宫妃怀孕是实情，恐怕已经被皇室成员抓住了把柄。如果他站出来反对，于理不合。而且之前的那个谣言也有作用，皇室可是谣传皇后也害死了晖照亲王。如果信辉出来反对，他们就可以说“你既然站出来反对，那害死晖照亲王你是不是也有份儿，说不定就是你杀的”。历来在政治斗争中，只要有动机，有时候就可以被栽上罪名。即便无法将他定罪，也会让他非常被动。

如果信辉不站出来反对，他们就可以废掉皇后，再立皇后，控制皇帝。自己拥立的皇后被废，信辉等于失掉一条膀臂，势力也会大大缩减，之后他们就可以再慢慢地除掉信辉。因此现在的形势可以说是非常之险。杨真对此也非常焦急，仓促之间也想不出什么计策来。虽然还没想出来计策，她也一五一十地把自己想到的全部告诉玉钗，叫玉钗转告信辉。信辉其实也早已料明了形势，听到杨真的见解后只是静默不语。

杨真冥思苦想了半天后，觉得空想不宜，便想进宫去见见皇后，见到主要当事人后才能知道什么对策有用。她对皇宫“门路”自然不熟，但不想通过信辉那边的人，只能拜托自己的老朋友浮兰。据说浮兰宝刀不老，又在皇后那里混得风生水起。

浮兰欣然应允，带着杨真去拜见皇后。杨真虽然只是信辉的侧夫人，但因为信辉算是皇后的长辈，因此皇后对她非常礼遇。杨真也得以细看皇后的容颜。

不好。非常不好。皇后的眼角眉心都凝着煞气，眼下肌肉紧张，证明她已经愤怒焦虑到完全失去了冷静，而且几乎已经无法掩饰。皇后和杨真一对视，杨真竟然感到她的目光火辣刺人。她非常惊诧，难道她对她也有敌意，但略一思忖就明白了。是嫉妒吧。想必皇后也知道她在信辉那边“非常受宠”。由此看来皇后在皇帝那边并不得宠，或者是无法得到专宠。

皇后的精神状态的确很糟。请她们坐下后竟然不怎么和她们说话，只是一时一时地发怔。杨真暗叫不好，下意识地环视四周，结果发现在一个玉瓶里竟然珍而重之地插着一些枯花。杨真很是诧异，偷偷问浮兰。浮兰苦笑着告诉她说，那是很久之前皇帝随手采给皇后的花，皇后竟然保存到了现在。杨真抿了抿嘴，感到心里有些酸楚。看来皇后如此怨愤自己不受宠，并不仅仅是出于妻子的立场和权力斗争的考虑，而是她真的很爱皇帝。但是恋爱这东西，历来和冷静无缘。

宫妃们来给皇后请安了，全都战战兢兢，连头都不敢抬。浮兰和杨真见到宫妃们也要请安，皇后却叫她们坐着别动。杨真咬了咬嘴唇。糟。皇后这是要故意羞辱宫妃们。按理说现在形势紧张，皇后应该装得谦恭有礼才是，她现在还……岂不是自己跟自己过不去？

“姐妹们。”皇后看着她们，虽然是微笑着说话，齿间却满溢着丝丝凉气，“从自己的寝宫走过来，很累吧？你们怪不怪姐姐？”然后故意顿一顿，等宫妃们回话。

宫妃们哪个敢回话。皇后冷冷一笑，继续说，“累就对了。你们天天坐在寝宫里，难免气血不舒，也难免胡思乱想。我让你们出来走走，活活气血，也省得你们闲着没事，胡思乱想。”说着便命宫女赐她们糕点。宫妃们接过糕点时双手都在打战。看到这里后杨真已经不是感觉糟糕，而是有些惊怒了。之前她就是用这种方式让宫妃们服下不可怀孕的药粉的吧。现在这些糕点里是否有药粉不得而知，但她是在用这种方式威胁恐吓宫妃，告诉她们她依然可以随意掌控她们的生死。在这时候还要对宫妃们施加恐吓，已经不是自找麻烦那么简单了。

皇后看宫妃们吃了糕点后，自己也吃了糕点。一边吃糕点一边用眼睛剐着宫妃们的肚子。杨真暗暗叹息，却忽然发现她的目光中有些奇怪的地方，赶紧记下仔细揣摩。

皇后吃完糕点后要用茶。一个宫女战战兢兢地端茶过去，那感觉就像是给阎王献茶。杨真很奇怪，仔细看她，竟发现她的手腕上隐约有红肿的针孔。再细看其他宫女，赫然发现有些宫女头上有秃斑。她这么年轻，应该不会自己脱发，肯定是皇后发怒扯掉的。杨真抿紧了嘴唇，心里就像装满了石子一样沉重刺痛。她一定是遇到了各种刺激才变成这样，显然没有处理好这些刺激。她已经完全失去控制了，甚至可以说已经回天乏术了。

从皇后寝宫里出来后，杨真的脸色阴得几乎可以滴出水来。浮兰悄悄地问她，觉得皇后如何。杨真只是微微地摇了摇头。浮兰轻轻地叹了口气，走到一处用汉白玉栏杆围着的牡丹旁时，狠狠地盯了一眼，然后颇为感触地说，“这牡丹真是漂亮，想起中华宫中的牡丹了。不知御花园中的牡丹开得如何？”

杨真一怔，也朝那牡丹仔细地看了看。

回到家里后，杨真觉得自己有必要见一下信辉。虽然他们现在关系微妙，但已经来不及顾这些了。出乎她的意料，信辉对她是“见了就见了”，并没有像她想的那样尴尬。大概因为形势紧急，他需要一个足智多谋的同盟者吧。只是同盟者，想到这里杨真的心又发颤，赶紧敛住心神。

听完杨真说的皇后的情况后，信辉沉默了。半晌后才说：“真的这么糟糕吗？我去看她的时候，还不至于如此。我安插在她身边的人，也没有这么说。”

“女人在男人面前时，和在女人面前时不一样。”杨真深深地叹了口气，“而且，您是她的长辈，她也仰仗您。在您面前时，她肯定会收敛。而且您安插在她身边的人，其实也是她自己的人，毕竟你们不是敌对的。那些人肯定会以此定位自己。对你们都有利、都有用的话，她们才会说。”

信辉苦笑了一下，把自己拇指上的一枚碧玉扳指轻轻褪下，又戴上。“那……你觉得皇后已经不行了吗？”

杨真抿紧嘴唇，嘴边的线条就像石刻一样硬。过了半晌才说，“其实，这件事并不是最紧急的。我还有一件事，觉得有必要立即告诉您。”

一天后的深夜。信辉忽然接到一封素笺，叫他赶紧回他的正府。信辉立即回去了，一进门就直奔竹林深处的小院。院子正屋里一灯如豆，莞晴夫人正在等待他，一见到他就露出了宽慰的笑容，“你的气色还不错，还好，还好。”

“看来您已经知道外面的那些事，怕我烦心，是吗？”信辉似笑非笑地说。

“是的。”莞晴夫人轻轻地叹了口气，“我今天请你来，就是为了这件事。”说完她直视着信辉的眼睛，“那我就开门见山了。现在的形势，非常非常凶险。皇后已经保不得了。我觉得，您还是丢卒保车吧。”

信辉朝她看了一眼，缓缓地问：“为什么？”

莞晴夫人就把形势分析了一遍，和杨真的看法大差不离。唯一的区别，就是她认定皇后保不了，“从目前看来，如果你硬保皇后，是绝对保不下她的。而且那些人只要稍加运作，就可以把你的行为说成是和整个皇族，整个朝野，甚至和整个国家相对抗。那时不仅你的事业可能尽毁，连自身的安全恐怕也难以保证。”

“哦。”信辉垂着眼帘，脸上的神情难以捉摸，“那您认为我应该怎样呢？”

莞晴夫人皱了皱眉，沉着嗓子说，“依我看，你应该主动上书，要求重立皇后。这样那些人就无法把火烧到你的身上。这样对你的权势必然有损，但是有时候进一步鱼死网破，退一步海阔天空。相信只要你退一步，以后一定能和他们和睦共处。”

“哼。”信辉不可名状地笑了一下，看向她的眼睛，目光陡然变得十分犀利，“这是你对我的承诺吗？”

莞晴夫人的脸顿时白了，却依然强笑道：“什么承诺？”

“这个‘他们’，”信辉继续说，眼神也变得更加犀利，“应该不是指现在皇室的那一拨人吧？”

莞晴夫人的脸立即变得像死灰一样。

信辉冷笑了一声，把她头上的蛟龙吐水头饰摘下来，拿在手里把玩着，“不可否认，你也是个很了不起的人，竟然从这里也能找出一条路来。你联络了中华的清扬太妃吧？她的曾皇孙就是现在中华皇帝的族弟，在想推翻他的势力中算是个首脑。当初他想叫我帮他推翻中华的皇帝，我没有答应。所以又瞄上了茜香国的皇上。他的目的就是操纵茜香国那群皇室笨蛋，废掉我拥立的皇后，再把李大将军的女儿扶上皇后的位置。浮兰通过种种方法，让皇室成员们相信，我在宫中经营多年，里面所有的女人都可能为我所用，所以最好到宫外另寻皇后人选。哈哈，说真的，听说李大将军也牵涉此事，我既意外又不意外。李大将军之前可是赌咒发誓要对我效忠，但是这种人的忠心，从来就做不得准。如果李大将军的女儿成为皇后，新皇后就可以挟持住皇帝，李大将军则把持着军队，他们父女二人就可以挟持住整个茜香国。然后茜香国发兵帮助中华的乱党推翻他们的皇帝。这一切都是你牵头和献计的吧。你帮助乱党推翻了茜香国的皇帝，然后作为报偿，他们再发兵推翻茜香国现在的皇帝，让你们这一支重新获得权力。你们只和李大将军密谋机要，皇室里的其他人都不知道你还在幕后打这种算盘。而之前你对晖照亲王报信，叫他玩那么一出，乍一看来是失败了，其实你是胜利了。因为晖照亲王算是王室中的有识之士，难免不会识破你的计策，和我一样是你的绊脚石。让他势力大也不好。所以那次争斗，不管哪一方受损，对你来说都有益，两败俱伤则更好。当然了，你当时还是更希望我的势力受损……我说的都没错吧？”

莞晴夫人呆如木鸡，一时间简直不敢相信自己的耳朵。她自认自己的计谋足够周密和隐秘，信辉是怎么窥破的呢？

其实这还多亏了杨真，而突破口则是浮兰。送杨真出宫的时候，浮兰很是欣赏一丛牡丹，说了一句“这牡丹真是漂亮，想起中华宫中的牡丹了。不知御花园中的牡丹开得如何。”杨真立即感到不大对劲。按照她之前的说法，她是在中华宫中混不下去，狼狈逃到茜香国的，按理说，她对中华宫中的人和事，应该都“全不愿意再想”才对。她还关心中华皇宫御花园中的牡丹，证明她恐怕对中华皇宫的人和事还有牵挂，还有期盼。于是她便让信辉调查浮兰。果然发现她每逢初一、十五，就会去港口，和一些商船船主“买东西”。她一个贵妇人，买东西怎么需要亲自去港口，肯定是和什么人接洽和收发情报了。信辉没有打草惊蛇，只是秘密地抓捕了船主，接着一切就都弄清楚了。清扬太妃虽然已经年逾八十，但是老骥伏枥，志在千里，竟然是中华篡位行动的总指挥。浮兰则是她的密使，来这里刺探和活动。因为清扬太妃自己是女人，所以更喜欢在女人堆里下功夫，而且知道有时候在女人堆里下功夫更有效。

知道这一切之后，莞晴夫人眼里满是泪水，身体软软地似乎要瘫倒，但也很快释然了。她看着信辉，轻轻地叹了口气，“老实说，其实我早有预感，觉得你会窥破这一切。不过我相信，你在这个位置，也一定可以理解我的想法。我们家的正统之位就这么被人夺去了，我们真的不甘心，而且，即便是现在，我们这一支的人也是时刻危如累卵，我的兄弟们，不是被流放，就是被关押，我的侄子们，在爵位上被压制，也时刻被监视，哪天现在的皇帝有了念头，说不定就会把他们全部杀了，我这是没有办法。”

信辉不耐烦地把目光看向别处。

莞晴夫人差一点就要泪如泉涌，拼命把眼泪憋回去，“好吧，我知道你不想听我多说，但是有一句话请你一定要听，我无论什么时候，都不会真的伤害你。”

信辉没有说话，转头走出了院子。王德一直等候在暗处，等信辉一出门，便指挥兵士将院子关门落锁，并将它团团围住。

第三十八章

就此什么都不怕

信辉接下来要做的事情，就是扫平李大将军的势力和抓捕浮兰。这两个都不难。皇后接到信辉说明情况的密信后怒不可遏，立即把浮兰抓住交给他。而李大将军，也被他轻松地干掉了。杨真之前说了，信辉“谁都无法相信”，这种心理特质放在政坛上还是挺有用的。之前即使不知道李大将军会叛变，他还是派人把李大将军的各种密事调查个底儿掉。李大将军有个心爱的小妾，但是他的正室十分凶悍，只能偷偷地把小妾养在外面。他每次去与小妾相会的时候，都几乎不带随从，自己偷偷前往。于是信辉便派死士，先控制住这个小妾，叫她写信把李大将军邀来吃饭，李大将军根本不知道信辉已经窥破了一切，又自以为没人知道小妾的存在，来的时候毫无防备，结果被信辉手下把过量的迷药混在饭菜里，把他药成了白痴。然后便把小妾和宅中的其他人一并带走。正室知道消息后，觉得他是被外面的狐狸精害死了，愤怒的同时还感到十分羞耻。便只是对外说他暴病而亡。整件事可以说是天衣无缝。

信辉虽然扫平了浮兰和李大将军，形势依然很紧迫。因为皇室依然要废后，也依然可以废后，李大将军虽然倒台了，他们可以另找一个“功臣之女”。就在这个时候，杨真又去见了信辉。

信辉看到她后依然淡然。两人寒暄之后，杨真梗了梗脖子，露出冰凉的微笑，“大人，我怀孕了。找了信得过的大夫把过脉，是个男胎。”

信辉本以为杨真是来和他讨论如何战胜皇室那群人，没想到杨真竟是来说这个喜讯的，一时之间欣喜若狂，但看清杨真的脸色后又立即省悟她应该不是来报喜这么简单，瞬间冷静了下来，脸色也开始发青，“你一定不只是来报喜的吧？”

杨真抿了抿嘴，笑容和声音都冰凉，“我是来报喜的，也是来提出来解决一切的办法的。”

“什么办法？”信辉又惊又疑地审视着她。

“皇后之所以要被废黜，最重要的原因是无子。”杨真下意识地摸了摸自己的肚子，“其实您只要让皇后立即假装怀孕，然后封锁消息，令无人知道内情，然后再让皇后依照怀胎妇女肚子形态的变化，一点一点地加布条和棉絮，等到十月后我分娩后，立即把胎儿送入宫中，说是皇后生的……”

“你疯了吗？”信辉没听她说完就跳了起来，他气得脸色死白，浑身发抖，怒发若狂，“我怎么会用我的亲骨肉去做那种事！”说着露出被侮辱和伤害的神情，“你以为我就这么无能？我已经想出了应对的方法！”

“不只是这一次的事情。”杨真脸上的肌肉不停地颤抖，却依旧绷着笑容，“这也是为了长远考虑，大人……我知道皇家有人是权势的最大保障，一个皇后终归不如一个皇帝，如果让日后的皇帝都是我们的后代，我们的地位自然会永远稳如泰山。”

信辉呆呆地看着她，一副快要被气死的样子，没听她说完就大声咆哮，“我不是那种权力怪物！无论是因为什么，我都不会舍弃我的亲骨肉，你，你真可怕！”说着拂袖而去，走了几步后又回过头来，他从来没想到杨真会这么可怕，不敢相信自己竟然一直没看出她这么可怕，因此又下意识地想再审视她一遍，却意外地发现杨真已是满脸热泪，竟然是喜极而泣的神情，这种喜悦是从内心深处迸发出来的，谁都无法装出这种喜悦。

信辉万万没想到会是这种情况，顿时呆如木鸡，半晌后才说，“你……在试探我吗？”

“不全是试探，”杨真手忙脚乱地抹着脸上和身上的泪水，“如果您真的愿意，我也就会那样做，只不过之后就得换个活法，谢谢您，我不用换活法了，我以后可以快快乐乐地活着，永远地。因为您，终于愿意用最真实的面目面对我了，我也可以保证，以后在您面前的，永远是最真实的杨真。”

信辉不由自主地把杨真抱进了怀里，与此同时，杨真也扑进了他的怀抱里。

“不用担心。”信辉轻轻地抚摸着她的后背，“我已经有办法处理了，皇后那孩子是不行了，的确得换人，他们不是喜欢在女人堆里下功夫吗？我也学会了。我这次还是拥立李大将军的女儿为后，不过不是他们之前所看中的二小姐，而是他前妻所生的大小姐。这位大小姐从小被李大将军的妻子虐待，又不被李大将军喜欢，在族里也没有任何人援助她，在家里也没什么地位，她对父亲和后母都恨之入骨，就是一个凄苦的孤女。要是我能拥立她做皇后，就等于把她从地狱里直接提到天堂里来。她一定会愿意效忠我。而且她也知道只有我能拥立她做皇后，她只有依靠我，她也一定会和我结成生死同盟。她也是李大将军的女儿，母亲也是正妻，是嫡长女，就礼法来说，的确更加适合，那些家伙们之前一直嚷嚷着要李大将军的女儿做皇后，所谓的部署和舆论都是按照这个来的，我如此提出，他们一定不好拒绝，而且李大将军一死，对他们来说就没有了外戚之扰，对他们也有利。”

“不需要换皇后！”杨真的声音虽然因为激动而颤抖，但是语气十分坚定，“权力更迭，总是可能引发不测，保证现在的皇后稳固就好！”

“诶？”信辉很是诧异，把她的身体轻轻扳过来，直视着她的眼睛，“可是那孩子明显已经不行了啊。而且她最大的罪名是导致皇室无子，这是没办法改变的。”

“有办法改变！”杨真的眼睛闪闪发光，“皇宫中，应该秘密养着一个皇子，我去朝见皇后的时候，发现她用仇恨的目光看着每个宫妃的肚子。我仔细看了看，那目光不像是在说‘绝不能让任何人怀上孩子’，而更像是‘绝不能再重蹈覆辙’。所以，我觉得，之前肯定有位宫妃躲过了她的暗算，有了一个皇子。应该是被她幽禁了，从她愤懑和悔恨的程度看，应该是没能除掉他们，应该是受到了皇帝的干预。于是我就托人打听，果然听说玉嫔因为‘患病’，已经被皇后送往华容院‘养病’，皇后派了很多人严密地看守，连她之前亲近的宫女都有十几个月没见到她了。所以这位玉嫔应该就是生了皇子的嫔妃。您赶紧到宫中，叫她放出玉嫔，并将她的皇子收养为自己的儿子。这样玉嫔和自己的儿子的安全都能得以保全，而且自己的儿子就有了相当于嫡长子的身份，她绝对会答应。而皇后也等于有了儿子，还会获得贤德的美誉。当然了，玉嫔因为自己的儿子成了皇长子，以后难免会有不臣之心。但这只是权宜之计，她的问题，我们之后可以慢慢处理。”

信辉没想到还有这么一回事，感到十分振奋，杨真一面说，他一面认真地听然后点头，但听完后有些犹豫，“但是那孩子，不是已经完全失控了吗？即便有孩子，还能担当皇后的大任吗？”

“这个不用担心。”杨真的眼中闪着水润的光，“为了留在皇帝身边，她一定会改好的，只要还能留在心爱的男人身边，她一定什么都愿意做，我也是女人，我明白！”那插在玉瓶里的枯花就是证据。

一切果如杨真所料。皇室中人无话可说，也因此偃旗息鼓。大问题解决了之后，小问题也迎刃而解。华英无法再待在信辉身边了。她这次被信辉关了起来，还被威吓可能会被秘密处死，吓破了胆也冷透了心，虽然表现得很是凶悍，但依旧不是此辈中人。她求信辉把她休回家，信辉便答允了，然后便把杨真扶正为正夫人。这算得上是皆大欢喜，但是并不代表此后就没有任何问题。雅琪夫人被放出来了。杨真本以为她和信辉的身世隐秘有什么重大的联系，但其实很简单，她就只是雪华的亲戚而已。白如霜想给她找个好归宿，就把她引荐给信辉做侧夫人。雪华最近恢复了意识，听说雅琪夫人现在身陷囹圄，便求信辉再给她一次机会，而她上次玩的那个把戏，也被她和雪华说成她其实是隐约查到了莞晴夫人有问题，以此来警示信辉。也许是真的，但更像是假的。无所谓，反正信辉只是以夫人之礼养着她而已，心里已经不再把她当成夫人了。就算她再耍什么奸计，也绝不会是她杨真的对手。真正让她感到有点麻烦的是秋霜和玉钗。秋霜肯定恨她，她是知道的。不过也只是疥藓之疾。真正有些麻烦的，是玉钗。有一天她发觉她偷偷看向她的目光有异，分明是在说："以后就是我们之间的比赛了"。杨真对此一点都不意外。这也算是她们当初达成的共识吧。一起帮心爱的男人排除险阻，事情过去后再进行女人的竞争。面对这些问题，杨真只是哈哈一笑。她以前讨厌争斗，但现在不讨厌了。因为现在对她来说，一切争斗都是值得的。

在离都城几百里外的一个山坳里，有一个竹子搭的小屋。它依地势而建，非常隐秘。一个书生正忐忑不安地守在门口。一个少女从竹林中冒了出来，书生赶紧对她行礼，"参见安信郡主！"

"早就跟你说过，不用再这么多礼。"安信郡主笑着叹了口气，"你也不用总是忐忑不安。你的计谋虽然没能成功，但我父王认为那只是时运不济。他依旧很赏识你的，柏杨先生！"柏杨诺诺以应。但脸色依旧显得羞惭和紧张。安信郡主又笑着叹了一口气，看向遥远的山峦。她的父亲藏在更隐秘的地方统筹全局，一定要把信辉拉下台来。她当初之所以愿意和他一起隐遁，是因为他承诺把信辉拉下马后，绝不会伤害他，还会把他配给她做夫婿。而晖照亲王当初真正说服她的，是那句话，“像信辉那样的男人，注定是天上的鹰。你如果任他飞，你永远都得不到他。只有剪掉他的翅膀，才能让他永远陪在你身边。”

想到这里，安信郡主下意识地深深地吸了一口气，不由自主地斜眼看向一直低着头的柏杨。他的目的，恐怕也一样吧。杨真，就是他要追逐的鹰。而加入他们联盟的另外一个男人，燕如飞，更有点令人难以捉摸，他好像不仅仅是要剪掉杨真的翅膀……

算了。安信郡主垂了垂眼帘。联盟本来就是目的各异的人的集合体。只要在一段时间里有着共同利益，联盟就能存续。她不用管别人的事，只要确保在联盟还在的时候，得到自己的东西就好。